死ぬまでにやりたいことリスト vol.1

真夜中の女子会で事件発生!

エリザベス・ペローナ　子安亜弥 訳

Murder on the Bucket List

by Elizabeth Perona

コージーブックス

“Translated from”
MURDER ON THE BUCKET LIST
by
Elizabeth Perona

Published by Midnight Ink, an imprint of Llewellyn Publications
Woodbury, MN 55125 USA
www.midnightinkbooks.com
Japanese translation published by arrangement with Midnight Ink,
an imprint of Llewellyn Publications
through The Enghlish Agency (Japan) Ltd.

挿画／柴田ケイコ

デビーに。きみとともに人生を歩めて幸せだ——トニー

ルーシーに。神様がわたしをあなたのママに選んでくれたことを感謝してやみません！

——リズ

謝辞

神の尽きることのない恵みに、いま一度、感謝の意を表したい。〝セカンドチャンスの神〟というのは本当に存在するものらしい。そして妻デビーに心からの愛を。いつもわたしを支えてくれてありがとう。娘のリズとともにこのプロジェクトに取り組み、完成までこぎつけられたことに、感謝と喜びと誇りを感じている。リズの夫のティム、下の娘のケイティとその夫のテイラーにも感謝している。彼らもわたしの大切なサポートチームのメンバーだ。

また、たくさんの方々がそれぞれの専門分野で助けてくれた。デイヴィッド・スタッドリーとその息子ケヴィンには、ミジェットカー・レースについてご教示いただいた。ジェリー・スニーバとトム・スニーバのふたりは(一九七〇～八〇年代に活躍したレーサーとして〈インディ500〉レースのファンには馴染み深い名前だろう)、今もミジェットカー・レースにこだわる理由について話してくれた。また〈アールズ・インディ・サービスショップ〉のマーク・ミコは、ミジェットカーのメカニズムやルールの抜け道を見つける方法について説明してくれた。プレーンフィールド警察署には、捜査の描写に関していつも大変にお世話になっている。ここではダレル・クリーガー署長、ケリー・ウィーバー副署長、ジル・

リーズ警部、ゲイリー・タナー警部補、そしてスコット・アーント警部の名前を挙げさせていただくが、ほかにも本当に多くの警察官たちに協力していただいた。全員の名前をご紹介できないことを申し訳なく思う。なお、彼ら専門家たちから得た情報にもとづく記述に誤りがあったとしたら、その責任はすべてわたしにある。われわれ小説家はものごとを作り出すのが商売なので、事実に忠実であるよう努める一方で、物語に（願わくは）ベストな効果をもたらすべく、時に事実を誇張することもあるのだ。

そして理由を述べるのは控えておくが、伯母のナンシー・ブロック・マージソンに、伝えきれないほどの感謝を捧げたい。彼女の存在なしにこのシリーズは誕生しなかっただろう。

また、物語のキャラクターに名前を借りたふたりの人物を紹介しておかなくてはならない。ひとり目はジョイ・マックイーンで、わたしが前著『セイントリー・リメインズ』の出版のさいにおこなったコンテストで優勝した女性だ。ジョイ、あなたが同名の女性の活躍を楽しんでくれることを願っている。ふたり目はわたしの親戚のジェイコブ・マーラーだ。彼の名前は、この物語の役柄にぴたりとはまっていると思う。まだ今のところ、幼い彼がレースドライバーを目指す兆候は見られないそうだが。

いつも温かい感想や提案やアドバイスをくれる作家の友人たちがいなければ、わたしの作品が活字になることはなかっただろう。この小説の誕生に最初から付き合ってくれたインディアナ州ライターズ・ワークショップの仲間たち、テリ・バーネット、ピート・カヴァ、ジョン・クレア、ジューン・マッカーティ・クレア、ルーシー・シリング、スティーブ・ウィナルダ、そして最近知り合ったデイヴィッド・バラードとシルヴィア・ハイドに感謝を捧げる。また作家のフィル・ダンラップの批評にも感謝している。素晴らしき作家で友人でもあるジェス・ローリーは、わたしをミッドナイト・インク社の編集者、テリー・ビショフに紹介してくれた。最後に、よき友であるジュリー・ハイジーのサポートに特別な感謝を。わたしが自分自身の能力を疑っていたときでさえ、彼女はこの小説にも、作家としてのわたしにも、揺るぎない信頼を持ち続けてくれた。――トニー

まず、わたしにこのような機会を与えてくれた神様に、それからこのプロジェクトに誘ってくれた父に感謝を捧げます。すでにシリーズの二作目にも取りかかっており、父との共同作業は今後も続く予定で、とてもわくわくしています。最後に夫のティムに心からの感謝を。この冒険に乗り出すよう、わたしを後押ししてくれたのは彼でした。――リズ

死ぬまでにやりたいことリスト vol.1

真夜中の女子会で事件発生！

フランシーン・マクナマラ
[元看護師]

シャーロット・ラインハルト
[フランシーンの親友]

サマーリッジ・ブリッジクラブのメンバー

アリス・
ジェフォード
[プール付きの家に住む]

メアリー・ルース・
バロウズ
[現役のケータラー]

ジョイ・
マックイーン
[クラブの会長]

その他の主な登場人物

ジョナサン……………………フランシーンの夫。会計士
ラリー…………………………アリスの夫。不動産業者
ダーラ・バッゲセン…………アリスの隣人。住宅所有者組合の会長
サラ・バッゲセン……………ダーラの娘。ミジェットカー・レースのドライバー
ヴィンス・バッゲセン………ダーラの元夫。娘サラのメカニック
フリードリック・グットマン…ジェイクのメカニック
ジェイク・マーラー…………NASCAR（ナスカー）のドライバー
マーシー・ローゼンブラット…広報コンサルタント
ジェフ・クレイマー…………新聞記者
ホセ……………………………メキシコ料理レストランの店員
ブレント・ジャドソン（ジャド）……刑事

1

フランシーン・マクナマラは、プールサイドをひとりぶらぶらと歩いていた。時刻は真夜中近くで、あたりは暗闇に包まれていた。サマーリッジ・ブリッジクラブの面々がここに集まったのは、素っ裸で泳ぐためだった。にもかかわらず、まだ誰ひとり水に触れてさえいない。実際のところ、プールに近よってみたのもフランシーンただひとりという有様だった。

〝七十歳にもなるのに、わたしたちはいまだに理想の体型なんてものにとらわれてる。思い切ってバスローブを脱ぎ捨てて、水に飛びこむこともできないんだわ〟とフランシーンは思った。でも結局、自分だって同じだ。定期的に運動してスタイルを保ってはいるものの、あと何ポンドか落としたらもっとよく見えないかと、つい考えてしまうのだ。それもこれも、理想の体型なんてものをあおるメディアのせいだ。

ブリッジクラブの仲間たち、アリス、ジョイ、メアリー・ルース、そして親友のシャーロットは、すでに夕方からここに集合していた。やはり自分が口火を切って最初に飛びこむしかないとフランシーンが覚悟を決めかけていたとき、メアリー・ルースが近づいてきた。メアリー・ルースはブリッジクラブのなかで、いちばん体重を落とす必要があるメンバーだ。

丸々とふくらんだ体をXラージサイズのピンクの綿ローブに包み、あまった裾をプールデッキの上に引きずっている。

「変なにおいがする」メアリー・ルースはきっぱりと言った。何十年もシェフを務めてきた鋭敏な鼻で深く息を吸いこみ、においの成分を分析する。それから嫌そうに顔をしかめた。

「なんかが腐ったにおいね。なにかはわからないけど」

フランシーンは疑わしげに片方の眉を上げた。この見え透いた小芝居は、彼女たち五人組の――メアリー・ルースはブリッジで代わりのプレーヤーが必要なときの助っ人役だ――本来の目的をうやむやにするためのたくらみに違いない。ジョイ・マックイーンの〝死ぬまでにやりたいことリスト（バケットリスト）〟の十番目、「素っ裸で泳ぐ」を実現するため、彼女たちは相談を重ねて、この暖かな七月の夜を決行日と定めたのだ。

フランシーンは調子を合わせてにおいを嗅ぐふりをした。「そうかしら、わたしは何も感じないわよ。ひょっとしたらアリスが何か撒（ま）いたんじゃない？　彼女、西ナイル熱を媒介する蚊がやってくるに違いないって妄想にとりつかれてたもの」

「それ以上に、誰かに見られるかもっていう妄想にとりつかれてるわよ。だけどどうやって見るっての？　アリスときたら、消せる明かりは全部消して、すっかり真っ暗にしちゃってるんだからね」

確かにそのとおりだった。そもそもアリスは、全裸で泳ぐという計画には最初から及び腰だった。庭にプールがあるのはアリスの家だけだったし、自分の家を会場にすることを承諾したものの、夫が不動産業者の集会に出張するまでは無理だと譲らなかった。それに外の明かりは絶対点けないからと宣言していた。おかげでみんな、プールデッキの周囲に点々と置かれた、シトロネラのアロマキャンドルをたよりに歩かなくてはならなかった。プールの中にも照明はあったが、その光はプールの水をぼうっと青白く気味悪く浮かび上がらせるだけだった。

　アリスが広いプールのまわりのアロマキャンドルを取り替え始めた。少しでも細く見せようと、高級そうなバスローブをぎゅっと固く体に巻きつけている。残念ながらそれはあまり効果的とは言えなかった。〝ここにも『理想のスタイル幻想』にとりつかれたメディアの犠牲者がいる〟とフランシーンは思った。

　ジョイがアリスの後ろで、燃え尽きたキャンドルを拾い集めていた。ジョイはブリッジクラブの会長で、手に負えないほど元気な女性だ。棒のようにやせているのに、ほかのメンバー同様、バスローブを脱ぎ捨てる気配はまったくない。今夜着ているどっしりしたパイル地のパウダーブルーのローブは、冬でも十分使えそうなしろものだ。この夏一番の暖かい夜だというのに、寒い寒いとしきりに文句を言っている。ジョイがなぜ神経質になっているのか、フランシーンにはわからなかった。しかし彼女がもっともプールに接近してから、すでに一時間が経っている。そのときジョイは、自分の〝死ぬまでにやりたいことリスト（バケットリスト）〟を見直していたのだが、それにアリスのライターで火がついてしまった。ジョイは「きゃあ！　きゃあ！　きゃあ！」とわめきながらプールサイドに飛んでいき、水の上でリストを振り回した。

リストは彼女の手を離れて飛んでいき、また風に乗って舞い戻ってきた。ジョイは甲高い笑い声をあげながら、追いかけてくる紙から逃げまわっていたが、アリスに「外に聞こえるから静かにして」とたしなめられた。

こうなったら、パーティーを本来の目的に戻す頼みの綱は、いつも頼れる相棒のシャーロットしかいない。フランシーンはきょろきょろとあたりを見回し、シャーロットの固くカールした銀色のかつらを探した。少し離れたところで、まるで明日、天文学のテストがあるかのように星をじっと観察している、背の低い友人の姿を見つけた。

「シャーロット、あんたはどう思う?」フランシーンはできるだけ声をおさえて呼びかけた。

「メアリー・ルースが何かにおうって言ってるんだけれど、何だかわかる?」

シャーロットはそれを聞いて、杖をつきながら歩いてきた。「言っとくけどあたしじゃないよ」大きなお尻をみんなの方に向けながらおどけてみせる。「あたしのお尻は今夜はお行儀よくしてるからね」

メアリー・ルースはくすくす笑った。「そのにおいじゃない。でも確かに公衆トイレみたいなにおいもちょっと混じってるかも」彼女はバスローブが乱れていないか確認してから、母屋のほうに向かってよたよたと歩いていった。しかし何も感知できなかったらしく、今度は方向転換してシャーロットの前を通り過ぎ、キャンドルの光も届かないプールわきの物置小屋のほうに向かっていった。「こっちに来たら、だんだんにおいがきつくなってきた」

「あたしはそっちのほうには行ってないって……」シャーロットがちょっとむっとしたよう

に言い出すのを、フランシーンがさえぎった。

「たぶんそれ、シトロネラのにおいよ」フランシーンはそう言いながらも、内心では夕食のときにみんなでワインを飲みすぎたせいに違いないと思っていた。

シャーロットはメアリー・ルースのまねをして鼻をくんくんさせた。

「いいや、メアリー・ルースは何かに気づいたんだよ。ここには祈りの行進かってぐらいキャンドルがあるけど、においはそれほど強くない。もしここのシトロネラがそんなに強力なら、ニンニクを突きつけられた吸血鬼みたいに、蚊どもは荷造りしてとっととブラウンズバーグから逃げだしてるだろうからね。でもそうじゃないのは明らかだ」シャーロットはぽりぽりと足を掻いた。「ほら、太ももを嚙まれた。蚊の好物がカッテージチーズだとは知らなかったね」シャーロットはフランシーンにいたずらっぽくにやりとして見せた。

アリスはシャーロットの当てこすりを聞きつけ、アロマキャンドルの間を歩き回るのをやめて、みんなのほうにやってきた。プールサイドまで来ると、首にかけられた大きな十字架に水中の青いライトが当たって、ぎらりと光った。首元まできっちり覆ったバスローブのせいもあって、アリスはまるで尼僧みたいに見えた。断食をしないパートタイムの尼さんだ。

彼女はちらちら光るキャンドルのほうを手で示して言った。「こんなアロマキャンドルなんかじゃなくて、虫が集まってくるような臭いロウソクのほうがお好みだったかしら」

「そしたら少なくとも、メアリー・ルースの気になるにおいも隠してくれただろうね」とシャーロットが言い返した。

フランシーンは険悪になりそうな空気を追い払おうと、行動に出ることにした。「いつまでにおい当てゲームをやってる気？　わたしは泳ぐわよ」プールの浅いほうの端に向かって歩きながらバスローブを脱ぎ、手近なデッキチェアに放り投げた。それなしでは何も見えない黒いフレームの大きな遠近両用眼鏡以外は何も身につけず、プールの中に歩いていった。残されたメンバーは、興奮してくすくす笑いつつも、目は一心にフランシーンを見つめていた。

フランシーンは視線を意識しまいとしながら、徐々に深くなるプールの中を歩いていき、水が肩まで届いたところで立ち止まった。

「メアリー・ルースの鼻が敏感すぎるのよ」みんなの注意をそらそうと、フランシーンは話題を戻した。「たぶん塩素のにおいじゃない？」

じわじわと逃げ場がなくなってきたと感じたのか、メアリー・ルースはフランシーンのペースに合わせていいものか明らかに迷っていた。

「あんたはずっと看護師をしてたから」と口ごもりながら言う。「たぶん悪臭に慣れちゃったのよ」

「いいからそのプール小屋から離れてごらんなさいよ、においなんて気にならなくなるから。それよりプールにいらっしゃい。水の中は温かいわよ！」

「それを聞いて安心したよ」とシャーロットが口をはさんだ。「凍えるぐらい寒かったら裸泳ぎなんてできやしないからね。サマーリッジじゃなくてフリジッドリッジ・ブリッジクラブになっちゃう」

ジョイがヒステリックな笑い声をあげた。「あんた一晩中そのセリフを言う機会をねらってたわね？」

「せっかくのセリフが使えないんじゃないかと心配になってきたとこだったよ」

フランシーンはジョイを指名することに決めた。「さあ、つぎはジョイの番よ。もともとこのパーティーはあんたのために開いたんだから」

ジョイはおそるおそるつま先を水につけた。バスローブはまだ体にしっかりと巻きつけたままだ。

「塩素といえば、最近このプールに塩素は入れてる？」必要以上に大きな声で訊ねたために、すぐにみんなから「しーっ」とたしなめられた。

メアリー・ルースがせかせかとやってきて、かがんで水を確かめるようなふりをした。

〝ほらきた〟とフランシーンは思った。クラブ一のばい菌恐怖症の審査が始まるわ。

アリスが小走りにやってきて、メアリー・ルースの隣にかがんだ。何かコメントできるものがないか探すかのように、眉を寄せて水面を見つめている。

「ええと、そう言われればお薬のことは忘れちゃってたかも。ほら、そういうのはいつもラリーがやってくれるものだから。でも一週間ぐらい前にうちでプールを使ったときには、たしか夫が入れてたわ」

「一週間ですって！」とメアリー・ルースが大げさに言った。「あたしがどれほどばい菌を恐れてるか知ってるでしょ！　一週間も塩素を入れてないこのプールに、いったいどんなものが繁殖してるかわかってんの？」

「わからないわ」アリスはむっとした様子で答えた。「あなたはわかるの？」

「まあ、正確にはわからないけど。でも要は藻のたぐいよ。言っとくけど藻ってこわいのよ。これじゃプールに入れやしない」

この逃げ道にジョイが飛びついた。プールから離れてプール小屋のほうに後ずさりしながら言った。「まずは塩素を取ってきたほうがいいわよね。こっちにはもう少し明かりが必要だけど」

メアリー・ルースもジョイについていった。暗闇でわけのわからないものを踏まないよう、そろそろと注意しながら進んでいたが、プール小屋まで六十センチぐらいのところで立ち止まった。「またあのにおいだ。たぶん中でアライグマが死んでるのよ。むかしうちのキッチンの床下でアライグマが死んでたことがあってね。においの正体がわかるまで、生ゴミかと思って三日連続でゴミ出しに行ったもんだわ。まあ、あのにおいは強烈だったわね」

ジョイは鼻にしわをよせた。「うわ、ぞっとしちゃう。その死骸、自分で片付けたの？」

「まさか。そういうのは人を雇うの。ともかくこの中で何か死んでるなら、確かめなくちゃ。アリスに後始末してもらわなきゃならないでしょ。腐った動物にどれぐらいばい菌が棲みついてるか考えたことある？」メアリー・ルースはプール小屋の掛け金にてこずっている。

フランシーンは肩に温かい水をかけた。この調子では今夜はハッピーエンドでは終われそうもない。メアリー・ルースはやっと掛け金をはずし、プール小屋のドアがばたんと大きく開いた。

何か大きくて硬いものが、コンクリートの地面にどさりと重苦しい音をたてて落ちた。とたんにみんな騒然となった。

「いまの何？」とジョイが訊く。

「わかんないわよ。怖くて見られない」メアリー・ルースは手で顔を覆って、指のあいだから覗いている。「何かわかんないけど、ドアに立てかけてあったんだわ。今はあたしの足元にある。ほとんど足にあたりそうよ」

ジョイが恐る恐る近づいた。「何だかわかる？」

「真っ暗で見えないって」

「何かそこに閉じこめられてたとしても、わたしのせいじゃないわ」とアリスが言った。

「いまの音はアライグマよりは大きなものに聞こえたよ」とシャーロット。

「間違いなく大きいわね」とメアリー・ルースが言った。「つま先でつついても、全然動かない」

「アライグマみたいに毛皮に覆われてるかい？」

「ううん、硬くって、ちょっと人間みたいな感じね。においは……公衆トイレみたい。このにおいはそこまで届かないの？」

〝これは本当に現実なのかしら〟とフランシーンは思った。この先の展開について、ひどく嫌な予感がしていた。友人たちが、まるで質問ゲームをしているかのように好奇心でいっぱいなのが、信じられなかった。

フランシーンは抜き手ですばやく水をかき、プールの端にたどり着いた。手すりをつかんではしごを上り、プールから上がる。空気の冷たさに、思わず縮み上がった。バスローブを目で探したが、浅いほうの端に置いてきてしまったことを思い出した。アリスの大判のふかふかしたバスタオルを一枚借りて、できるだけ体を覆う。メアリー・ルースのところに急いで駆けつけると、ひどいにおいに息を止めた。それはかつて看護師だったころ、知りすぎていたにおいだ。目を凝らして見つめ、それが――プール小屋から転がり出た、人ぐらいの大きさのものが――果たして自分の想像していたものなのか見極めようとした。

メアリー・ルースは普段からよく息を切らしていたが、今は空気を求めてあえいでいた。

「フランシーン、触っちゃだめよ」

だがフランシーンは、自分が確かめるしかないと思った。どう考えてもこれは死体以外にはありえない。それはこわばった腕で身体を支えるように座り、彼女から顔を背けていた。フランシーンは今から見るものを覚悟して、つま先でそっと押した。死体はゆらりと揺れ、仰向けに倒れた。フランシーンはのぞきこんでその顔を確かめた。こわばった、死人の顔だ。

「九一一に電話して！　早く！」

アリスは十字を切ってから、サテンのバスローブの前をかきあわせ、母屋に走っていった。ジョイがアロマキャンドルをつかんで飛んできた。

「いったい何だったの？」

みんなが集団ヒステリーになったらどうしようと思いながらも、フランシーンは正直に答えた。

「死体よ」

意外にもジョイは冷静さを崩さなかった。「ほんとに？」キャンドルをもっと頭のほうに近づけ、まじまじと眺める。「間違いなく死んでる？　何かやってみるべきなんじゃないの、ほら心肺蘇生とか」

「いいえ、確かに死んでる。少なくとも一日かそこら経ってるわ」

「懐中電灯を探してくる」ジョイはキャンドルをフランシーンに渡し、足早にアリスのあとを追っていった。

シャーロットが足を引きずりながらやってきた。死体があると聞いて、明らかに興奮している。彼女は首を伸ばして死体をのぞきこんだ。「確かに死んでるみたいだね」

フランシーンの脳裏に、前回シャーロットがそのセリフを言ったときの記憶がよみがえってきた。彼女たちの住む町ブラウンズバーグでは、誰もが知っている事件だ――州都インディアナポリス市郊外の、人口二万人強の小さな町で起きたその事件が、《インディアナポリス・スター》紙に載ったのだから無理もない。その日、シャーロットとフランシーンは、スピードウェイの町に住むシャーロットの叔父を訪ねていた。彼の家は有名な〈インディ500〉レースが開催されるレース場から通りを隔てた向かいにあった。ふたりは彼が家の中で死んでいるのを発見したのだ。死因は心臓発作と考えられた。しかしシャーロットは殺人に違いないと主張し、独自に調査を開始した。だが完璧な形で事件を解決できなかったことに納得できず、シャーロットの〝死ぬまでにやりたいことリスト〟の筆頭にある「殺人事件を解決する」は消されぬまま残ったのだった（フランシーンはこれで十分じゃないかと主張したけれど）。

シャーロットはいつものように〝何でも知ってる〟と言わんばかりの態度で仕切り始めた。「フランシーンが死体の一番近くにいるね。まずは観察して、わかることを全部言ってみてよ」

フランシーンは胃がぎゅっと縮こまるのを感じたが、先延ばしにしても仕方がないとわかっていた。「そうね、まず毛深い。だから男性と考えていいと思う。ボクサーパンツをはいてるし。あと、かなりこわばってるように見える。これはまだ死後硬直の状態ってことね。そのほかにどうしても知りたいことはある？」

「背は高いか低いか。外傷はあるか。どこかに血のあとはあるか」

フランシーンは死体の上にキャンドルをかざし、答えを探した。「背は低い。どちらかというとやせてる。血のあとはないみたい」これだけ言うと、止めていた息を思い切り吐き出し、後ずさりしながら、においを追い払うように鼻の前で手を振った。

「死体の上に何かかけるとかしたほうがよくない？」メアリー・ルースが戻ってくる途中で拾ってきたバスタオルを手に訊いた。

シャーロットはさっと顔を上げ、馬鹿にしたような一瞥をくれた。

「そんなのだめに決まってるじゃないか。警察が来るまで現場は保存しとかなきゃだめなの。厳密に言ったら、フランシーンだってこの人をひっくり返しちゃいけなかったんだからね」

「だってじっくり見ないと死んでるかどうかわからなかったじゃないの！」

「むきにならなくてもいいからさ、フランシーン。あたしはただ……」

そのときジョイが懐中電灯を手に戻ってきたが、死体から数フィート離れたところで立ち止まった。死体に光を向けようとしたものの、手がぶるぶる震えて、まるでクイズ番組で出場者を待つあいだに、スポットライトが観客の上で躍っているときのような具合になった。

メアリー・ルースが懐中電灯をひったくった。足をふんばって死体のほうにかがみ、その顔を照らした。「あらやだ、ちょっと何てこと！　これフリードリック・グットマンじゃない！」

シャーロットはまた首を伸ばして死体をのぞきこんだ。

「知ってるのかい？　そのフリードリック・グットマンて、一体誰さ？」

「レーシングカーのメカニックよ」

アリスが携帯電話を振り回しながら、母屋から駆け出してきた。しかし懐中電灯で照らされた死体の顔を見て急に立ち止まり、また十字を切った。

「フリードリック・グットマンだわ」

「ちょいと、あたし以外はみんなこの男が誰だか知ってるってわけ？」とシャーロットが訊いた。

「わたしは知らないわ」とフランシーンが答え、アリスのほうを見た。「アリス、いま何か言おうとしてなかった？」

「ああ。オペレーターが救急車とパトカーをよこしてくれるって。すぐに着くはずよ」

走ってきたせいではだけていたアリスのバスローブが、突然ぱらりと開いた。全員の目がバスローブの中に釘付けになり、それからお互いに顔を見合わせた。

最初に悲鳴をあげたのは、自分のバスローブの中を見下ろしたメアリー・ルースだった。悲鳴はつぎつぎに伝染し、彼女たち全員が大声を上げ始めた。

「ちょっとあなたたち、静かにしてくれない？　夜中の十二時十五分過ぎなのよ」

隣の家から怒鳴り声がした。ダーラ・バッゲセンの不機嫌な声だ。彼女はアリスの隣人で、詮索(せんさく)好きで有名な住宅所有者組合の会長だった。これはまずいことになる、とフランシーンは思った。

フランシーンは急いでバスローブを取りにいき、そのあとを四人が一列になってついていった。とりあえず悲鳴がおさまったことにフランシーンはほっとしていた。

「こんな遅くにプールで何してたんだか、ちゃんと言い訳を考えておかなくちゃ」とメアリー・ルースが言いだした。

「そんなのたいしたことじゃないわ」とアリスが言った。「それより何でうちのプール小屋に死体なんかあるんだって訊かれたら、どう答えればいいの？」

「腐らしといたって言えば」とシャーロットが口を出す。

「警察には泳いでたって言いましょう。ほかには何も言わなくていいわ」とアリスがシャーロットを無視して言った。

フランシーンは首を振った。「〝裸で〟って部分を隠しても、いずればれちゃうわ。それぐらいなら最初からほんとのことを言ったほうが無難よ。嘘をついてたってわかれば、わたしたちがまずい立場になる」

メアリー・ルースが目を丸くして言った。「絶対だめ、裸で泳いでたなんて言わないからね。ただ真夜中に泳いでたんだって言うのよ。みんな、いいわね？」

「わたしに口止めしても無駄」とジョイが言った。「これでわたしたち《インディアナ・スター》紙の一面に載るわよ。わたしのリストの六番目、『大都市の主要紙で一面に載る』がやっと叶うんだわ」

警察にどう話すか、ああでもないこうでもないと言い合いながら、五人は家に入っていった。

2

シャーロットはみんなの着替えが終わるのも待ちきれないように、居間に追い立てた。白ぶち眼鏡の分厚いレンズ越しに、友人たちをきっと見据える。「いいかい、みんな！」

あーあ、とフランシーンは思った。シャーロットの気持ちはすっかり探偵なのだ。こうして死体を見つけてしまった以上、親友がトラブルに突っこんでいかないよう全力を尽くすしかない。

フランシーンはソファの端に座った。アリスは彼女の定位置、青いペイズリー柄のカバーの椅子に、ジョイは窓際に座った。

シャーロットは杖に寄りかかって立っていた。

「あのサイレンが聞こえる？」大げさに右手を耳に当てて見せる。「今にも到着するよ。フランシーンは正しい。あたしらは事実を言わなきゃならない。五人の人間がおんなじ嘘をずっとつき続けられる道理がないからね。そしていっぺん嘘をついてたってばれたら最後、警察はあたしらがほかにどんな嘘をついてるか考え始める。だから本当のことを言う。いいね？」

アリスは白いリネンのパンツのしわを神経質に伸ばしながら言った。「わたしは反対だわ。メアリー・ルースだってきっとそう言うわ」

「メアリー・ルースはどこにいるのさ？　まだお召しかえ中？」

アリスはシャーロットに注意するように指を上げた。

「あの人は順調にいっても、わたしたちより少しばかりよけいに時間がかかるのよ。今は順調どころじゃないでしょ」

「はいはい、お待たせ」メアリー・ルースがあわただしく居間にとびこんできた。普段はヘアアイロンで真っ直ぐに整えている茶色のショートヘアを、手ぐしで何とか押さえようとしている。ふわりとした花柄のブラウスの下に、ウエストがゴムの青いズボンをはいていた。

「これでおかしくない？　話はどこまで進んだ？」

「まだなんにもよ」とアリスが答えた。「でもシャーロットがわたしたちを脅してるの。裸で泳ごうとしてたことも警察に言わなきゃだめなんですって」

「そうなの？」メアリー・ルースは真っ赤になり、ハンカチで額をぬぐった。

シャーロットはみんなをじろりと睨め回した。

「いやいや、そんなことはないよ。警察には思ったことを何でも自由に話してもらってかまわない。実際あんたらはまだ裸で泳いでないんだからね。でもフランシーンとあたしは本当のことを言うつもりだよ。少なくともあたしらの話は一致する。そうしたら警察はみんながここに集まった理由もわかるし、あんたらが臆病風に吹かれて泳がなかっただけってこともわかっちまうだろうね」

ジョイは髪をとかしていたブラシをメアリー・ルースに向けて言った。

「自分は裸で泳いでないなんて絶対言っちゃだめよ。そしたらわたしが泳がなかったこともばれるかもしれないし、そうなったら《スター》紙の一面に載れなくなっちゃう」

フランシーンはジョイのリストの六番目が「大都市の主要紙」に限定されていたことを思い出した。つまり《ヘンドリックス・カウンティ・フライヤー》紙では物足りないというわけだ。

「つまり選択肢はないってこと」メアリー・ルースはむくれたように言うと、フランシーンが座っていたソファの反対側にどすんと腰を下ろした。バッグから引っ張り出した小さな鏡をのぞきながら言う。「でもあたしはこんなだもの、恥ずかしくて《スター》紙の一面になんか出られない」

アリスは首にかけた十字架に指を触れた。「みんな同じよ。それにわたしがヌード・パーティーを主催したことを広めるなんて、神様がお許しにならないわ」

「あんたがそう思ってるだけかもよ」とジョイが言った。「この話が広まったら、案外ほかの人たちもやり始めて、大流行になるかもしれないじゃない」

アリスはまったく納得しているようには見えなかった。

「噂になったとしても、すぐ収まるわよ」とフランシーンは言った。「警察が死体の捜査を始めたら、わたしたちがここで何をしてたかなんて誰も思い出さないわ」

シャーロットがいつもの〝何でも知ってる〟口調で言い出した。

「死体と言えば、捜査の大まかな流れを教えとくよ。まずは何が起きたのか調べるためにパトロール警官がやってくる。警官は死体を見つけたらすぐに刑事を呼ぶ。場合によっては検死官もいっしょに来るかもね。最後はあたしら全員が別々に事情聴取される。幸いアリスんちは一泊朝食付きの宿屋をやれるぐらい広いからね。アリス、あたしらがひとりずつ入れる聴取部屋の用意を心積もりしといたほうがいいよ」

フランシーンはバッグからスマートフォンを取り出した。B&Bのたとえはあながち的外れでもないと思った。アリスの家にはベッドルームが五つもあって、それぞれにテーマがあるのだ。〝青の部屋〟とか〝ティーローズの部屋〟とか〝アン王女の部屋〟とか。さらにミニキッチンのついた地下室は、四人家族も泊まれるほど広かった。

アリスは革の肘掛け椅子の腕木をぎゅっと握った。

「そんな、五部屋もなんて！　ここ一週間は家政婦も来ていないし、地下室には……」

「大丈夫、大丈夫」とジョイが言った。「二階の四つのベッドルームと一階の主寝室でいいじゃない。地下室に行く必要もないわよ」そう言いながら、ズボンのポケットを叩いて電話を探す。「誰かわたしの携帯を見なかった？　姪の娘にこのことをメールしておきたいんだけど」

サイレンの音がもうすぐそこまで来ているように聞こえた。フランシーンはスマートフォンの検索アプリに名前を入力した。

シャーロットが彼女の後ろに立った。「何してんの?」

「フリードリック・グットマンを調べてる」フランシーンは検索結果を選び、ウェブページを開いた。「いっしょに見る?」

張り出し窓に腰かけて外を見ていたジョイが叫んだ。「パトカーが三台よ! 三台もよこしたわよ。ちょっと大げさじゃない?」

「何言ってんのさ、ジョイ。これは殺人事件なんだよ。このインディアナ州ブラウンズバーグの町で!」とシャーロットが言った。「言っとくけど、間違いなくこのあとまだまだ増えるよ」

「ねえ、一体何時までかかると思う?」メアリー・ルースがまだ手鏡をのぞきこみながら訊いた。「目がこんなに血走ってる。これじゃまるで『トゥルー・ブラッド』の吸血鬼だわ。あたし寝ないとだめなのよ。ランチタイムにケータリングの仕事がはいってるんだから」

そのときドアベルが鳴り、みんなびくっとして動きを止めた。

長すぎる沈黙のあと、フランシーンが意を決して立ち上がった。身長は百七十八センチでほかのみんなより高い。「ね、アリス、あなたが出なきゃ」と優しく促す。

「あら。ええ、そうよね」

アリスは立ち上がり、玄関に向かった。彼女が窓の前を横切ったとき、赤と青のライトが部屋に流れこんできて、彼女たちの顔を順繰りに浮かび上がらせ、壁にはね返った。

不意にサイレンの音が止み、息苦しい沈黙が広がった。その静けさは、ドアベルの音でふたたび破られた。アリスはおずおずと正面玄関を開けた。威圧的な口調で身分証を提示している声が聞こえ、アリスが体を引いて警官たちを中に招き入れた。

リーダー格の巡査は女性で、てきぱきと事務的に作業を進めた。被害者が間違いなく死んでいると判断するや、捜査を引き継ぐためにすぐに刑事を呼び出した。シャーロットの予想どおりだ。


呼び出しからいくらも経たないうちに刑事が到着した。リーダー格の巡査が外に出て刑事に状況を説明しているあいだ、五人はびくびくしながら待っていた。しかし中に入ってきた刑事がブレンド・ジャドソンだとわかったとたん、みんな安心してほっと息をついた。

ブレント・ジャドソン、通称ジャドは、ブラウンズバーグの生まれだった。どこか少年の面影を残した、三十代半ばのハンサムな青年だ。インディアナ大学で刑事司法の学位を取り、ブラウンズバーグ警察に採用された。フランシーンの息子たちとはアメフトのチームでいっしょにプレーした仲だった。今日は制服を着ていない。

「ジャドじゃないか!」シャーロットは目を輝かせ、足を引きずりながら居間を突っ切って出迎えた。「会えて嬉しいよ」

「お噂はうかがっています、ラインハルトさん」とジャドは答えた。それからフランシーンを見つけ、近づいていった。「呼び出しを受けたとき、緊急電話の発信地を聞いて、急いでやってきたんです。まさかマクナマラさんも死体の発見者のひとりだったとは、驚きました。それにジェフォードさんも。おふたりとも大丈夫ですか?」

アリスは曖昧にうなずいた。

フランシーンは彼の腕を優しく叩いた。「ジャド、わたしたちなら大丈夫。でも昔どおりにフランシーンで構わないのよ」

シャーロットが後ろから彼をつついた。「ご苦労さん、ジャド」

「ああ、ラインハルトさん」

「シャーロットでいいよ」

「……シャーロット、僕もお会いできて嬉しいですよ」それから彼は全員に向かって言った。

「みなさんが警察の指示に速やかに従ってくだされば、それだけ捜査を円滑に進めることができます。どうかよろしくお願いします」彼はアリスのほうに顔を向けた。「ジェフォードさん――アリス、よろしければ死体を見つけた場所に案内していただけますか?」

アリスがやっと口を開いた。「でもあの、実はそれを見つけたのはわたしじゃないの」

シャーロットはそれ以上興奮を抑えきれず、口を出した。

「プール小屋のドアを開けたとたん、どさっと倒れてきたんだよ。案内するからおいで」

ジャドは穏やかにシャーロットを止めた。

シャーロットはジャドをにらみつけた。「話を聞きたくないっての?」

「いや、もちろんお聞きします。後ほど、みなさんひとりひとりからお話をうかがうつもりです。でもとりあえず今は、これ以上の会話を謹んでいただきたい。どうか警官の指示に従ってください。そうすれば我々は、みなさんが日常生活を取り戻せるよう、状況の許す限り精一杯努めますから」ジャドは小さく息をついた。「それではアリス、まずはその死体を見せてください」

自分たちがどの部屋で事情聴取を受けたいか、シャーロットとジョイがさかんに警官に訴えている最中に、眠そうな目をしたふたり目の刑事が到着した。刑事は静かにするようふたりを諫めると、適当に選んだ部屋に有無を言わさずそれぞれを送りこんだ。

「刑事の上下関係がわかりゃしない」シャーロットは声を潜めてフランシーンに言った。「だけどあたしは下っ端の刑事に尋問されたくないね」

「静かに」と刑事が言った。

フランシーンは二階の奥にある〝青の寝室〟に落ち着いた。アリスとは二十五年の付き合いになるのに、その部屋については聞いたことがあっただけで、入るのは初めてだった。青の部屋というのは実際、誇張でも何でもなかった。壁は空色、じゅうたんはターコイズブルー、キルトの掛け布団はネイビー、クッションは――優に一ダースはあろうかと思われた――明るいアクアブルーから鴨の羽根みたいな青緑色まで、見事なグラデーションを成していた。たったひとつブルーでないものとして、アリスが恐らく妥協したのは、部屋中に飾られたレーシングカーの写真の白い額縁だけだった。フランシーンは鏡台の上のCDプレーヤーに目をとめ、ブルースのCDコレクションがあれば完璧だと思った。でもアリスにそんなユーモアのセンスはなさそうだ。

ソファベッドというものの座り心地の悪さを十分すぎるほど堪能したころ、やっとジャドがドアを開けて入ってきた。彼は部屋を横切り、警官のひとりが運び入れておいた事務椅子に、フランシーンと向かい合うように座った。

「それでは、フランシーン」とジャドは切り出した。「死体を見つけたとき、あなたとご友人たちが何をされていたのか、もう一度教えてください」

遠まわしな表現はできそうになかった。それに彼の目が面白そうに光っていることから見て、すでに誰かに質問して、答えを知っているに違いない。たぶんシャーロットがしゃべったのだ。それともジョイか。

「裸で泳いでたの」とフランシーンは言った。「そんなことをしたのは、ジョイのリストにあったからよ」

「リスト？」

「ええ、ジョイの死ぬまでにしたいこと六十のリスト。アリスが一番乗りで六十歳になったとき、わたしたち〝死ぬまでにやりたいことリスト(バケットリスト)〟を作ってみようと思い立ったの。六十歳で六十のリストというのも面白いかと思ったのね。だからみんなそれぞれのリストがあるのよ。いくつか重なっているものもあるけれどね。バケット・リストが何かは知ってるわよね？」

ジャドはうなずいた。「はい、モーガン・フリーマンの映画『最高の人生の見つけ方』に出てくるあれですよね。ということは、それからずっとリストの達成に取り組んでこられたんですか？」

「十二年間ね。アリスは今七十二歳だから。まあわたしたちもそれほど遅れをとってるわけじゃないけれど」

「ではリストはかなり達成し終わってる？」

「まさか、まだまだだよ。易しいものから手をつけていったから、難しいものばかり残ってしまって。それでここしばらくは中断していたんだけれど、最近になってまた復活し始めたところなの」その理由をフランシーンは言わなかった。ここ数年のあいだ、ジョイの乳がんとの闘いやシャーロットの厄介なひざの手術のせいで、みんな自分の健康に不安を抱き始めたのだ。今の彼女たちにとって、リストを達成することは以前よりずっと大切だと感じられるようになっていた。「あなたは死ぬまでに何をしておきたいかなんて考えるには、ちょっと若すぎるわね」

ジャドはそれについては何も答えなかった。「ではあなたがたは、裸で泳ぐパーティーを前から計画されていたんですか？」

「ええ、六週間前からね」

ジャドは驚いたようだった。「六週間も？」

「アリスにラリーの出張まで待ってほしいって言われたの。一晩家を空けてもらう言い訳を考えなくてすむようにって。わたしたち、このことは誰にも知られたくなかったから。少なくとも彼女はね」

「あなたはご主人になんとおっしゃって来たんですか?」

「日曜の夜にパジャマパーティーをする予定と言っただけ。ご参考までに、それも嘘じゃないわ」

どう思ったにせよ、ジャドはコメントしなかった。

「ラリーはどんな理由で出かけたんですか?」

「アリスとご主人は不動産業をしてるの。ラリーはいまラスベガスで不動産業者の総会に出てると聞いてるわ。出かけたのは金曜日よ」

「あなたがたはこの〝パジャマパーティー〟のことを誰にも口外していないんですね?」

フランシーンはうなずいた。「少なくともわたしは誰にも言ってない。他のみんなのことまではわからないけれど」

「暗くしておくためにいろいろ大変だったようですね。バッゲセンさんの裏庭の警備用ライトは……」

「どうしてそういうことになったのか、わたしはまったく知らないの」それも嘘ではなかった。シャーロットがショットガンを使ったとかいう話も聞いてはいたが、その出来事を自分の目で見たわけではない。

ジャドがメモを取っているあいだ、フランシーンはソファベッドにまっすぐに座りなおし、両手をきちんと膝の上においておこうとした。ジャドのことは昔からよく知っていたし、居間に入ってきたときにも、握手ではなくハグをしたくなったほどだ。しかし彼は、この事情聴取を一貫してとてもビジネスライクにこなしていた。それで自分も同じように接するべきだと感じていたのだ。

それにしても、ソファベッドというのは実に座り心地が悪かった。これに寝るのは最悪に違いない。

「では、メアリー・ルースが死体を見つけたときの状況を話してください」

フランシーンはもぞもぞと動くのをやめ、三十六歳の刑事のヘーゼルの瞳をまっすぐ見つめて言った。

「メアリー・ルースがプール小屋のほうから変なにおいがすると言い出したの。公衆トイレみたいなにおいが混じってると言うんだけれど、彼女はワインのにおいを表現するときにも独特な表現を使うから、みんなあまり気にしなかった。たぶんアライグマでも死んでるんだと思ったのね。でもメアリー・ルースが小屋の戸を開けたら、フリードリック・グットマンの死体が転がり出てきたの」

「我々はまだ被害者を特定したわけではありません」

「わたしたちのなかでカーレースを知ってる人は、みんなあれがフリードリック・グットマンだと断言してたわよ。あなたが着く前にフリードリックをグーグルで検索してみたの。あの死体は五十歳ぐらいに見えたけれど、略歴によると彼もちょうどそれぐらいだし、顔写真も同じだった」フランシーンはスマートフォンをかざしてみせた。

ジャドは愉快そうにクスッと笑った。「スマートフォンをお持ちなんですね」

「あら、持ってたらおかしい？　あなたのお母様はお持ちじゃないの？」

「母はあまり電子機器には詳しくないんです」とジャドは答えた。「それではメアリー・ルースが死体を見つけ、その身元も割り出したということでしょうか？」

「何だか疑ってるみたいに聞こえるけれど。グーグルによれば、彼はかなり有名みたいよ」

「メアリー・ルースがプール小屋の戸を開けて、死体が転がり出たところまで話を戻しましょう。それからどうしたんですか？」

フランシーンは座り心地の悪いソファベッドの上で体裁をつくろうのをあきらめた。横座りの姿勢に切り替えたが、それでもさして楽にはならなかった。

「そのときはわたしはプールにいたの。何かがコンクリートの床にぶつかる音と、みんながにおいのことをあれこれ言うのが聞こえて、アライグマよりは大きなものが死んでるんじゃないかと思ったのよ。プールから上がって近づいていくころには、もうそれが人の死体かもしれないと思い始めてた。それでもそれを――彼を――調べてみなくちゃと思ったの。引退はしたけどわたしは看護師だし、少しでも救える可能性があればと……」

「さすがですね」

「でも体は硬直していたし、顔を見たら間違いなく死んでいるってわかった。それでアリスに九一一に電話するよう言って、それからみんな家に駆けこんで服を着たのよ」

ジャドはノートに書きこみながら訊いた。「それが何時ごろかわかりますか？」

長く考える必要はなかった。「十二時十五分ごろね。お隣から静かにするよう怒鳴られたとき、そう言っていたから」フランシーンはまた座りなおして、あくびをした。死体を見つけたときのアドレナリンの噴出はすでに収まり、急速に疲労が広がっていた。スマートフォンで時間を確かめると、午前二時近くだ。ソファの座り心地が悪かったのは、かえってよかったのかもしれない。

部屋をぐるりと見渡したとき、ドレッサーの上に並んでかかっている数枚の額入り写真に目がとまった。どれにもレーシングカーらしきものが写っている。この一連の写真には何かつながりがあるのだろうか？　集中して考えていたところに、ジャドがつぎの質問をしたので、思わずびくりとしてしまった。

「アリスが週末にプールの準備をしていたときには、においについては何も感じなかったのでしょうか？」

「それは彼がいつ死んだかによるんじゃないかしら？　わたしは検死官でも何でもないけれど、彼が死んでからそれほど時間が経っているとは思えなかった。まだ死後硬直の状態だったし、腐敗が進んだようなにおいもしてなかったもの。メアリー・ルースが感じたにおいは、ほとんど彼の排泄物よ」

フランシーンはアリスを守ろうと反論したのだが、途中でそれがまったくアリスのためになっていないことに気づいた。もし彼が殺されたのがつい最近なら、どうやってアリスに見られることなく、死体をプール小屋に運びこむことができたのか？　何らかの形で関与していると疑われてもおかしくない。フランシーンは急いで答えを修正した。

「でも実際のところ、アリスはありとあらゆるものにアレルギーがあって、年中鼻づまりなの。それにプールに塩素を入れるのを忘れてたって言ってたわ。だからきっとプール小屋には入ってないのよ」

「もしあなたがたが主張されるほど真っ暗だったのなら、どうして死体がフリードリック・グットマンだと確信できたんですか？」

「懐中電灯で照らして見たからよ。死体があるとわかって、ジョイがすぐ家に走ってマグライトをとってきたの。だからそのときにはキャンドルよりましな明かりがあったということ」

「ご理解いただきたいのですが、そこまで暗さにこだわったことで、不要な疑いを持たれている面もあるんですよ」

「アリスとラリーの家には一応目隠し用のフェンスがあるけれど、そんなに背が高いものじゃないのよ。付近の家はほとんど二階建てだから、裏庭を覗きたいと思えば簡単でしょ」

「真夜中過ぎまで起きて、プールの使用状況を監視してる人がいると、本気で心配してらっしゃったんですか？」

フランシーンはむっとして言い返した。「ジャド、あなたみたいにブラウンズバーグ高校を優秀な成績で卒業した人が、ずいぶん子どもっぽい質問をするのね。わたしたちはね、歳を取ってるの。みんな自分の体型に自信がないのよ。そんな体を明るいライトで照らしたい人がいると思う？」

「こう言っては何ですが、あなたはすばらしいスタイルをなさってます。何も心配する必要はないですよ」

フランシーンは赤くなった。「それはご親切に。それでも裸で泳いでいるところを誰かに見つかる危険は冒したくないわ」

「でもあなたがたはかなり遅くまで起きていたでしょう？　そんな時間にプールにいるなんて、ご近所の方たちも思わないのでは？」

「年寄りが夜更かしをしないとは限らないでしょ」とフランシーンは答えたが、前に真夜中過ぎまで起きていたのがいつだったか思い出せなかった。「温水プールだもの、アリスとラリーは使おうと思えばいつでも使えるわ」

「使っていましたか？」

「知らないわ、ジャド。アリスに訊けばいいじゃないの」

「もうお訊きしました」

「ならなぜわたしに訊くの？」そう言いながら、答えはわかりきっていると気づいた。「わたしたちの言ったことに矛盾がないか調べるわけね。わかった。アリスは何て？」

「プールはそれほど使わないとおっしゃってました。もう一週間かそこら使ってなかったと」

「そんなところでしょうね。ところでこのソファから降りてもかまわない？　これグアンタナモ収容所から買い取ったんじゃないかしら」

ジャドは笑いをこらえているような顔をした。「好きに歩き回ってくださって構いません」彼は手帳に目をやった。「あと少しで終わります」

フランシーンはドレッサーの上にかけられた五枚のレース写真を見にいってみた。外側の二枚は、トラックを走行するミジェットカーの写真だった。ミジェットカーというのは、余分な装備をいっさい省いた、走る鳥かごのような小さな車で、ほとんど運転手ひとり分のスペースしかない。しかし中央の写真には、全米自動車競争協会(NASCAR)のレースで使われる通常サイズのレーシングカーが写っていた。〝51〟というナンバーの描かれた車の前には、アリスとラリー、それにレーシングカーのドライバーであるジェイク・マーラーが立っていた。二十三歳のジェイクは、レース業界におけるサクセスストーリーの主人公として、ブラウンズバーグでは有名な人物だ。少なくともブラウンズバーグの住民のほとんどは、彼を成功者と見なしていた。けれど彼がまだＮＡＳＣＡＲ(ナスカー)主催のレースでは勝ったことがないのをフランシーンは知っていた。

近くでよく見ようと、フランシーンは凝った装飾の額を壁からはずした。どこかのレース場で撮られた写真らしい。彼女にはどこなのか見当もつかなかったが、ヤシの木が生えていることからして中西部でないようだ。

「死体がどんな経緯でプール小屋に運びこまれたか、心当たりはありますか?」とジャドが訊ねた。「ご友人のどなたかが関与している可能性は?」

「それはありえないわ。わたしたち知り合ってもう二十五年は経ってるもの。もし秘密があったら、シャーロットがこれまでにほじくり出してるはずよ」

ジャドが噴き出した。「シャーロットの事情聴取は最後にしたんです。彼女は逆に僕を尋問しようとするでしょうからね」

スピードウェイの警察をシャーロットがどう扱ったか、フランシーンは思い出していた。

「シャーロットがあなたを困らせないよう気をつけておくわね。スピードウェイの警察に協力して、あの人の叔父さんが殺されたことを証明してからというもの……」

「友人が何人かそこで働いているんですよ。たっぷり警告は受けてきました。それにしても彼女がまた別の殺人事件に関わるとはね」

フランシーンは手に負えないというように両手を上げて見せた。

ジャドは軽く咳払いして言った。「さて、この質問はみなさんにしているので、あまり深刻に考えないでください。土曜日の行動を説明していただけますか？」

〝これは手がかりだ〟とフランシーンは思った。〝彼は土曜日に姿を消したんだわ。でなきゃ土曜日のことを訊くはずないもの〟

「ええと、ちょっと待ってね。そうね、土曜の朝はわたしもジョナサンも、七時ごろ起きたかしら。わたしは朝食の支度をして、ふたりで新聞を読んだ。そのあとはちょっと掃除をしたと思う。昼食のあと、ジョナサンが芝を刈って、それからふたりで新聞を……わたしはそのあいだに庭仕事をした。午後はシャーロットを車で拾って食料品の買出しに出かけたわ。あの人は土曜の午前中に理学療法を受けていて、終わるころにはいつもへとへとになってしまうの。だから元気づけるために、昼寝が終わったころを見計らって寄ることにしてるのよ。それからシャーロットとジョナサンとわたしの三人で夕食に出かけた。場所は州間高速道路ぞいの〈ボブ・エヴァンズ〉。シャーロットのお気に入りなの。いま話したことはすべて証明できるはずよ」

「あなたはフリードリック・グットマンをご存じでしたか？」

フランシーンは首を振った。

「ご友人の中に彼を知っていた方はいますか？」

「メアリー・ルースやアリスみたいにってこと？　あの人たちは彼が誰かは知っていたけど、個人的なつながりはなかったと思う。彼のことが話題に出たことはないもの」

フランシーンは手にした額入りの写真を見つめた。さっきの検索で、フリードリックがずっとジェイク・マーラーのメカニックを務めていたことを知った。ジェイクが今より若く、まだミジェットカーのレースに出ていたころだ。アリスとラリーは、ジェイクを通じてフリードリックとつながりがあったのだろうか？　わからなかったし、あえてその話題を持ち出す気もなかった。フランシーンは写真を元通りにかけようとした。だが内心では動揺していたのか、額は手から滑り落ちた。

ばたんと大きな音をたて、写真は表を下にして床に落ちた。すぐさまジャドが駆けより、額を拾い上げた。彼は写真を壁にかけるのを手伝ってくれたが、そのあいだに写真に写っているのが誰か気づいてしまった。

「アリスとラリーはジェイク・マーラーを知っているんですか?」

「どうかしら、よく知らないわ」しかしジャドは彼女から視線を外さなかった。テレビの刑事番組で、刑事が信用していない相手に使う視線だ。「本当に知らないのよ」とフランシーンは訴えた。

「わかりました」とジャドは言った。でも納得しているようには見えない。「メモを見返して、アリスがそのことに触れていないか確認してみます。もし何も言っていなかったら、直接訊いてみましょう」

フランシーンは友人を窮地に追いこんだのでないことを願った。

「もうお帰りになって結構です」とメモを整理しながらジャドが言った。「でも何か思い出したことがあったら、いつでもご連絡ください」

「わかったわ」と答え、フランシーンは部屋を出た。シャーロットが早く聴取を終えて出てくるよう願った。これ以上遅くならないうちにふたりでいろいろと考えを交換したかったし、あの強烈な〝青の寝室〟についても話したかったのだ。

3

シャーロットが片手で手すりをつかみ、片手で杖をついて階下に下りてきた。ひとつの段に両足を揃えてから、また次の段に踏み出すというゆっくりした動作で下りてくるのを、フランシーンは階段の一番下で待っていた。

「ちょっとフランシーン、ジャドっていうのはとんでもないトンマだね。あたしの土曜日のアリバイを訊いてきたよ。まさか、犯人だとでも思ってるのかね」彼女は意味ありげに声を落とした。「その日がフリードリックの消えた日に違いないよ」

「わたしもそう思った。でもアリバイのことなら、わたしたち全員が訊かれたのよ」

「あたしが手伝おうってもちかけたのに、きっぱりと断られたよ」

「殺人事件の捜査なんかに関わっちゃだめ。警察に任せておくべきよ」

「あんたったら、あいつと同じようなことを言うじゃないか」

フランシーンは車のキーを彼女の前で振って見せた。「もう午前三時よ。とにかく家に帰りましょう」

「冗談じゃないよ！　あたしらみんな一晩泊まるつもりで来たんじゃないか。一晩といったっていくらも残ってないけどさ。いま帰ったら、警官がせっかくいろんな手続きするのを見逃すことになるよ」

「だから帰るの。ここにいたらあんたは眠らないだろうし、もしあんたが眠らなかったら、わたしまで眠らせないでしょ。ともかく、あとはもうアリスと警察のあいだで解決する問題よ」

「あたしはいっしょに帰らなくてもいいだろ」

「フランシーンの言うとおりにしてください、シャーロット」とジャドの声がした。ふたりが振り返って階段を見上げると、ジャドが一番上の段に立っていた。「アリス以外のみなさんは全員お帰りいただく必要があります」

ジャドは階段を下りてきた。フランシーンはシャーロットに道を開けさせようとしたが、無駄だった。彼女は梃子（てこ）でも動かないと決めているようだ。

ジャドが階段の一番下の段を下りたところで、シャーロットは彼に一歩近づいた。

「ジャド」彼女はふたりに聞こえるようにはっきりした声で言った。「死体をあそこに置いたのは近所の誰かに違いないと思わないかい？　ジェフォード家をよく知ってて、最近プールを使っていないし、ここしばらく使いそうにないと知ってる誰かだよ」

「どうしてそう思うんですか？」

「考えてもみなよ、ジャド。フリードリックを殺した犯人は、早く死体を始末しようと明らかに焦ってた。だってブラウンズバーグを出て車で西に向かったら、ピッツボロに着くまで延々とトウモロコシ畑だよ。そこに死体を捨てたら、刈り入れどきまで誰にも見つかりそうにないじゃないか。だけどこの犯人には、もっと手近で、誰も探そうなんて思わない場所が必要だったんだ。アリスとラリーを知ってる誰かなら、あそこのプール小屋を理想的だと思っただろうよ」

ジャドはうなずいた。「それは納得できる見解ですね。小屋は個人のフェンスの中にあるから、車で通り過ぎるような人は気づかないでしょう。しかしジェフォード夫妻をよく知っている者に限定するとなると、あなたやブリッジクラブのみなさんは、有力な容疑者候補になってしまうんじゃないですか？」

シャーロットはジャドに向かって杖を振り回した。

「ジャド、あたしはあんたがオムツはいてたころから知ってるんだよ。あたしらを容疑者扱いするのをやめないなら……」

「わかってます、わかってます。僕の母を呼び出して、頬が真っ赤になるまでぶたせるつもりなんですよね。その脅しはもう聞きましたよ」

フランシーンはびっくりしてシャーロットを見た。「お願い、そんなこと言わなかったたって言って」

シャーロットは肩をすくめた。

「ただ問題は」とジャドは会話を切り上げた。「そんなことをしても嫌疑は晴れないということですよ。でも心にとどめてはおきましょう」

フランシーンはシャーロットを車につれていこうと全力を尽くしたのだが、彼女は頑として言うことをきかず、鑑識と検死官と現場を保護する警官がやってくるまで粘った。彼らは何も教えてくれなかったし、アリスも何か話したいという気分ではなさそうだった。

そのあいだにフランシーンは、ジョナサンからのメールに返信した。彼のメールによると、アリスの家には犯罪現場を示す立ち入り禁止のテープが張られ、近隣の注目を集めているらしい。ジョナサンは通りをはさんだ反対側の歩道で、他の見物人たちに交じっているらしかった。

フランシーンはアリスの家の正面の窓から外をのぞいてみた。確かに近所の人たちがおおぜい街灯の下に集まっている。死体発見のニュースはあっという間に広まったらしい。パトカーがサイレンを鳴り響かせて続々とやってきたのだから、無理もない。ジョナサンからは早く帰っておいでとメールが来ていたが、フランシーンは先にシャーロットを送ってから帰ると返信した。ジョナサンは心配そうだったし、彼女も早く帰りたかったが、仕方ない。先に戻っていてほしい、自分もすぐに帰るからとメールを送った。

〝列車事故みたいなものかもしれない〟と、外に集まった大勢の野次馬に驚きながらフランシーンは思った。みんな見たくないと思っているが、事故が起きたら見ずにはいられないのだ。

フランシーンはシャーロットを探しに行き、腕をしっかりつかんで、ジャドの助けを借りながら正面玄関まで引っ張っていった。

「我々が発表するまでマスコミには何も漏らさないでくださいね」とジャドが念を押した。

「あと、周囲の人にも重要なことは口外しないようにお願いします」

フランシーンはそうすると約束し、ジャドと別れた。シャーロットを引きずるようにして車まで連れていき、できるだけすばやく中に押しこんだ。シャーロットは抵抗してわあわあ文句を言ったが、フランシーンは断固として聞かなかった。

「まあいいや」シャーロットはドアを閉められたあと、プリウスの滑らかな革の助手席でごそごそと座りなおしながら言った。「でも明日の朝には話をするよ」

「遅めの朝にね」フランシーンはあくびをし、イグニッションキーを差しこみながら答えた。

「なんなら午後でもいいわ」

「フリードリックの死体を見たあとなのに、本当に眠れるのかい？」

「眠れるわよ、もうこの話をやめてくれたらね」車はハイブリッド車らしく驚くほど静かに発進した。そのまま音もたてずにカーブを曲がる。

「どうして犯人はフリードリック・グットマンの死体をアリスんちのプール小屋に押しこんだんだろうね？」シャーロットはフランシーンの頼みを完全に無視して言った。

フランシーンはシャーロットの家が遠くないことに感謝した。シャーロットは通りを数本隔てた、サマーリッジの反対側に住んでいる。だがひざを痛めて以来、彼女が歩いてくることはなかった。

「シャーロット、何を考えてるかわかってるわよ。あんたはこの殺人事件が神様からの贈り物だと思ってる。これを解決して、六十個のリストの一番目を達成しようと思ってるんでしょ。お願いだから、そんなことに手を出すのはやめてちょうだい。危険だってことぐらいわかるでしょ。そもそもリストの一番目は、一年前にとっくに達成済みで消すことができたんじゃない。あんたは叔父さんの殺人事件を解決した。警察だって喜んでそう認めてくれるわよ」

「あれはまったく惜しいとこだったよ」シャーロットは首を振りながら言った。「だけどあたしは動機をちゃんと見抜くことができなかった」

「十分以上の出来よ、誰だってそう思ったわよ。わたしの考えを言いましょうか？　あんたは自分でもその病的な好奇心を持て余してる。だからディーン・クーンツが好きなのよ。彼の本で流されるおびただしい量の血が本物だったら、図書館の棚が重みで壊れるところよ」

「でもまじめな話、死体が捨てられたあの場所がカギに違いないよ。ブラウンズバーグのたくさんの物置小屋のなかで、なぜ犯人はアリスとラリーの家を選んだのか？　あたしらがその謎を解いたら、容疑者を数人に絞りこめるはずだよ」

「わたしたちは」とフランシーンは言い、その言葉が沁みこむよう間をおいた。「そんなことはしません。警察の仕事は警察にお任せします」

「警察だってあたしらの助けが必要だよ。だって目撃者なんだもの」

「わたしたちは何かを目撃したわけじゃないわ。死体を発見したっていうだけ」

「でも警察よりあたしらのほうがブラウンズバーグのことをよく知ってる」

「そんなことないわよ、シャーロット。ジャドは生まれてからずっとここに住んでるんだから。あの子の母方の先祖は、聖マラキカトリック教会の設立者のひとりなのよ」

シャーロットは杖でこんこんと床を打ちながらひとしきり文句を言っていた。

「あんたが明日の朝そんなに機嫌が悪くないといいけどね」

「この話はこれでおしまい」

ちょうどシャーロットの家の前についたこともあり、フランシーンはきっぱりと話を打ち切った。玄関までシャーロットに手を貸して歩き、無事に中に入るのを確認した。シャーロットは乗せてくれてありがとうと礼をいい、フランシーンはどういたしましてと答えた。確かにシャーロットには困ったところもあるが、結局お互いに一番の親友どうしなのだ。

フランシーンが帰るまで、ジョナサンは起きて待っていてくれた。ジョナサンに温かく抱きしめられ、ふたりで三十分ばかり話をして、やっとフリードリックの死に顔の残像を頭から追い払えたような気がした。何とか眠れそうだと感じたところで、ふたりはベッドに入った。

けれどフランシーンは切れ切れにしか眠ることができなかった。神経が興奮しすぎているせいか、眠りは訪れたかと思うとすぐに去っていった。どれぐらい経ったころだろうか、フランシーンは夢を見た。仰向けに倒れたフリードリックの、命の消えた灰色の顔が、出し抜けに夢の中に現れたのだ。そのとき誰かが彼女の肩を押さえた。

フランシーンは飛び起きて悲鳴を上げた。明るい日の光が部屋の中に射しこんでいた。

ジョナサンがコードレスの電話機を握ったまま後ろに飛びのいていた。

「ごめんなさい」フランシーンは気持ちを落ち着けようとしながら言った。「ひどい夢を見たの」

「ああ、わかるよ」とジョナサンが言った。

夏だというのに、フランシーンは身震いし、シーツを体にしっかりと巻きつけた。フリードリックの顔が頭から離れなかった。彼の目は閉じられていた。犯人が閉じたのだろうか、それともフリードリックが死ぬ前に自分で閉じたのか？　そして血を見た覚えがまったくないのだが、一体どうやって殺されたのだろう？

「これは悪い夢じゃないのね？」動悸が治まってくれるよう願いながら、フランシーンはジョナサンに訊いた。「本当に起こったことなのよね？」

ジョナサンはうなずき、電話機のスピーカー部分を片手で覆いながら言った。「こんなときにさらに悪いニュースなんだが、きみたちが死体を見つけたことが、今朝の8チャンネルの『サンライズ』で話題になったらしい。おかげで朝から電話が鳴り止まないよ。わたしは七時からずっと、リポーターの相手をして質問をかわし続けてたんだが、もう十一時だ。そろそろ交代してもらわないと」彼はフランシーンに電話を渡した。「それと、その電話はジョイからだ。ジョイが相手だと何の話か予想がつかないな」

ジョナサンの言いたいことはよくわかった。ジョイからの電話は、食品のお買い得情報かもしれないし、タップダンスを習い始めたというお知らせかもしれない。何を言い出すかわからないのだ。フランシーンは電話を取った。「ジョイ？」

「ああびっくりした！　いまの叫び声、録音しときたかったわよ！」

「驚かせたんだったらごめんなさい」とフランシーンは謝ったが、正直ジョイが驚いているようにはまるで聞こえなかった。

「大丈夫、大丈夫――そんなことより、わたしが思ってたよりずっといい展開になってるのよ！」彼女の陽気さは時としてフランシーンの神経に障ることがあったが、悪夢から醒めたばかりの今ほどひどいときはなかった。『サンライズ』でハッピーニュースのあとにわたしたちのニュースが流れたわよ。それにお昼のニュースではどの局でもトップニュースになりそうだって」

「それは待ちきれないこと」

「やあね、そんな皮肉っぽくならないでよ。そういうのはシャーロットで十分なんだから。《スター》の今朝の朝刊には間に合わなかったけど、《ヘンドリックス・カウンティ・フライヤー》紙の記者とは話せたわ。水曜の一面に載ると思う。それが最新なの。でも《スター》の火曜日はだめかもね。そのころにはもう二面のあつかいになってるかもしれないから」

「リストから《フライヤー》紙を除外しなければよかったわね。そうしたら達成済みでリストから消せたのに」

「ああ、それならもう消した。だってテレビに出たのよ。達成度は新聞よりずっと上よ。ねえ、警察は近いうちにわたしたちにインタビューを受けさせてくれるかな？」

「警察はもう声明を出したの？」

「ええと、死体がフリードリック・グットマンだったことは認めた。だけどそれ以外のことにはほとんど触れてない」

「それじゃわたしたちの容疑が晴れたとは言えないと思う。ジャドソン刑事に確認するべきね。死因については何か言ってた？」

「自然死ではないって」

「まあそりゃそうでしょうね。シャーロットが聞いたら小躍りしそうだけど」

「ああ、シャーロットとわたし、今ふたりともアリスの家にいるのよ。シャーロットと話したい？」

フランシーンはどっしりしたビロードの枕にもたれかかって、頭を預けた。ますます厄介な展開になっていく。

「そうでもない。彼女、そこで何をしてるの？」

「発見現場の周りは立ち入り禁止になってるんだけど、そのあたりをうろうろ歩き回ってる。ノートを持ってて、何かしら書きこんでるわ」

「目に浮かぶわ。警官たちはどこにいるの？」

「一晩中働いてて、プール小屋以外は全部終わったみたいよ。そこに誰も近づかないよう番をしてる警官がいるけど、そのほかはみんな帰ったわ」

「そう、まあ警官がそこにいるなら……」

「ねえ、起きたばっかりなのはわかるんだけど、今からこっちに来られないかな？　あなたが来られるかどうか訊いてって、アリスが」

「厳密に言えば、まだ起きてもいない。ベッドから出てないの」フランシーンは左のこめかみを押さえた。頭痛が来そうな感じだ。ベッド脇のテーブルに目をやって、眼鏡を探した。「どうしてアリスがわたしに会いたがってるの？　シャーロットが何かまずいことでもした？」

「あら、シャーロットは大丈夫よ。問題は、家の周りをうろうろ歩き回ってる近所の人たち。アリスは家に入れないように頑張ってるけど、もう裏庭のしげみを通り抜けて入りこんできてるのよ。それでシャーロットがここに来るのに、メアリー・ルースの孫のトービーを呼び出して、車で送ってこさせたんだけどね。ほら、あの仕事してない子よ。そのトービーが、見物客には入場料を請求するべきだって言い出したの。それで集金のしくみを考えますよって言ってるんだけど、どうしよう」

「ちょっと待って、シャワーを浴びて着替えさせて。それからそっちへ行くから」

「助かるわ、フランシーン。あんたはグループの〝分別担当〟だもの、どうしたらいいかきっとわかるわよね。ところで来る途中は気をつけてね。サマーリッジ地区の入り口までずっと交通渋滞だから。そもそもサマーリッジ通りは、こんなにたくさん車が通るようにできてないのよね」

フランシーンはアリスの夫がまだ出張中だったことを思い出した。

「ラリーは今日ラスベガスから戻ってくるの？」

「まだなの。会議からは抜けられたんだけど、帰りのフライトが取れなかったって。もともと明日発つ予定だったしね。それでどう思う？　アリスは入場料をとるべき？」

「いいえ、とるべきじゃない。トービーが手伝うとしたら、ご近所さんたちを追い出すほうよ。あの子がそこにいること、メアリー・ルースは知ってるの？」

「知らないんじゃないかな。十二時にケータリングの仕事があって先に家を出たってトービーが言ってたから」

疲れ切ってはいたが、フランシーンはシーツを押しのけてベッドから出た。どう考えてもあまりいい状況とは思えない。

「すぐに行くわ」

4

　ジョナサンがアリスの家まで歩いて送ってくれることになり、フランシーンはほっとした。夫は昔から三人の息子たちの扱いを心得ていたし、トービーともうまく話してくれるだろう。それにしても、メアリー・ルースの孫息子はいつからそんなに積極的になったんだろう？トービーはここ五年間ほどメアリー・ルースの家の地下室に居候して、インディアナポリス大学に通っている。これまでに四回専攻を変えているが、近いうちに卒業しそうだという話はまったく聞かない。彼が働いているところを、フランシーンは見たことがなかった。メアリー・ルースによれば、一番の趣味は家でビデオゲームをすることらしい。

「ジョイが渋滞のことを教えておいてくれてよかったよ」とジョナサンが言った。通りの両側には車がびっしり停まっている。「まるでレースがあるときのスピードウェイの町みたいだ」

　ジョナサンの言いたいことはよくわかった。フランシーンは彼と違ってスピードウェイで育ったわけではなかったが、ときどきレースを観に行くので、左右の縁石に沿って隙間なく駐車した車のあいだを進んでいく大変さは、身に沁みて知っていた。地元民なら、レースのある日にスピードウェイの町に出入りしようとは思わない。

「サマーリッジ地区の入り口に警官を配置すべきね」

「それはどうかな」ジョナサンは入り口から延々と続いている車列を指さした。「どのみち今は誰も入れないよ」

ちょうど小型のハマーが、最初の数台の横を通り抜けようとして結局あきらめ、バックしていくところだった。運転手がいまいましそうな顔で走り去っていくのが見えた。

「ほらね」とジョナサンが言った。

フランシーンは思わず笑ってしまった。アリスの家にどれぐらい野次馬が集まっているのかという心配で頭がいっぱいだったが、少し気が楽になった。しかし車の数から見てかなり大勢に違いない。フランシーンはジョナサンに腕を絡ませ、ぴったりと寄り添って体を預けた。彼の存在はいつもフランシーンを元気づけてくれた。ジョナサンは賢くて面白くて、そして揺るぎなかった。その揺るぎなさは、がっしりした体つきにも、人生に対する健全な態度にも表れていた。加えて言うなら、ハンサムだった。シャーロットに言わせると、〝ジェームズ・ガーナーの会計士版〟ということになる。

アリスの家まであと三軒というところで、きちんと並んだ行列の最後尾に出くわした。

「何かしら?」とフランシーンがささやいた。「ディズニー・ワールドの行列みたいね」

「ちょっと、あんたたち」フランシーンと同い年ぐらいの女が、通り過ぎるふたりを険しい顔つきでにらみつけた。「前のほうで列に割りこもうなんて思うんじゃないわよ」どこかで見た顔だと思ったが、きっと住宅所有者組合の会合でだろう。

「あたしは五十五番だよ」その女の前にいた老女が杖を振り回しながら言った。「あの太った若いやつがしょっちゅうやってきては、名前を訊いて番号を渡すんだ。あんたたちもさっさと列に並んだほうがいいよ」

「そうそう」と最初の女が言った。「どうせあの男にここまで連れ戻されるんだから。情け容赦なしよ」

列の先のほうにいる誰かが、何の騒ぎかとこちらを振り返った。

「あ、ちょっと！　あんたのこと知ってるわよ」とその女が言った。「フランシーン・マクナマラでしょ、裸泳ぎのグループの。まったく、あんたたちには恥らいってものがないの？」

列に並んだ人たちがざわつきだした。「アリスの家まで走って逃げたほうがよくないか」とジョナサンが耳元でささやいた。

ふたりはどちらも太ってはいなかったが、ここから全速力で走るのはさすがにきついだろう。ましてこんなストラップ付きのサンダルではなおさらだ。

「早足で芝生を突っ切っていきましょう」

フランシーンとジョナサンは速度を上げて歩き出した。だが人々のざわめきが広がるにつれ、これ以上騒がれる前にアリスの家にたどり着こうと、どんどんスピードを上げることになった。やっとアリスの家の敷地にさしかかったとき、ふたりはトービーに呼び止められた。

「おい、列の最後はあっちだよ」トービーはペンでその方向を指しながら言った。突き出た腹でクリップボードを支え持っている。フランシーンは長いことトービーに会っていなかったので、彼がでっぷり太ったことも、モヒカン刈りにしていくつもタトゥーを入れていることも知らなかった。おまけに左の眉にはピアスをしている。まるでバイカーの集まるバーの用心棒のようだ。

フランシーンは一呼吸おいて息を整え、彼に身をすくませるような視線を向けた。

「アリスの家に入るのに、わざわざ列に並ぶつもりはないわ、トービー・バロウズ。そしてもしあなたが入場料を取って犯罪現場を見せているのなら……」

トービーは後ずさった。「すみません、マクナマラさん、あなただってわからなかったんです。もちろん並ばなくて結構です。家にご案内します」

「きみは入場料を取っているのかね？」ジョナサンは冷ややかな声で訊いた。

「いえ、違います。アリスが——じゃなくてジェフォードさんが──取らないようにおっしゃったので、取ってないです。でも家ん中やら裏庭やらを好きに歩き回ってほしくないってことだったので、俺が入場の仕組みを考えたんです。一回につき五人以上入らせないように」

トービーは目隠し用のフェンスに設けられた入り口から、ふたりを中に通し、そのまま家の中まで案内しようとした。

フランシーンはトービーの丸々太った腕を軽く叩いた。

「行き方はわかるから大丈夫。あなたは家の前に戻ったほうがいいわよ。わたしたちのせいで、どっと人がなだれこんできたら困るでしょ」

「確かにそうですね」トービーはフェンスの入り口から出て行こうとした。戸を開けたとたん、中に入りこもうとしていた厚化粧の中年女と鉢合わせになった。女はカメラを持っている。「おい、列に戻れ」とトービーは怒鳴った。「さっきも言っただろ、マスコミだからって特別扱いしないからな」彼は女を追いやり、戸を閉めて出ていった。

「手伝いがいるようなら言ってくれ」とジョナサンはその背中に声をかけた。

「さっきのあの人、信じられる？　わたしたちが恥を知らないですって？」フランシーンは見知らぬ女から向けられた敵意にまだ憤っている。「まるでユーチューブで悪乗りする素人ストリッパーみたいな言い方じゃない」

「悪乗りはあれじゃないか」とジョナサンは答えた。「見てごらん。シャーロットはどうもツアーガイドをしてるようだよ」

フランシーンは慌てて振り返った。ジョナサンの言うとおりだった。シャーロットは五人の見物人を従え、犯罪現場を示すテープの周辺を歩き回っていた。バッキンガム宮殿の衛兵みたいな顔つきの警官が、人を入れないようテープの内側に立っている。シャーロットは元気よく杖であちこち指しながらしゃべっていたが、ふとフランシーンの姿に気づいた。

「よかった、来てくれたんだね！」シャーロットは手を振って呼びかけ、それからグループに命じた。「ここから動くんじゃないよ。すぐ戻ってくるから」

シャーロットはできるかぎり急いでやってくるが早いか、さっそく相談をもちかけてきた。

「ねえ、ここからあの五人を引き継いでくれないかな？　そしたらあたしが次のグループをつれて来られる。二人一組のチームで動こうよ。あたしがツアーの前半、あんたが後半。そしたら容疑者たちをもっと効率よくさばけるだろ」

「容疑者？　容疑者って誰のこと？」

「ここに来てる連中みんなだよ。犯人はいつも現場に戻るっていうじゃないか！　全員の名前をトービーに控えさせてるし、あたしはツアーのあいだに連中に質問できる。あたしらみんなでアリスを助けなくちゃ」

「このガイド付きツアーがアリスを助けることになるとは思えないんだが」とジョナサンが口をはさんだ。

「なんであたしがこんなことしてるのか、アリスはちゃんと承知してるよ。そりゃ知らない人たちが家の中を歩き回るのは、うっとうしいみたいだけどさ。もし他にもっといい考えがあるんなら、いくらでも聞くよ。そう言えば、じきに警官がアリスを迎えにくるって。何か話を聞きたいらしいよ、ラリーがフリードリックに部屋を貸してたとかいう件で」

「先にツアーの人たちのところに戻っててよ、シャーロット」とフランシーンは言った。

「わたしもすぐ手伝いに行くから」彼女はシャーロットに話が聞こえなくなるまで待った。ジョナサンはラリーの会計士だ。そしてこれはあまりいい話には聞こえない。「あなた、その件について何か知ってる？　ひょっとして、心配しなくちゃならないようなこと？」

「きみには話せないよ、守秘義務を破ることになる」

「自分の奥さんにも話せないっていうの!?」

「その奥さんにたくさんの親友がいて、あれこれ聞き出そうとするならね。きみは何も知らないほうがいい、そうすれば友達に嘘をつかずにいられる」

フランシーンはぎゅっと奥歯を噛み締めた。「いいわ。でもアリスとラリーに何か心配しなくちゃならないことがあるのか、それだけ教えてちょうだい」

「ひとつだけ、問題になるかもしれないことがあるにはあるが」とジョナサンは難しい顔になった。「たぶんそうはならないだろうよ。ともかく、わたしの立場ではこれ以上話すわけにはいかないんだ」

フランシーンは一瞬腹を立てかけたが、思い直した。恐らくジョナサンの言うことが正しい。少なくとも今は。本当に必要になったときには、彼はきっと話してくれる。「わかった。わたしはできるだけシャーロットがトラブルに巻きこまれないようにする。あなたはアリスと話してみてちょうだい。警官が来たらラリーの仕事関係の書類を調べるかもしれないでしょ。そのときはあなたがついててあげたほうがいいわ」

「言ってはみるけど、申し出を受け入れるかどうかはアリスの判断だからね」

フランシーンは普段シャーロット用にしているため息を、ジョナサンに向かってついた。「受け入れるに決まってるでしょ。わかってるくせに。さあ行って」

フランシーンは、シャーロットとそのツアーグループに気持ちを切り替えた。アリスの家の土地は一エーカー近い広さがあった。敷地はたてに長く、広々とした裏庭がある。九〇年代後半に、ラリーの不動産業が急成長したとき、家の裏手にプールを造った。フリードリックの死体が発見されたプール小屋は、プールの深いほうの端から上がった、コンクリート製のデッキの奥にあった。小屋から半径三メートルほどの周囲を、警察が立ち入り禁止のテープで囲っていた。

近所のかなり高齢のご婦人が、テープの外に置かれたラウンジチェアに落ち着いていた。シャーロットはツアーグループを家のほうに追い立てるのに忙しかったが、座っている女性に気づいて言った。

「ちょっと、そんなとこで休んでちゃだめだよ、コーネリア」ひじをつかんで立たせようとする。「みんなを待たせてるんだからね」

フランシーンは急いでふたりのほうに近づいた。「ここは任せて。あんたはつぎのグループを迎えに行っていいわよ」

「だめだめ。ひとつのエリアにお客は五人だけって決めたんだよ。たくさん入れすぎると、さっきの二の舞だからね。みんな好き勝手に庭じゅうほっつき歩いて、証拠もなにも踏みつけちゃってさ」

「警察が庭を立ち入り禁止にしてないなら、たぶんそこには証拠がないのよ。それにコーネリアが好き勝手に庭をほっつき歩くと思う？」

シャーロットは彼女にちらりと目をやった。「そりゃそうだ」

コーネリアはごそごそともたつきながら椅子から立ち上がった。

「まったくあたしのお尻もずいぶん昔と変わっちまったよ」

「わかるわ、わたしだって同じよ」とツアーグループのひとりが、形の良いお尻を包んだショートパンツのしわを伸ばしながら言った。「でも子どもを産むってそういうことよね」

フランシーンは不快そうに眉をひそめて、発言の主のダーラ・バッゲセンを見た。ダーラはアリスの隣に住む四十歳の女で、離婚している。昨夜みんなが大騒ぎしたとき、怒って時間を知らせてきたのは彼女だった。住宅所有者組合の現会長だが、うぬぼれ屋で男好きな女だ。自分のお尻のことを言い出したのも、そこに注目を集めたかっただけに決まっている。

「コーネリアには、出産も産後太りも思い出せないくらい昔の話でしょ、ダーラ。でもずいぶん彼女のことが心配みたいだから、あなたが出口まで付きそってあげてくれる？」

ダーラは肩までの長さの金髪をぶるんと振ったが、その明るい金髪は染めたものだとフランシーンは知っていた。ダーラは馬鹿にしたように鼻を鳴らした。

「いまそう言おうとしてたところよ」

シャーロットとフランシーンは、ツアーグループを連れてパティオを通り抜け、両開きのガラス戸から家の中に入った。居間は吹き抜けになっていて、パラディオ式の丈の高い窓からさんさんと光が降り注いでいる。コーネリアはダーラの隣で足を止め、口をあんぐり開けて見とれていた。サマーリッジ地区は注文住宅の分譲地で、ほとんどの邸宅がコロニアル様式のレンガ造りだ。なかでもジェフォード家はもっとも豪華だと、誰もが認めていた。もの珍しさからきょろきょろ眺め回している客たちを、シャーロットは後ろから急き立てなくてはならなかった。トービーはつぎの五人グループを玄関で待機させていて、シャーロットのグループと入れ替わりに中に送り出した。

「トービー、列はどんな具合だい？」シャーロットが訊ねた。

「まだまだ長いですよ。全員を通すまで一時間はかかりますね。それだって列がこれ以上長くならなきゃの話です」

「あと五人連れてきていいよ。フランシーンが引き受けてくれるって。そしたら事情聴取のペースを倍にできるよ」

「事情聴取？」フランシーンは腰に手を当てた。「ねえ、この人たちはただの物見高い野次馬よ。容疑者じゃないのよ」

「あんたはわかってない」シャーロットは彼女を引っ張って耳元でささやいた。「コーネリア・ブラウンは武器を持ってるよ」

「あのハンドバッグですかね？」とトービーが訊ねる。

「実を言うと、あのバッグはすごい拷問道具なんだよ」

「やめてちょうだい、シャーロット」とフランシーンがぴしゃりと言った。「いい加減にしないと、わたしが外に出て全員を帰らせますからね。コーネリアのどこが犯罪者なのよ」

「でもダーラ・バッゲセンならやりかねませんね」とトービーが声をひそめて言った。「あれは肉食系のクーガー女ですよ。若い男はみんなびびっちまいますよ、俺もだけど」

二階からジョイの金切り声が響き渡った。「ロイターから電話よ、アリス！　あんたのコメントが欲しいって」

アリスが二階の手前の部屋から顔を出して、叫び返す。「ロイターって誰なの？　ああもう、どうでもいいわ。関係ないわ。コメントなんてありません」

ドアベルが鳴った。トービーが玄関に走り、乱暴にドアを開けながら言った。

「言っただろ、一度に五人——っと、失礼しました、おまわりさんがた」

トービーは後ろに下がり、ジャドソン刑事と制服警官を招きいれた。フランシーンはジャドの目の下のくまに気づいた。

「アリスはいらっしゃいますか？」

「ここよ」とアリスが階段を下りてきた。ジョナサンが後ろからついてくる。「書斎からは下の通りが見えるの。あなたが車を停めるのが見えたわ」

「やあ、ジャド。きみが担当でよかったよ」とジョナサンが言った。

ジャドは笑みを浮かべた。「ありがとうございます。あなたがたがこんな事件に巻きこまれてしまって、残念に思っています。いや、この界隈でこんな事件が起きたこと自体が残念でなりません。でも必ず真相を明らかにします。アリス、ビルの鍵は見つかりましたか？」

「ラリーが言っていた場所にあったわ」

「よかった。それでは行きましょうか」

アリスはジョナサンを指して言った。「ジョナサンについてきてもらってもかまわないかしら？　ほら、ラリーが帰ってきてないでしょ。ジョナサンはわたしたちの会計士なの」

「あのビルなら何度か行ったことがあるから、中の様子はだいたいわかるよ」とジョナサンが言った。「手伝えることがあるかもしれないから、差し支えなければいっしょに行きたいんだが」

「あまり好ましいとは言えないのですが、お宅のビルですから、あなたがそうおっしゃるなら」とジャドは答えた。しかし内心では納得していないことは明らかだった。

「そのあんたたちが行こうとしてるビルとやらはどこにあるんだい？」とシャーロットが訊ねた。

ジャドは近くに立っていた五人のツアーグループに目をやった。

「僕からはお答えできません」

「アダム通りよ。国道一三六号線と大学のあいだ」とアリスが答えた。「フリードリックはラリーから作業場を借りていたの。警察はそこを調べたいんですって。なんでもないに決まってるけれどね」

「あたしも行っていい？」とシャーロットが訊いた。

「そんなのだめですよ」とトービーが口を出した。「あなたがツアーをやるって言い出したんでしょ。いまさらすっぽかしたら、みんな怒り出すに決まってるじゃないですか。俺はわあわあ絡まれるのはごめんですから」

「トービーの言うとおりよ。あんたはここに残って容疑者を調べないと」とフランシーンは言い、ジャドに向かって説明した。「シャーロットは〝犯人は現場に戻る〟と信じてるの。

死体のあったプール小屋を見物に来た人たちに名前を訊いて、全員のリストを作ってるのよ」

「そうなんですか。そのリストのコピーをぜひいただきたいですね」とジャドが言った。

シャーロットは勝ち誇ったような笑みをフランシーンに向けた。

アリスがフランシーンに手を伸ばした。

「フリードリックの作業場を見に行くの、ついてきてもらえないかしら？　女の人が誰もいないと不安だわ」

「もちろんいいわよ」とフランシーンは答えた。見るまでもなく、シャーロットの笑顔が消えうせ、嫉妬でむくれていることは想像がついた。あとでさぞかし質問攻めにされるに違いない。

しかしジャドは面白くない顔をしていた。

「それでかまわないわよね？」とアリスが訊ねた。

「さっきも言ったように、お宅のビルですから。でも外出中にこんなふうに家を開放しておくのは、心配ではないですか？」

トービーが質問に答える生徒のようにさっと手を上げた。

「家の鍵をかけて中に入れないようにして、出入りは目隠しフェンスの扉だけにしたらどうですか？　みんな芝生の上を歩き回るだろうけど、ご近所さんを追い返さなくてすみますよ」

「いい考えだわ」とアリスがほっとしたように言った。「見られないまま追い返されたら、みんな怒るでしょうからね。かといって、留守のあいだに家に入ってほしくないもの」アリスは振り返って二階に声をかけた。「ジョイ、電話は留守電にしておいてちょうだい！　メッセージはあとで聞くわ。それよりシャーロットのツアーを手伝ってあげてほしいの」返事があるまで、しばらく間があった。「どうしても？　いまAP通信から電話が入ってるのよ」

「ロイターさんだかローバーさんだかに言ったのと同じことをお伝えしてちょうだい。ノーコメントよ」

ジョイは入り口から顔を出した。「了解。すぐに下に行くわ」

「それでジョイは何をしてるんですか？」とジャドが訊いた。

「今日はわたしのマスコミ対策秘書をお願いしてるの。あの人は昔リリー財団の秘書をしていて、ときどきプレスリリースの原稿を書いてたことがあるのよ」

シャーロットはジャドの隣にいる制服警官に目を向けた。

「この人は手伝いに来てるのかい？　ならお願いしたいことがあるんだけどさ、門のほうで人数調整を担当してくれないかな。そしたら、トービーもツアーを手伝えるだろ。ジョイも働いてくれるから、効率が三倍あがるんだよ」

警官は助けを求めるようにジャドを見た。ジャドはお手上げだというように目玉をぐるりと回した。

「我々の仕事は奉仕することだ」それから他の人たちに向かって言った。「じゃあ、行きましょう」

5

ラリーがアダム通り沿いに、白いレンガ造りの古びたビルを所有していたことなど、フランシーンはまったく知らなかった。それはほとんど人目につかないビルだった。さまざまな建築が混在するダウンタウンに、長い時間をかけて溶けこんでしまったかのようだ。通りを渡った角には、建てられたばかりのブラウンズバーグ公安ビルがあり、隣は古い二階建てアパートと、狭い空き地だ。ラリーが買い取る前は、小さな機械工場だったらしい。ビルの前面には何台分かの駐車スペースがあったが、雑草がそこかしこでアスファルトを突き破って顔を出し、駐車スペースを仕切る黄色いラインが消えかけていた。ビルの正面に両開きのドアがあったが、外からは開けられないようになっていた。窓にも板が打ち付けてあり、見るからに打ち捨てられた場所という雰囲気がある。

アリスは細い横道を通って、ビルの裏手にキャデラックSTSを停めた。裏の駐車場には車二台分のスペースしかなかったが、人の出入りの多いブラウンズバーグ公安ビルからは離れているし、通りからの視線もないので、誰にも見られずに車を停めてビルに出入りすることができる。裏のドアは比較的新しく、ちゃんと修繕されていた。鍵が二カ所にあり、扉の上部に防犯カメラが取り付けられていた。ジャドはパトカーから降り、フランシーン、ジョナサン、アリスはキャデラックから降りた。四人は裏口から中に入った。

ビルの内部は、外観からは想像がつかないほど整然としていた。自動車の整備工の理想的な作業場だ。入ってすぐ左には、様々な工具に外国製の機械、そして検査用の装置のようなものが並んでいた。その奥の広めのスペースには、二基のエンジンと二台のミジェットカーが置かれている。車は床から三十センチぐらいのところに浮かんでいるように見えたが、恐らくスタンドの上に載っているのだろう。光沢のある床は、明るい青の塗装で仕上げられていた。作業場の奥行は十二メートルほどだが、横幅のほうが狭くて、だいたい八メートルぐらいだろう。フランシーンはこんなにきれいな作業場を見たことがなかった。

フランシーンが床をじっと見つめているのにジョナサンが気づいた。

「これはアーマークラッド・エポキシ樹脂コーティングというんだ」彼はかがみこんで床に指を走らせた。「美しい仕上がりだね。フリードリックが見つけてきた素材だよ」

ジャドは作業場に数歩足を踏み入れたところで、天井を見上げた。天井の梁(はり)に取り付けられた半球形のものを指差しながら訊ねる。

「この部屋にビデオ監視システムが取り付けられていることはご存じでしたか?」

アリスとジョナサンは顔を見合わせた。

「わたしはそんなことまったく知りません」とアリスは怒ったように言った。

「ラリーが戻ってから話を聞いたほうがよくないか?」とジョナサン。

ジャドは咳払いをした。

「殺人犯逮捕には迅速な初動捜査が不可欠なんです。グットマン氏がいつ殺されたのか、まだ正確には判明していません。しかし捜査の開始が遅れるほど、解決は難しくなっていく。それにラリーからも警察に協力してくれるよう頼まれたとおっしゃっていましたよね」

「大丈夫よ、心配することなんて何もないに決まってるわ」とアリスがジョナサンに言った。

「わかった、話すよ。ラリーはカメラ四台がついた監視システムを買ったんだ。そのうち二台が赤外線暗視装置付きの屋外用で、ひとつは裏口、もうひとつは正面の入り口に設置した。二台の屋内用カメラは」彼はジャドがさっき気づいた半球形の装置を指差しながら言った。「気づかれにくいよう、天井に取り付けてある」

みんなは天井を見上げた。小さな黒い半球形の装置が、むき出しの天井の梁にしがみつくように取り付けられている。ちょうどフランシーンの頭上、ふたつのスプリンクラーの中間あたりだ。部屋を横切る梁をじっと目で追った結果、彼女はふたつめも見つけた。

「映像はどこに記録されているんですか？」とジャドが訊いた。

「パソコンだ」

「保管のほうは？　ラリーはすべての映像を残しているんでしょうか？」

「たしか月に一度、外付けのハードディスクにデータを落としてると言ってたな」

「ではコンピュータ本体には、最新の映像がいくらか残っているかもしれませんね。できれば確認してみたいんですが」

「しかしラリーがどこにパソコンをしまっているか知らないし、パスワードも知らない。知っているのはラリーだけだ」

ジャドはうなずいた。「ではラリーに電話してみましょう。彼がどこまで我々のために協力してくれるかわかりませんが」

「わかったわ、かけてみます」とアリスが言った。「あの人が今日どこに行く予定かは、はっきり知らないの。会議があるとは言っていたけれど。でもすぐにかけなおしてくれるはずよ」彼女は自分の携帯電話を取り出した。

ジョナサンはスタンドの上に載せられた二台のミジェットカーに近づいていった。どちらも長さは三メートル、幅は一・五メートルほどだ。骨組みがむき出しになっていて、車の骸骨のように見える。〝小人(ミジェット)〟の名前どおり、車高も低かった。ジョナサンなら深くしゃがまないと運転席に乗りこめないだろう。

フランシーンはジョナサンを追いかけ、小声で訊ねた。「あなたはフリードリックのことをどれぐらい知ってるの？」

「彼はミジェットカーのメカニックとして腕がいいと人気だった。だがジェイク・マーラーをNASCAR(ナスカー)のレースに進出するまで育て上げたあとは、決まったドライバーの専属になることはなかったんだ。それでも仕事が切れたことはなかったはずだ。きっと他人にないスキルを持っていたんだろうな」ジョナサンはミジェットカーのうちの一台を見つめながら言った。その車体はマガモのような深い緑色で、ナンバーをデザインしたシートが貼られている。「51はジェイクのナンバーだ」とジョナサンは車に手を置きながら付け加えた。車は少し動いた。「このスタンドは可動式みたいだな」

「フリードリックみたいな人に払うお金を、ジェイクはどうやって稼いでいたのかしら？」

「恐らくふたりの関係は、師匠と弟子に近かったんじゃないかな。フリードリックはジェイクを手塩にかけて育てたんだ。もちろんジェイクはフリードリックに報酬を払っていたが、フリードリックが普通に稼ぐ額には到底及ばなかったと思うよ。彼は一流のメカニックだからね。だがジェイクも一流のドライバーだった。彼らはある意味ではお互いを高めあいながら、今あるところまで上りつめたんだ」

「どうしてフリードリックは、ジェイクといっしょにNASCAR（ナスカー）に移らなかったのかしら？」

「ジェイクはビッグチームに所属することになった。そういうチームには専属のメカニックがいるからね」

「そのことでフリードリックがショックを受けることはなかったの？」

ジョナサンは肩をすくめた。「それはないんじゃないかな。ジェイクは上昇志向が強かったし、チャンスが巡ってきたらどうするか、ふたりとも考えていなかったはずはない」

モータースポーツの街インディアナポリスの近郊に住んでいるため、フランシーンもこれまである程度はレースというものに親しんできた。インディカー・レース（たとえば〈インディアナポリス500〉）とストックカー・レース（たとえば〈ブリックヤード400〉）

の違いくらいは理解している。どちらも全米の注目を集める大きなレースだ。しかし他の種類のレース、たとえばスプリントだのミジェットだのシルバークラウンだのについては、いまだに違いがよくわかっていなかった。

ジェイクが五月の〈インディ500〉レースの前夜祭で、久しぶりにミジェットカー・レースに出場したとフランシーンは聞いていた。そして今週木曜には、〈スピードフェスト〉のミジェットカー・レースに出るらしい。「ジェイクはNASCARシリーズに出場するようになったのに、どうしていまさらミジェットカーのレースに出るのかしら？　彼にとっては物足りないんじゃないの？」

「それはないよ。レーサーというのは基本的にレースが好きなんだ。ただわたしが聞いた話では、ジェイクは失ったものを取り戻しに来たということらしいよ。彼はNASCARに移ってからずっと勝ちに見放されていて、レーサーとして終わってしまうんじゃないかと心配していたらしい。まだ二十三歳なのにね。だから勝つ感覚を取り戻したいと考えたんだろう。〈インディ500〉の前夜祭では、自分がまだレースに――どんなレースであれ――勝てることを証明するつもりだったんだ。だが残念ながら勝てなかった。結果は五位だ。マシンにトラブルがあったと聞いているが、次回の〈スピードフェスト〉にはまた挑戦するつもりらしいよ。今度こそ自分の力を証明するためにね」

フランシーンは緑色のミジェットカーに描かれた〝51〟を指差した。「フリードリックはまたジェイクのために働いていたの？」

ジョナサンはうなずいた。「勝つ感覚を取り戻すにはフリードリックの力が必要だった。だが〈インディ500〉レースでは、マシンの不備であっと言う間に一位から五位に転落してしまった。そのときジェイクは、みんなの前でフリードリックを怒鳴りつけたらしい。後でまた和解したということだが」

「じゃあ、ここにあるのはやっぱりジェイクのための車ね」

「少なくとも一台はそうだ」ジョナサンはもう一台の車を指差した。その車は車体にナンバーが描かれていなかった。「こっちのほうは、そうとは言いきれないがね」

フランシーンは二台目の車をしげしげと眺めた。それはつや消しの黒で塗られた、何の特徴もない車だった。ナンバーもスポンサー企業のロゴもない。

「フリードリックにはほかにも顧客はいたの？」

ジョナサンが答える前に、アリスがやってきた。「ラリーは会議中で話せないんですって。だからメールを送ったの。これが返信なんだけれど、あなたならわかるって書いてあるのよ」

アリスはジョナサンに携帯電話を手渡した。彼はメールに目を走らせ、電話をアリスに返した。「これがラリーの望みなら」

ジャドがすっとアリスの隣に立った。「それではご案内いただけますか？」

ジョナサンはため息をついた。「ああ、わかった。こっちだ」

ジョナサンが向かったのは、フリードリックが掃除道具を置いていた作業場の隅だった。

彼はじゃまになる大型掃除機をどかし、片ひざをついて、床を手で探り始めた。次に部屋の角から一メートルほどの長さにわたって貼られたタイルに手を走らせた。中にひとつだけ不自然に黒ずんでいるタイルがあった。ジョナサンが押すと、そのタイルには蝶番がついていて奥に開いた。

「この壁はダミーなんだ」とジョナサンは言い、タイルをさらに奥に押し開いた。あいた空間に片手を突っこんでしばらく探っていたが、やがて「あった」と声を出した。中の掛け金を引くと、壁の一部が掃除道具をぶら下げたまま、ドアのように開いた。

アリスがぎょっとして息を呑むのがわかった。

フランシーンは目にしているものが現実とは信じられなかった。ラリーが監視システムを隠していたことだけではない。問題はその隠し方だ。こんなスパイ映画のような手の込んだ仕掛けを作ったのが、本当にアリスの夫なのだろうか？

奥行きわずか五十センチばかりの、クローゼットほどのスペースに、三段の棚が作りこまれていた。一番下の段にタワー型のコンピュータがあり、その上にモニターがあった。ジョナサンが電源を入れると、ディスプレーに光が宿った。「何が映っているか見てみよう」

一分後には何とかセキュリティ画面を解除し、カメラにアクセスすることができた。外部カメラのひとつをクリックすると、裏の駐車場の映像が映った。アリスのキャデラックとジャドのパトカーが見て取れたので、リアルタイムの映像であることがフランシーンにもわかった。

「先週の録画まで戻せますか?」とジャドが訊いた。

「まあ、たぶん」とジョナサンが気の進まない様子で言った。「あまりわかりやすいシステムではなさそうだ」

「似たようなシステムを使ったことがあります。やってみてもいいですか?」

ジョナサンは肩をすくめた。「答えるのはわたしじゃなくて、きみだよ、アリス」

「やってみてちょうだい」とアリスは言った。「面白いじゃないの。こんなものがここにあるなんて、ちっとも知らなかったわ」

ラリーが何も話していなかったことで、アリスはかなり腹をたてているようだった。〝これはラリーもあとで釈明しなくちゃならないわね〟とフランシーンは思った。〝ことによるとジョナサンも同罪だわ〟

ジャドは日付がずらりと並んだメニュー画面を見つけた。一番古いものが木曜の午後になっている。いくつかクリックしたあと、ジャドは振り返り、腰に両手を当ててアリスを見た。

「ご主人が木曜日に映像を外部記憶装置にダウンロードしたか、誰かがこのコンピュータにアクセスしてそれ以前の映像をすべて消したか、どちらかですね」

「きっとラリーがダウンロードしただけよ、そうに決まってる」とアリスが言った。

「僕もそう思います。ともかく木曜の時点から何があったか見てみましょう」ジャドはマウスを使って画面を四つに分割し、四台のカメラそれぞれの映像を木曜午後から金曜まで呼び出し、再生を始めた。しばらくのあいだ何の変化もない映像が続いた。「このシステムに動作検知機能が付いているのかどうかわかりませんが、どちらにしてもラリーは使っていないようですね」ジャドは映像に変化があるまで早送りで画面を進めた。土曜の午後になって、やっと動きがあった。ライトトレーラーを引いたトラックが、表の駐車場に入ってきた。トラックはビルの正面のドアまでトレーラーを牽引して停まり、中から若い男が出てきた。

「ジェイク・マーラーだわ」とアリスが言った。

ジェイクは折りたたみ式のゲートをコンクリートの地面におろし、トレーラーへのスロープを作った。それからビルの裏に回ってドアの鍵を開け、ミジェットカーが置かれた場所に移動した。このときは二台ではなく四台のミジェットカーがあり、それぞれキャスター付きのスタンドに載せられていた。四台のうち二台にはジェイクのナンバー〝51〟が描かれていたが、残る二台には何の装飾もなかった。ジェイクは可動式のスタンドを使って、自分の車のうちの一台を正面のドアまで押していき、スロープを使ってトレーラーに載せた。トレーラーに車を固定し、ゲートを上げて元に戻し、作業場に鍵をかけ、走り去った。

〝これがたった二日前のことなのね〟とフランシーンは思った。〝そしてこの日にフリードリックは消えたと警察は考えてる〟

「ジェイクは車のうち一台を持ち出したということですね」とジャドが言った。「あと一台がどうやって消えたのか見てみましょう」

同じ日の夜十時、二台の外部カメラが突然真っ暗になり、真夜中過ぎにまた復旧した。ジャドは何度か巻き戻したり早送りしたりして確認した。やはりその二時間ほどのあいだ、内部カメラは録画を続けていたが、外部カメラは何も映していなかった。

「面白い」と彼は言った。「外で何が起きていたんだろう。でも三台の車はまだそのままですね」

ジャドは早送り再生を続けた。外部カメラが復旧してから二十分後、今度はとつぜん正面の外部カメラの映像が消え、それから次々に他のカメラの映像も消えていった。モニターはしばらくのあいだ何も映さなかった。映像が消えてから約五十分後、四台のカメラがいっせいに復旧した。そのときには、装飾のないほうの車が一台消えていた。ジャドはさらに早送りで再生を続け、現在時刻まですべての映像を調べたが、それ以降の中断はなかった。カメラは全部作動していて、光の移動以外に映像の変化はなかった。駐車場に車を入れた者も、作業場に入った者もいなかった。

ジャドはモニターの電源を切った。「土曜の夜遅くに外部カメラに二時間の中断があり、さらに深夜すべてのカメラが消える空白の五十分間があった。装飾のないミジェットカーは、この空白の時間に移動したんです」

「でも誰が、どうやってそんなことを？」とフランシーンが訊いた。

ジャドはフランシーンのほうを見た。「同じ人物が両方の操作をしたと、最初から決めてかかっていませんか？　確かにその可能性は高いですが、そうではない可能性についても考慮に入れておく必要があります」

「この警備システムにはリモコンが付いていて、ラリーは外からカメラを切ることができるんだ。一台だけでも、それ以上でも」とジョナサンが言った。「だがそれは安全な場所に保管してあったはずだ」

ジャドは片方の眉を上げ、訊ねた。「安全というのはどの程度でしょう？」

「ラリーはその手のことには抜け目がないはずなんだが」ジョナサンは考えながら指で唇をなでた。「だがリモコンというのは高周波を使って作動するんだろう？　誰かがいろいろ試しているうちに、特定の周波数を割り出すことができたかもしれない」

ジョナサンはラリーを無実にする道筋を探しているのだと、フランシーンは気づいた。自分も援護しようと、アリスに訊いた。

「ラリーはいつラスベガスに発ったんだったかしら？　たしか金曜日よね？」

アリスは少しためらってから、答えた。「ええ、金曜の朝すごく早い時間よ。空港までわたしが車で送ったの。カメラが操作されたときには、ラスベガスにいたはずだわ」

「確かに誰かがリモコンの周波数を割り出すことはできたかもしれない」ジャドはじっと考えていた。「時間は多少かかるが、可能性はあります。ところでふたつお借りしたいものがあるのですが。ひとつはこのコンピュータで、もうひとつはラリーが保存していたというカメラの映像です」

「もう一度、ラリーに連絡してみるわ」とアリスが言った。

アリスはメールをしようとしたが、ジョナサンがそのスマートフォンに手を置いてとめた。

「ちょっとふたりだけで話せないかな？」彼はアリスのひじをとって、部屋の反対の隅に連れていった。

ジャドは探るような目つきでじっとふたりを見ていた。唇の動きでも読んでいるのだろうかとフランシーンは思った。モニターの前に立ってまた電源を入れ、ジャドに訊ねた。

「あの五十分の空白時間をもう一度見てみたいんだけど、戻せないかしら？　映像が消えていくときの順番に面白いところがあったのよ。あなたは気づいた？」

フランシーンがコンピュータをいじろうとするのを見て、ジャドが言った。

「申し訳ないんですが、できればコンピュータには触らないでいただきたいんです。証拠品として押収したいと考えているので」

「わかったわ。だけど録画が消えた順番を覚えてるでしょ？　一番最初に正面の外部カメラ、次に裏口の外部カメラ、それから入り口に近いほうの内部カメラ、最後にこちら側のカメラ」

「この人物は、明らかに自分の移動に合わせてカメラを切って歩いたんですね」

フランシーンはもうひとつ気になっていることをどう切り出すか考えていた。

「そしてミジェットカーを外に運んで何かに積みこむまでに五十分かかってるでしょ？　ジェイクはどれぐらいかかってた？　十分もかかってないわよね」

ジャドは少し考えてから言った。「つまり？」

それまでフランシーンはあれこれと仮説を立てていたが、ここに来て最後のピースがかちりと正しい場所にはまった。

「車を表に出すのにてこずったか、車のほかにも何か探すものがあったかどちらかじゃないかしら。よくある間違い探しクイズみたいに考えてみたらどう？　二枚の絵のどこが違うのか、見比べて探すようなやつ。映像が消える前と後の静止画像が手に入らないかしら？　二枚を見比べてみたら、その人物がミジェットカーを持っていくほかに何をしていたかわかるかもしれないわ」

「なるほど、それは鋭い洞察です」

ジョナサンとアリスが戻ってきた。「コンピュータは持っていっていただいて構わないわ、ジャド。でもジョナサンのアドバイスに従うことにしたの。それ以外を渡すのは、夫が家に帰るのを待ってからにしてくださる？」

ジャドはジョナサンを見た。「それはなぜでしょう？」

「きみはいい青年だ、ジャド」とジョナサンは言った。「きみがわたしの息子たちといっしょに成長していくのをずっと見守ってきた。だがわかってほしい。きみに協力はしたいが、現時点で全てを渡すわけにはいかない。これ以上、ラリーに不利な状況証拠が出てくる可能性を避けたいんだ。話はラリーが家に戻ってからにしてもらえないか」

6

アリスがキャデラックを自宅の私道に乗り入れたときには、客たちの姿はすっかり消えていて、フランシーンはほっとした。警官に門番を務めさせたおかげで、シャーロットは首尾よくツアーの効率化を図ることができたに違いない。ジャドのパトカーもあとについて私道に入ってきた。

みんなが車から降りるか降りないかのうちに、玄関の扉が勢いよく開いて、シャーロットが足を引きずりながら出てきた。「トービーがリストを作ったよ」とジャドに向かって紙切れを振ってみせる。「ここに来た全員の名前が書いてあるよ」

ジャドはシャーロットに笑顔を向け、リストを受け取った。

「ありがとうございます」

「あたしら用にコピーも取ったからね」とシャーロットはフランシーンに言った。「難しいのは、ただの野次馬と犯行現場に戻ってきた犯人をどう見分けるかだね」

「本当に犯人が戻ってきたならね」とフランシーンは釘をさした。

ジャドはリストにさっと目を走らせ、「あとでじっくり目を通させてもらいます」と言って、たたんでポケットにしまった。そして玄関に向かうアリスのあとを追っていった。

「あの子、あたしの機嫌を取っててんじゃないだろうね」とシャーロットは独り言のように言った。「機嫌を取られるのなんて大嫌いさ」

フランシーンは思わず目を逸らした。彼女自身ときどきシャーロットの機嫌を取っているからだ。

アリスは携帯電話で話しながら中に入り、他の者たちも続いた。

アリスは玄関ホールを行きつ戻りつしながら話していたが、その声には硬く張りつめた響きがあった。

「もう弁護士を雇ったの？　いつ？　え、今朝ですって？　わたしにひとことの相談もなしに？　ええ、ええ、それがジョナサンの考えだというのは知ってるわ。彼はわたしにも同じ提案をしたもの。ただあなたはずっと忙しいって言っていたから、そこに考えが及ぶ余裕があるとは、正直思ってなかったの。まして実行する時間があるだなんて。それで、あの秘密のドアが一体何なのか、説明してくれる気はあるのかしら？」アリスは話を聞き、それから横目でちらりとジャドを見た。「そうね。確かに今はこんな話をしてる場合じゃないわね。あとでかけ直します」アリスはジャドから離れて居間に行き、声をひそめた。「ええ、心配しすぎないようにするわ。あなたの言うとおり、みんな大げさに騒ぎすぎてるだけだと信じてるわ」

しかしフランシーンは、アリスの声に不安な気持ちを感じ取った。

アリスはジャドの居場所を確かめようと振り返ったが、そのとたん本人とぶつかってしまった。すぐ後ろまでついてきていたのだ。

「ご主人が明日何時にお帰りになるか訊いていただけますか？」ジャドはすばやく体勢を立て直しながら言った。

アリスは一歩後ろに下がり、携帯電話をできるだけ口元に近づけてささやいた。

「明日は何時に帰ってくるの？　ええ、もう百回以上は訊いたってわかってるわ。でも、もう一度教えてちょうだい」彼女は目を上げた。「三時ね」

ジャドはその時間をメモに書きこんだ。

「こちらはかなりごたごたしているけれど、お迎えには行きますから」とアリスは話を続けた。「それは心配しなくても大丈夫よ」アリスは電話を終え、「ジョイはどこにいるの？」とシャーロットに訊いた。

「昼ごはんを食べに家に戻ったっきり、まだ帰ってきてないね。あたしたちは〈ジミー・ジョン〉に出前を頼んだけどさ」

アリスはがっかりしたようだった。「食べられるかどうかわからないけれど、ジョイが待っててくれたらよかったのに」

フランシーンは驚かなかった。五人は仲のよい友達だったが、彼女とシャーロットが特に親しいように、ジョイとアリスも親友同士だった。フリードリックの作業場で、ラリーが監視カメラを隠していたことや、その映像がなくなっていたことがわかり、アリスは大きなショックを受けたのだ。たぶんジョイとふたりきりで話したかったのだろう。

「ジョイが帰って、正直あたしはほっとしたけどね」とシャーロットがフランシーンに耳打ちした。「朝のニュースに出るんだってまあ大はしゃぎで、だんだん癇に障り始めてたからね」

「たとえ仕事の帳簿類をまだ見せていただけないとしても」とジャドが疲れのにじんだ声でアリスに言っていた。「今日は連絡が取れるようにしておいてください。我々は捜査を進めなくてはならないし、あなたに新たにお訊きすることが出てくるかもしれませんから」

「このやり方がきみの気に入らないのはわかっているよ」とジョナサンが言った。「だがラリーには、十分な情報を得たうえで決断する権利があるんだ。彼がここにいない状態では、その権利が阻害されるおそれがある」

「でもラリーが潔白なら、何も恐れることはないんじゃないですか？」

「それが必ずしも真実ではないと、きみも内心ではわかっているんだろう？　人を有罪に見せるのは簡単だ。だからこそ法制度は時間をかけてものごとを進めて、判断を急がないようにできているんだ」

「ビデオ監視システムを貸していただいてありがとうございます」ジャドはいくぶん、ぎこちなく言った。「近いうちにまたご連絡します」彼はみんなと握手して出ていった。

「それって一体――」とシャーロットが言いかけた。

フランシーンは人差し指を唇にあて、首を振った。居間に入っていき、張り出し窓からジャドがどこまで離れたかチェックしたあとで、やっと安心して息をついた。「行ったわ」
「ちょっとちょっと、ビデオ監視システムって一体何のこと？」シャーロットはバッグから
ノートを引っぱり出し、何も書いていないページを開いた。「ごまかさないでよ。あたしは
ジャドじゃないんだからね」
ジョナサンは問いかけるように、アリスに向けて両眉を上げた。アリスは答えていいとい
うしるしにうなずいた。
「ラリーはフリードリックの作業場にカメラ四台の監視システムを備えつけていた。そして
木曜までの映像すべてを、自分の外部記憶装置にダウンロードしていたようだ。ジャドはそ
の映像を提出するよう求めているんだ」
「それのどこが問題なのさ？」
「何も問題はないよ」
「じゃあ、何で大騒ぎするわけ？」
ジョナサンは口を閉ざした。アリスが何か言いかけたのを、首を振って制止した。
アリスの目に怒りの色が浮かんだ。アリスを怒らせているのはジョナサンでない、この状
況すべてなのだとフランシーンは思った。
「ああもう、いい加減にしてちょうだい。相手はシャーロットじゃないの」とアリスは言っ
た。「しかもシャーロットはこの手のことが得意なのよ、聞いてもらうわ」
アリスは少しのあいだ考えこむように口をすぼめた。

「土曜日にジェイク・マーラーが来て、自分のミジェットカーを一台引き取っていったのよ。そのあとで録画が二回止められたの。一回目は外のカメラだけが真っ暗になって、二時間ぐらいそれが続いて、それからいったん復旧した。二回目は、誰かが全部のカメラの電源を五十分間切って、そのあいだに二台目の車を持って行ってしまったの。何の装飾もない車よ」

「ほおお。つまりラリーなら、カメラの電源を好きに切ったり入れたりできたってわけだね」

「ええ、確かにそうなんだけれど、彼は金曜にはラスベガスに発ってるのよ。それよりも問題なのは、ラリーが木曜日にダウンロードした映像に何が映ってるかなの。ジャドは何か怪しいと疑ってるわ。でもジョナサンは、ラリーが戻るまでビデオを渡さないほうがいいと言うの。警察に渡す前に内容を確認して、どうしたらいいか弁護士にアドバイスをもらうべきだと言うのよ」

「証拠なんてどうとでも見せられるものだよ」とシャーロットは手早くメモを取りながら言った。「だからラリーが自分の身を守るべきだって意見には、あたしも賛成だね。それでその映像ってのは見られるの？」

アリスは首を振った。「ラリーがどこにしまいこんでいるか、わたしたちも知らないの。そしてわたしたちの弁護士は——わたしたちに弁護士がいることも初めて知ったんだけれど——家に戻るまで誰にも言うなって、ラリーにアドバイスしたんですって。そういうわけで、わたしたちはごまかしているわけじゃなく、本当に知らないのよ」

フランシーンはレースのカーテンを元に戻した。「ラリーは弁護士の名前を言ってなかった？」

「ええ、わたしも訊くのを忘れてたわ」

「問題は」とジョナサンが言った。「事件を早く解決しろと、警察に相当な圧力がかかるんじゃないかということだ。ブラウンズバーグはインディアナ州でも殺人の多い町というわけではないからね、町議会も速やかな解決を望むはずだ」

フランシーンはうなずいた。「ジャドはとても疲れているようだったわね」

「だがそうは言っても、我々としては捜査を急がせるわけにはいかない」とジョナサンが言った。「ラリーにとって不利な事実が明るみに出ないよう、確認しながら進めなくてはいけないんだ。彼を守るためにね」

「アリスのこともよ」フランシーンはアリスに歩み寄り、肩を抱いてハグした。

「みんな本当にありがとう」とアリスは言った。「シャーロット、見物人たちをうまく片づけてくれて感謝してるわ」

「いや、あれはあたしも楽しかったからさ」

「しばらくいっしょにいましょうか？」とフランシーンが訊ねた。

アリスは手を振った。「大丈夫。もう十分助けてくれたわ。それにみんなお腹が空いてるでしょう。わたしも少しひとりになりたいの。ドアに鍵をかけて、二階に引きこもって、留守の振りをしておくわ」

「あたしはお腹は空いてないよ」とシャーロットが言った。「だって〈ジミー・ジョン〉の大きなサンドイッチを食べたんだからね――少なくともトービーが残した半分は食べた。あたしは残れるよ」

「気を悪くしないでね、でもジョイが戻るのを待ちたいの。ジョイは午前中ずっとマスコミ対策をしてくれてたでしょう。そして今は彼女が必要なの」

フランシーンは慌ててとりなすように口をはさんだ。「シャーロット、どうやって家に帰る？ よかったら車を取ってきて、家まで送っていきましょうか？」

「その必要はないよ。さっきトービーが家まで連れてってくれて、あたしは自分の車でここに戻ったからね」

ジョナサンは二階に上がりながら言った。「アリス、財務記録を持ち帰って調べさせてもらうよ」

「どうもありがとう。あなたと弁護士と、わたしたちには両方の助けが必要ね」

シャーロットはまだノートを出したままだった。「財務記録ってどんな？」

「言えないよ。守秘義務があるから」ジョナサンは書斎に消えた。

そのときドアベルが鳴った。フランシーンはびくっとしてドアを見つめた。たった今ジャドが帰るのを見送ったばかりだ。そして外に車は停まっていない。一体、誰だろう？

7

アリスがドアの覗き穴から外を見て言った。「ダーラだわ」

「あの女は入れちゃだめだよ」とシャーロットが言った。「もう犯罪現場ツアーも終わったんだからね」

アリスはドアから一歩後ずさった。「彼女、クリップボードを持ってるわ。ということはつまり、あれよね？」

三人はいっせいにうめき、声をそろえて言った。「住宅所有者組合」

フランシーンは以前その関係でダーラと話をしなくてはならず、大変な目に遭ったのだった。

「ともかく中に入ってもらいましょう。これ以上のトラブルは回避したほうがいいわ」

アリスはドアを開けた。ダーラはクリップボードとｉＰａｄを手に、気取った歩き方で入ってきた。

「こんにちは、アリス」それから他の人たちに気づいた。「あら、みなさんおそろいだったの。でも、かえってよかったわ」ダーラは聞こえよがしにため息をついた。いかにも気の進まない問題を片づけなくてはならないと言わんばかりだ。「座って話せるかしら？」

「ええ。お茶はいかが？」

「いいえ結構よ、すぐに失礼するから。でもお気遣いありがとう」

アリスはみんなを居間に通した。フランシーンは、十四時間前にみんなでこの部屋に座り、警官が到着するのを待っていたことを思い出さずにいられなかった。今は昼間だし、窓から差しこんでくる赤と青の回転するライトもないし、あのときほどの不安感はない。それでもダーラの訪問は、さらなるトラブルの予感をはらんでいた。

他人のあらゆる問題に首を突っこみたがるダーラは、住宅所有者組合の会長にはもってこいの人物だった。彼女の被害者たちはそうは思わないだろうが。

「もしわたしに決定権があったら」とダーラは言い出した。「わざわざ伺ったりしなかったのよ。あなたがたが故意に住宅所有者組合の協定に違反したなんて思ってないもの。でもご近所からどんどん電話がかかってきて、大変だったのよ。それでわたしの立場としては、みなさんと話し合いの場を持ったっていう事実を作っておきたいわけなの」

シャーロットが座った。「違反て何さ？　死体のこと？　そもそも住宅所有者組合の協定に死体なんて言葉があんのかね？」

「厳密に言えば、あるのよ。一年前に『動物の死体条項』が付け加えられたのを覚えてない？　デニス・フォルゲンバーグが車でリスをはねて、それが彼女の庭まで這っていって死んだときのことよ。デニスはその毛皮のかたまりに絶対触ろうとしなかったから、カラスが三日間つつき続けて大変だったでしょ？」

「その事故のことなら覚えてるわ」とアリスが言った。「でもそれが今回の事件とどう関係があるのかさっぱりわからないんだけれど」

「住宅所有者の敷地内にある死骸はその死から二十四時間以内に片づけられなくてはならない。あのときはみなさん圧倒的多数で承認したわよね？」

フランシーンはダーラが本気で言っているとは信じられなかった。

「見つかったのは人間の死体なのよ、ダーラ。通りで踏み潰された、不運な森の生き物じゃないの。だいたい、アリスは死体があることすら知らなかったんだから」

「細かいこと言うとだね」とシャーロットが付け加えた。「フリードリックがいつ死んだのか、まだわかってないんだよ。てことは、アリスが違反を犯してない可能性もあるからね」

「あら、わたしはアリスの味方なのよ。でもサマーリッジ住宅所有者組合の会長としては、今回の違反についてあなたがたにご説明して、一回目の警告を与えたって報告をしなくちゃならないの」

「警告って何なの？」アリスは唖然として言った。

「次に死体を見つけたら猶予なしってことだ」とシャーロットが言った。「たびたび物置小屋をチェックしとかないとね」

ダーラはクリップボードの書類をめくった。「さてと、これでお伝えしなくちゃならない問題はあとふたつね。公然わいせつ条項と客人の車両条項」

「公然わいせつですって？　そんな証拠がどこにあるっていうのよ！」とアリスがわめいた。

ダーラはｉＰａｄを何度かタップし、全員に見えるよう画面を向けた。「だってあなたたち自分で認めてるじゃない。証拠は必要ないでしょ」

シャーロットは小さな画面に顔を近づけた。「これって《インディアナポリス・スター》紙かい？」

ダーラは画面を元に戻した。「タブレット版のね。『裸泳ぎのグランマたち、死体を発見』ですって。でも《スター》だけじゃなくて、インターネット中に出回ってるわ」

「こりゃ、ジョイが喜ぶよ！」とシャーロットがフランシーンに言った。

「わたしに電話してくる人の大半は喜んでなかったわね。それからみなさん、犯罪現場のガイド付きツアーをしたでしょ。それがサマーリッジ地区の交通渋滞を引き起こしたの。正確にはパーティーじゃないのかもしれないけど、雰囲気はほとんどパーティーだったわよね。通りにお客の車がたくさん駐車してたでしょ。問題はそこ。そういう類のイベントを開くのなら、近隣住民から書面での許可がいるのよ」

「近隣住民のみなさんなら、午前中ずっとここにいたよ」とシャーロットが言った。「確かあんたもいたっけね。それは暗黙の了解ってやつじゃないの？」

「ここに来て楽しくなかったとは言ってないわ。わたしはただ、ご近所の人がここから出たいとき、渋滞のせいで出られなかったのが問題だと言ってるの」

「どのご近所さんが出られなかったんだい？」

「たとえばわたしの娘よ。専属トレーナーとのレッスンがあって、ジムに行かなきゃならなかったの。結局友達の家まで歩かせて、そこから車に乗せてもらったわ。サラは〈スピードフェスト〉のレースに向けて準備に入ってるのよ」

これはフランシーンには初耳だった。サラ・バッゲセンは十六歳で、何かと難しい娘だと聞いていた。サラがミジェットカー・レースをやるのは知っていたが、サラの父親でダーラの元夫のヴィンスは、娘が全国ネットで放映されるようなイベントで走ることは許可していないはずだ。ヴィンスは今もサラのメカニックを担当しているのだろうか？〈スピードフェスト〉なら、まずテレビで放映されるだろう。

アリスははねつけるように手を振った。「それは大変だったけど、本当にわたしのせいじゃないわ。だってわたしがあの人たちを招待したわけじゃないもの」

「でもあの人たちを家に入れたわよね？　なら同じようなものでしょ。サラが車で出られなかったから、わたしはあなたに話をしに来たのよ。でもあなたは家にいなかった。シャーロットに訊いたら、刑事といっしょにフリードリックの作業場に行ったっていうじゃないの。一体何をしてたの？」

「それについては誰にも話さないほうがいいって、弁護士にアドバイスされてるの」

「あら、なんだか危ない話みたいね」

「別にあなたが考えてるようなことじゃないわ。ともかく何も話すつもりはありませんから」

ダーラはどう話を進めるか、少しのあいだ考えているようだった。「大切なのは——これは初めて違反を犯す人にいつも言ってることなんだけど——警告というのは、みなさんにどう行動すべきかきちんと認識していただくためのものなの。同じ過ちを二度と起こさないために」

「いいこと、ダーラ。わたしは三十年も前にここに越してきたの。サマーリッジ地区の最初の住民のひとりよ。あなたとご近所になったのは、そうね、十五年ぐらい前かしら？　サラが成長するのもこの目で見守ってきたわ。この地区で殺人事件が起きたなんて、この三十年で初めてのことよ。今後三十年以内にまた別の殺人事件が起こる可能性なんて、ほとんどないでしょ」

「心からそう願ってるわ。あなたはそうそう死体を呼び寄せるタイプには見えないものね。わたしも電話してきた近所の方たちにそう言ったのよ」

「それはご親切にどうも」

「どういたしまして」ダーラは一束の書類をクリップボードからはずし、アリスに手渡した。「それじゃ、これをお渡ししておくわ。都合のいいときに記入しておいてくださる？　次回の住宅所有者組合の会合までには、あなたの行動計画が必要なの」

アリスが口も利けずにいるあいだに、ダーラはさっさと出て行った。

「行動計画ですって？」アリスの顔は怒りで赤紫色になっていた。

「次に死体が出たって、あの女に無料ツアーはしてやらないからね」シャーロットは、ダーラの渡していった書類を見ようと首を伸ばしながら言った。

　アリスは書類を床に叩きつけ、わっと泣き出した。

「ダーラの言うことなんて気にしちゃだめよ」フランシーンが駆けよって慰めた。「ただのおせっかいの出しゃばり女なんだから」

「何かあったのか？」ジョナサンが階段を下りて、居間に入ってきた。書類や台帳らしきものをはさんだ厚さ三センチのフォルダーを抱えている。

　三人は驚いて顔をあげた。ジョナサンがいたことをすっかり忘れていたのだ。

　フランシーンが最初に我に返った。「家に帰る途中で話すわ」

「必要なものは全部そろったかしら？」とアリスが訊いた。

　ジョナサンはフォルダーを掲げて見せた。「ああ、大丈夫だ」

　シャーロットはフォルダーをじっと見ていたが、よっこらしょと立ち上がり、ジョナサンに近づいていった。「そこに持ってるのは何だい？」

　フランシーンが途中でシャーロットを止めた。「車まで送るわ」

「大丈夫だって、歩けるから」

「だめ、だめ。どっちみち、わたしたちも帰るから」フランシーンはシャーロットの腕を取った。シャーロット相手では、ときには問答無用に事を運ぶのが一番だと知っていたからだ。

　三人はアリスに別れを告げて外に出た。シャーロットの視線は、ジョナサンのフォルダーに張りついて離れなかった。「いいかい、遠慮なんかしないで、あたしの手伝いがいるときはいつでも電話してよ」

「しないさ。いや、遠慮をしないという意味だ」とジョナサンは淡々と訂正した。

ふたりはシャーロットの車までついていった。車は十五年近く乗っている黒の大きなビュイックだ。シャーロットは車のドアに手をかけ、身体をかがめて運転席に座った。「あとで話そうよ。訊きたいことが山ほどあるから」と言い残し、ドアを閉めて車を発進させた。

そうでしょうとも、とフランシーンは思った。ジョナサンと手をつないで歩いて帰る途中で、シャーロットの車がふたりを追い抜いていった。フランシーンは手を振ったが、シャーロットは振り返さなかった。

たぶん怒っているのだ。でも機嫌はすぐに直るだろう。

「午後は事務所に出なくちゃならないの?」

ジョナサンは元気づけるようにフランシーンの手をぎゅっと握った。

「いや、この書類をうちで見直すよ。それにラリーのビデオも見ないと」

「何のビデオ?」

「ラリーは監視カメラの映像を自宅の書斎に保管してたんだ。ジャドには言わなかった。一週間分のデータをDVDにコピーしてきたよ」

「嘘でしょ!」

「嘘じゃない」

「ラリーが知ったらなんて言うかしら?」

「ラリーからメールでそうしてくれと頼まれたんだ。一体これに何が映っているのか、彼自身が誰よりも知りたがっているんだよ」

8

家に着いたときには、フランシーンもジョナサンもお腹がぺこぺこになっていた。シャーロットの犯罪現場ツアーやら、フリードリックの作業場検証やら、ダーラの住宅所有者組合の一件やらが次々に押し寄せたせいで、昼食の時間はとうに過ぎてしまっていた。ハムサンドイッチとポテトチップスとぶどうで簡単な昼食の用意をし、二階の主寝室と隣合わせの小さな居間にお盆を運んだ。フランシーンはまったくテレビ中毒ではなかったので、家でテレビを見られる場所は二カ所しかなかった。二階の小さな居間と一階の客間だ。こぢんまりした居間は、ふたりでくつろぐのにうってつけの場所だった。いっぽう客間は、人を大勢招いてスポーツ観戦できるぐらいの広さがあった。

フランシーンは足台に足を伸ばし、お盆をひざの上に置いて、サンドイッチを少しずつかじり始めた。ジョナサンはDVDをプレーヤーにセットすると、ふたりがけのソファに戻ってフランシーンと同じように足を伸ばした。リモコンの再生ボタンを押すと、テレビ画面にフリードリックの作業場で見たのと同じ、四分割の画面が現れた。上段左側はビルの正面の駐車場、上段右側は裏の駐車場、下段左側は作業場の前半分、下段右側は作業場の後ろ半分の映像だ。ディスプレイには日時も表示されていた。一週前の土曜日、七月四日午前八時だ。

「きみはジャドの話から、フリードリックが消えたのは土曜日だと仮定したね。だからその一週間前からコピーをとってみたんだ。週末の映像だが、フリードリックの勤務先は週末が休みのはずだ。だからきっと作業場に現れると思うよ」ジョナサンはポテトチップスを数枚つまんだ。

「フリードリックに勤務先があったとは知らなかったわ」

「彼は〈エクスキャリバー・レーシング〉でチーフ・メカニックとして働いている――働いていたよ」

分割された画面のうち、三つには何の動きもなかった。ビルの正面のカメラだけが、車道を走っていく車の列を映していた。ジョナサンは早送りボタンを押した。

「あ、ちょっと止めて。あれフリードリックじゃない？」とフランシーンが言った。

上段右側の画面に、コルベットのヴィンテージカーから降りてくるフリードリックの姿が映っていた。時刻は九時四十七分だ。ジョナサンは画面を通常再生に戻した。フリードリックは上段右側から消え、数分後に下段左側の作業場に現れた。すぐに下段右側に移動し、洗面所わきのフックにかけてあったつなぎを取って洗面所に消えたと思うと、まもなくつなぎ姿でふたたび現れた。広角レンズの映像なので、表情まではわからない。だがスタンドに載せられたレーシングカーのうちの一台に集中しているようだ。彼は右側の前輪あたりで何か作業を始めた。

ふたりはしばらくフリードリックが働くのを見つめていた。

「何をしてるのかわかる?」

「たぶんショック・アブソーバーまわりだと思うんだが。早送りしてみよう」

フリードリックはずっと作業を続けていたが、正午ごろ携帯に電話がかかってきた。電話のあと、彼は急に元気になったように見えた。工具がきちんと整理された作業台に向かったところで、不意にすべての画面が真っ暗になった。

フランシーンとジョナサンは思わず立ち上がった。

「リモコンかしら?」

「もう一度見てみよう」

ジョナサンは電話がかかってきたところまでビデオを戻すと、今度は通常再生にした。フリードリックは作業台に近づき、何かを手に取り、ラリーがコンピュータを隠していたコーナーに向けた。ほぼ同時に全画面が暗くなった。表示時刻は十二時三分を示している。ジョナサンはもう一度ビデオを戻し、今回はフリードリックが作業台にたどり着いたときに手元をズームアップした。

「見てごらん」ジョナサンは画面を一時停止にして言った。

「リモコンだわ」

「ああ。一台がフリードリックのところにあるんじゃないかと、ラリーと疑っていたんだ」

ジョナサンは暗闇が現れるまで映像を追っていった。画面が暗くなっても、時刻表示は残っていた。何も映っていない部分を早送りしていくと、ふたたび作業場の映像が現れた。フリードリックはリモコンを作業台に戻していた。時刻は二時三十分で、彼はショック・アブソーバーの作業に戻っていた。

「まるで何もなかったみたいね」

「だが何か起こったのは間違いない。何も映っていない二時間半のあいだに、フリードリックは人に見られたくないことをしていたんだ」

ジョナサンはまた動きがあるまで早送りした。五時少し前になると、フリードリックは作業場のタオルで手を拭き、洗面所に消えた。戻ってきたときには手につなぎを持っていた。つなぎを元通りフックにかけると、作業場を出ていった。数分後には、コルベットに乗りこんで走り去るフリードリックの姿が上段右側の画面に映っていた。

「フリードリックはいつリモコンを手に入れたのかしら？」

「映像をもっと遡(さかのぼ)れば答えが見つかるかもしれないな。だがラリーが帰ってくるまで待ったほうがいいだろう。ともかくやつをつかまえて、ビデオに何が映っていたか話して、わたしにどうしてほしいか訊かなくちゃならん」

「ビデオを最後まで見る？」

「ああ」

ふたりはまたソファに落ち着き、昼食の残りを食べながら、フリードリックが翌日の日曜日に現れるまでビデオを早送りした。彼は土曜日よりも早く、九時前に作業場にやってきた。

今回は茶色の大きな布袋を持っている。彼は別の車でショック・アブソーバーの作業に取りかかった。しばらくすると袋に手を伸ばしかけたが、思い直したように、その手でリモコンを取った。また画面が真っ暗になった。

「今回は早いわね。まだ九時半よ」

「どれぐらい続くか見てみよう」

ジョナサンは画像が現れるまでビデオを早送りした。「おや、ずっと遅いぞ。午後五時だ」ふたたびビデオを通常再生に戻す。

「おかしいな、誰もいない」

ふたりは四枚のパネルを見つめた。フリードリックのコルベットは消え、画面には何の動きもない。正面の駐車場を映す画面に、ときおり車が行き過ぎるのが見えるだけだ。

「どうやってまたカメラを作動させたのかしら?」

「作業台をズームアップしてみよう」

ズームアップされた作業台の上を目で探したが、きちんと整理されたフリードリックの工具以外、何も見当たらなかった。「リモコンが消えてるわ」

「ああ。録画を再開させた誰かは、カメラの死角にいる。その誰かが、リモコンも持ち去ったんだ」

「ジョナサン、犯人がわざわざラリーのプール小屋にフリードリックの死体を置いたのには、やっぱり理由があったのよ」

「つまり犯人は、彼なら疑わしく見せられると知っていた？」

「そうだと思う。もしそうなら、フリードリックを殺した犯人はまた何かしかけてくるかもしれないわ。シャーロットみたいな言い方だけど」

電話が鳴った。フランシーンは立ち上がって発信者の名前を見た。「噂をすればよ」彼女は電話をとった。

「今すぐアリスの家に集合だよ。問題発生だ」とシャーロットが言った。

「どうしたの、アリスが落ちこんでるの？」

「ジョイの意見が通ればそうなるだろうね。ジョイときたら、ランチから戻ってきたと思ったら、リポーターを連れてきたんだよ」

「すぐ行くわ」

9

フランシーンは今回は自分のプリウスを運転してアリスの家に向かった。一刻も早く駆けつける必要を感じたからだ。もし『スター・トレック』に出てくる転送装置があれば、アリスの家は確実に「頻繁に転送されるリスト」に登録されるに違いない。

入り口の階段を上りきる前に、アリスがドアを開けた。何とか気を取り直す時間があったらしく、マイケル・コースの黒いパンツに白いクルーネックのカットソーに着替えている。いつもつけている銀の十字架のネックレスが、白い生地の上で光っていた。

「よかったわ、来てくれて」アリスはフランシーンを中に引っぱりこんでドアを閉め、客間から目の届かない隅に連れていった。「もうどうしたらいいのかわからないわ。ジョイが広報コンサルタントを雇ったって言うの」

「コンサルタント？　シャーロットはリポーターだって言ってたわよ」

「シャーロットの耳は自分の聞きたいことだけ聞こえるのよ。知ってるでしょう」

「確かに。でも、どうしてジョイは広報コンサルタントなんて雇ったの？」

「注目されたいとか、有名になりたいとか？　さっぱりわからないわ。あの人が有名になることにこんなにこだわってたなんて、全然知らなかった。今回の死体発見を〝死ぬまでにやりたいことリスト（バケットリスト）〟に絡めて、わたしたちの記事を書かせようって考えてるらしいの。あのコンサルタント、わたしに『リストの一番目は何ですか』なんて図々しく訊いてきたのよ」

フランシーンは顔をしかめた。「それはひどいわね。あなた、それだけは絶対に知られたくないって言ってるのにね」

アリスは自分のリストの一番目が何か、誰にも教えようとしなかった。親友のジョイにさえ秘密にしているのだ。だがジョイがこんなたわごとを言い続けるなら、いつまでふたりが親友でいられるかわからない。

「わたしたちの話題は全国放送でも取り上げられるかもしれないって。少なくとも広報コンサルタントはそう考えてるの」

「弁護士はぜったいに反対するでしょうね」

「まだ弁護士には話してないのよ」アリスはフランシーンに腕を絡ませてきた。「あなたなら、あの人たちに常識を思い出させることができるかもしれないでしょ」

「シャーロットが関わってるとなると、常識の線は難しいかもしれないわね。みんな客間にいるの？」

アリスは不満げに鼻を鳴らした。「あの部屋はこの二十四時間で過去二十四年分のお客様をお迎えして、さぞかしびっくりしてることでしょうよ。さ、行きましょう」

ふたりは両開きのドアを開けて、広々とした客間に入っていった。

「来た来た」とシャーロットが言った。「ここにいるマーシーに、あたしらが前に殺人事件の捜査に関わったことがあるって話してたとこだよ」

広報コンサルタントは立ち上がってフランシーンの手を握り、名刺を渡した。

「マーシー・ローゼンブラットと申します。どうぞよろしく」マーシーはフランシーンを上から下までじろじろ眺めた。

まるで、まな板の上の魚をどこからおろすか決めようとしているみたいだ。あまりにも不躾(ぶしつけ)な視線だったので、フランシーンもお返しに彼女を品定めしてやった。見たところ五十代のようだが、明らかに染めたとわかるまっすぐな黒髪を、肩の下まで伸ばしている。前髪は眉の十センチ上から始まり、まつげのあたりでぱつんと切りそろえられている。必死で若々しく元気に見せようとしているが、その必死さが前面に出すぎているという印象だ。

「大きな眼鏡ってすてきですわね」とマーシーが言った。「とっても賢そう。あなたがグループの分別担当なんですってね。さ、どうぞ座って。お話を聞かせてくださいな」

全員が腰を下ろした。

「お茶はいかが?」とアリスが訊いた。

「お願い」

アリスは客間を出ていった。

マーシーはジョイの隣に座り、ジョイと同じように、ひざがコーヒーテーブルに触れそうになるぐらい身を乗り出してきた。ずいぶん熱心だこと、とフランシーンは思った。

「フランシーン、あなた自身について少し教えてくださるかしら？　最初に裸でプールに入ったのがあなただってことはお聞きしてるんですけど」

「それはただみんなを促すためにしたことなの。わたしは別に露出症でも何でもないのよ」

「あはは」とマーシーは作り笑いをした。「本当にそうならよかったんですけどねえ」

「よかったって、誰にとって？」

「わたしたちよ。宣伝のため」とジョイが口を挟んだ。「テレビ番組がわたしたちに興味を持ってくれるように、マーシーが何か新鮮な切り口を探してるのよ」

「そういうのってあまりふさわしくないんじゃないかしら？　だってこれ、殺人事件の捜査なのよ」

　マーシーはスマートフォンをいじりながら言った。「殺人事件の捜査という切り口はもちろん積極的に取り入れましょう。そこは最大限に活用しなくてはね。《ヘンドリックス・カウンティ・フライヤー》紙に《インディアナポリス・スター》紙、すべてのローカル放送局、みんな話はついています。事件解決までストーリーを追い続けてくれますよ。でもわたしが目を付けてるのは、六十個の〝死ぬまでにやりたいことリスト（バケット・リスト）〟のほう。これについて大々的なキャンペーンを企画しましょう。全国展開だって夢じゃありませんよ。死ぬまでに裸で泳いでみたいって、ほんと面白い発想だわ！　とっかかりとしては最高。さあ、みなさんは他に何を計画してらっしゃるのかしら？　もしくはこれまでに達成したことに焦点を当てるのもありですわね」

ジョイはコーヒーテーブルの上に三冊のアルバムを載せていた。そのうちの一冊を取り上げ、「そうね」と言いながらページをめくる。

マーシーの電話が鳴った。「ちょっと待っていただけます？」と着信番号を確かめる。「ニューヨークからだわ」彼女は電話を取った。「マーシーです。ええ、〝裸泳ぎのグランマたち〟の代理人はわたくしです」彼女は立ち上がって歩き出した。「ええ、ええ。『トゥデイ』は最後の時間帯のホダとキャシー・リーをオファーしてきてます。でもわたくしどもはもっとニュース価値があると考えてまして、『グッド・モーニング・アメリカ』のほうがむしろいいんじゃないかと思ってたところなんですよ。もっと早い時間帯が取れないかしら？」

フランシーンは最初、マーシーが冗談を言っているのだと思っていた。だがマーシーは延々と交渉を続け、やっとフランシーンにもこれが現実の話だとわかってきた。

「もっと具体的におっしゃっていただけます？　わたくしどもは八時半から九時を希望しているんですけれど。ええ。ええ。いいえ、きっとお気に召しますよ。みなさん、そりゃあ面白いかたたちですもの。なんと言っても裸で泳いだんですからね。郡の観光振興協会のほうでは、資金調達のためにグランマたちのヌードカレンダーを作ろうかっていう案も出てます。みなさん、それぞれまだ五十個は〝死ぬまでにやりたいこと〟が残ってるんですよ」

フランシーンが首を振りながら立ち上がった。「待って、カレンダーなんてとんでもないわ」

マーシーは電話を指さし、しっとフランシーンを黙らせた。しばらく向こうの話を聞いたあと、言った。

「ええ、いいでしょう。地方局のプロデューサーを寄こしてくださるってことね？　申し分ないわ。ええ、アレンジはこちらでということで。ではよろしくお願いしますね」

アリスが紅茶のカップを持って入ってきたとき、マーシーが満面の笑みでみんなを見渡して言った。「契約成立よ。みなさん全員、明日の『グッド・モーニング・アメリカ』に出演が決定しました」

アリスの手からティーカップが滑り落ちた。カップは硬材の床の上で粉々に砕け、お茶とセラミックのかけらが一面に飛び散った。

「『グッド・モーニング・アメリカ』ですって？」

フランシーンはあわてて立ち上がり、拭くものを取りにキッチンに駆けこんだ。アリスがまだ固まったまま、まじまじとマーシーを見つめていたからだ。

「あらあら、まあまあ！」とジョイがはしゃいだ声で言った。「すばらしくない？」

アリスの声は震えて上ずっていた。「まさか！　どこがすばらしいの？」

フランシーンはペーパータオルを一束つかみ取ると、あわてて客間に駆けもどった。マーシーは腕組みをして、いらだたしげに右足をこつこつ踏み鳴らしている。「やれやれね。こんな有様じゃ、次回の出演話もどうなることやら」

ジョイはすっかり舞い上がって訊いた。「どういうこと？　まさか今後も続けて出られるなんて話があるの？」

「まだ決まったわけじゃないんですよ。向こうは明日の出来次第だっておっしゃってるので。でもそういう話が出てることは確かです。シニア層がどうやって後悔のない人生を送るかというテーマで、まとまったシリーズになる可能性があるんですって」

「後悔なら ありますとも」とアリスが言った。「あなたをこの家に入れたことだわ。ジョイ、どうしてこんなことができるの？」

「でもアリス、すごい話じゃない。全国放送のテレビに出てみたいって思ったことないの？」

「ないわ、一度も」

マーシーがジョイの肩を叩いた。「このごたごたを収めるのはあなたにお任せしますね。わたしはいろいろ手配を進めておきますから。この出演を宣伝に利用しない手はないでしょ？　そのためには『グッド・モーニング・アメリカ』の放送を、何としてもプールサイドでやらなくてはね」

マーシーはアリスに向かって言った。「午後は必ず携帯電話を身につけておいてくださいます？　支局に話がついたら、すぐにプロデューサーに撮影場所を見せなくちゃいけないでしょうからね」それからジョイのほうに向き直った。「みんなが明日七時までにここに集合するよう、念を押しておいてくださいね。早いとは思いますけど、本番開始の八時半までにいろいろ打ち合わせもあるはずですから。それじゃまた。見送りは結構ですわ」

マーシーは行ってしまった。

彼女が去ったあと、今起こったことが現実だと信じられないかのように、しばらくのあいだ誰も口が利けなかった。それからみんな我に返り、黙々と働きだした。フランシーンはこぼれた紅茶をふきとり、シャーロットが慎重にティーカップのかけらを拾いあつめ、ジョイがアリスを支えて椅子まで連れていった。

「お座りなさいよ」とジョイは言った。「大丈夫、きっとうまくいくって。わたしを信じてよ」

アリスは肩で息をしていた。

「有名になんてなりたくない。わたしの名前をみんなに知ってほしくもない。今はただ、誰がこんな恐ろしいことをしたのか、早く警察に突きとめてほしいだけよ。普通の生活を取り戻したいの」

シャーロットはカップの大きな破片を持ったまま、腰を伸ばした。

「そうは言ったって、全国的な注目を集めるのは役に立つよ。犯人捜しにみんなの関心が向けば、情報が自然とざくざく集まってくる。あたしらも犯人に近づける」

フランシーンは大量の濡れたペーパータオルを手に持ったまま、思わず口を出した。

「あたしらもじゃなく、警察もでしょ。全国的な注目とやらが招きよせそうなのは、ダーラの訪問ぐらいよ。〝それは住宅所有者組合の協約に違反してるわ〟ってね」

フランシーンは濡れたペーパータオルからしずくが落ちないよう、片手で受けながらキッチンに向かった。

「あんたとアリスには新たな視点ってやつが必要だよ」とシャーロットはフランシーンのあとについて歩きながら言った。

アリスの家は、寝室にはいささか悪趣味なテーマがあったとしても、キッチンだけは現代風に統一されていた。ぴかぴかしたステンレスの器具、大理石のカウンター、そして中央には大きなアイランド型の配膳台がある。コマーシャルに出てくるようなゴミ箱に、フランシーンはびしょびしょのペーパータオルを捨てた。

「いいえ、現実をちゃんと理解する必要があるのはそっち。これはあんたの大好きなミステリとは違うの。本物の殺人事件なのよ」

シャーロットは杖なしでゆっくり硬材の床を歩いた。

「情報を持ってるやつはどこかにいるって。マスコミに注目されるとなれば、そういうやつらもきっとしゃべりだすよ」シャーロットはカップのかけらを同じゴミ箱に捨てた。

「それよりは陰謀論者や変人たちが集まってきそうだわ。警察はきっと無駄な手がかりを山ほどつかまされるわよ。どちらにしても、捜査を遅らせるのが関の山よ」

「それならやっぱり、あたしらが警察を助けてやらなくちゃ」

「それならやっぱり、わたしたちはアリスを支えてあげなくちゃならないのよ。誰かがラリーをはめようとしてるかもしれないんだから」

「それ一体何のことだい？」

「今は言えないの、だから訊かないで。でもジョナサンは、ラリーに疑いの目が向くように仕組まれたのかもって言ってるわ。この先もっとひどくなるかもしれない。もしそうなったら、アリスはつらい思いをするでしょ。わたしたちの支えが必要になるわ」

シャーロットは勝ち誇ったような笑みを浮かべた。

「ほら、アリスに必要なのは、あたしらが事件を解決することだよ！　アリスとラリーを守るにはそれしかない。まずは事件の背景を探らなくちゃならないけど、それについてはいくつかアイデアがあるんだ。戻ってみんなと話そう」

「わたしたちは巻きこまれるつもりはありません。アリスを支える以外にはね」

「手伝ってくれないなら、手伝ってくれるまであんたの周りをうろついてやるからね」

ふたりはにらみあった。シャーロットは雄牛のような表情を浮かべている。カールした銀髪のかつらは、まるで鼻の穴から噴き出した煙が、頭の上で渦巻いてるように見える。

「いいわよ、わかったわよ。ただしわたしたちが何をするつもりか、アリスに言っちゃだめよ。彼女には何も知らせないこと」

「よし。まずは今晩ブリッジクラブのミーティングを開こう」

「アリス抜きでね」とフランシーンは念を押した。

「了解。アリス抜きで。メアリー・ルースも今晩なら来られるはずだよ。ところで明日の『グッド・モーニング・アメリカ』のインタビューはどうする？」

「実現しないよう祈ってるわ」

シャーロットは反対だった。「あたしらが自発的にやるか、TV局のやつらがいきなり乗りこんでくるかのどっちかだよ。それにジョイの広報コンサルタントさんは、やつらを〝死ぬまでにやりたいことリスト〟の釣り針でひっかけたつもりかもしれないけど、リールをぐいぐい巻き上げたのは殺人事件のほうだからね」

「ラリーの弁護士がきっと黙ってないわよ」

「ともかく今は、今晩のブリッジクラブのミーティングに集中しよう。場所はあたしの家で、八時でいいよね？ あんたはメアリー・ルースに来るよう説得して。あたしはジョイを受け持つから」

キッチンから出るとき、フランシーンはもう一束ペーパータオルをつかみとった。客間に戻ると、アリスがひとりでカウチに座っていた。膝にひじをついて、頭を抱えている。ジョイの姿はなかった。

フランシーンはアリスの身体に腕を回した。「大丈夫？」

アリスは頭を抱えたままだったが、うなずいた。

シャーロットが部屋を見回して訊いた。「ジョイはどこに行ったんだい？」

アリスは茫然自失の状態から少しずつ回復してきた。「ジョイに大丈夫だって言ったの」

「大丈夫って、『グッド・モーニング・アメリカ』のインタビューを受けるってこと？」

「あの人にとっては大切なことなのよ。そしてわたしは親友だもの。いやとは言えなかったわ。でも絶対に顔は映さない条件でって言ったの。それから〝死ぬまでにやりたいことリスト〟というテーマから離れないこと。どちらにしても、その話題以外は弁護士が許さないでしょうからね。ジョイは広報コンサルタントにそのことを話しに行ったわ」

「もう弁護士には話したの？」とフランシーンが訊いた。

「ラリーから弁護士の名前と電話番号を聞いたら、電話するわ」

「わたしたちもここにいましょうか？」

「ありがとう。でも本当に大丈夫。少しひとりになりたいの」

「『グッド・モーニング・アメリカ』を来させるのはいい考えだよ」とシャーロットが言った。「あたしらが――じゃなくて警察が――犯人を割り出すのにきっと役に立つよ」

　フランシーンはシャーロットをにらんだ。「じゃあ、わたしたち帰るわ」彼女は立ち上がると、シャーロットの背中に手を当てた。「帰るわよね？」

「まあ、あんたがそう言うなら」

「いつでも電話してちょうだい」フランシーンはアリスに言った。

「あたしにでもいいよ」とシャーロットが付け加えた。

　アリスはカウチに背中を預け、不安そうに腕で額をこすった。「そうするわ」と答えたが、あまり本気には聞こえなかった。

「あんなこと言って、あとで後悔しても知らないわよ」やっとシャーロットを家の外に連れ出すと、フランシーンは言った。

「何をさ？」

「『グッド・モーニング・アメリカ』の撮影をここでやるのはいい考えだとかいう話よ」

「ただの朝のニュースショーじゃないか。たいした害はないよ」

「一度、魔神をつぼから出したら……」

「あんたってノーしか言わないよね、フランシーン」

フランシーンは聞こえよがしにため息をつくと、家のわきの通路を通って車に向かった。

10

その夜フランシーンが、サマーリッジ・ブリッジクラブのミーティングのためにシャーロットの家のドアをノックしたとき、最初に出迎えたのは覗き穴から自分をチェックするシャーロットの片目だった。その気持ちはフランシーンにもわかった。とにかく大変な午後だったのだ。これほど疲れていなければ、死体を見つけてから二十四時間も経っていないという事実に驚いていたかもしれない。

ドアがきしんだ音をたてて開き、シャーロットはあわただしくフランシーンを招きいれると、ドアを閉めた。

「ちょっと信じられるかい？　あたしらが『グッド・モーニング・アメリカ』に出るっていう番組のコマーシャルが、夕方のニュースのとき流れたんだよ。それからこっち、大変な騒ぎだよ」

「最初のコマーシャルが流れてから、一切電話をとるのをやめたわ」

シャーロットはフランシーンを居間に通し、赤いペイズリー柄のカーテンをちょっと寄せて外をのぞいた。「だろうね。あんたに百件ぐらい留守電を吹きこんだだよ」

「ジャドから何も言わないようにっていう電話を受けなかったの？　電話が次々にかかり始めてすぐよ。知らない番号ばかりだったから、誰からの電話か確かめるのも途中で諦めたの」

「うるさいのは電話だけじゃなかったよ。うちの外でもリポーターが陣取ってて、うっとうしいったら。でもまあ、やつらは消えたみたいだね」シャーロットはカーテンをもとに戻した。

シャーロットの家は、サマーリッジ地区ではつつましやかなほうだ。ベッドルームが三つある平屋で、玄関ホールの右には小さな居間、正面には台所と食堂があり、食堂に面した裏庭に網戸に囲われたポーチがあった。シャーロットは居間から出て右手のベッドルームのほうにフランシーンを連れていった。

「ジョイから聞いたんだけど、ダーラ・バッゲセンは家の外に出てリポーターにかみついたそうよ。『道の両端に車を停めたら通りが一車線になる、これは住宅所有者組合の協定違反だ』ってね」とフランシーンが言った。「リポーターたちはほとんど聞き流してて、逆にダーラにインタビューしてたらしいわ。何て答えたか知らないけれど、きっと放送可能なレベルじゃないわね」

シャーロットはずいぶん前に、三つめの寝室を図書室に改造していた。きちんとアルファベット順に整理された本が、床から天井まである作り付けの本棚にぎっしり並んでいた。すべてミステリとスリラーだ。

けれど部屋そのものは、片づいているとは言いがたかった。一ダース以上の読みかけの本が、開いたままで部屋のあちこちに散乱し、ページのあいだから付箋（ふせん）がのぞいている。フランシーンは彼女の定位置である詰め物をしたロッキングチェアに座る前に、まず読みかけの一冊をどかさなくてはならなかった。

シャーロットは薄手の白いカーディガンを体に巻きつけた。「ブランデー飲む？　あたしはちょっと飲まなくちゃって感じなんだ」

「飲まなくちゃ」の理由が、エアコンの利きすぎた部屋のせいなのか、それとも奇妙な一日のせいなのか、フランシーンにはわからなかった。彼女自身はブランデーが大好きというわけではない――のどを滑り落ちていくときに焼けつくような感じがするからだ。でもシャーロットは自分ひとりでは飲もうとしないだろう。どのみち付き合うなら、自分で少なめに注いだほうがいいかもしれない。それならほかの誰かが早めに来ても、すぐ飲み干してしまえる。フランシーンは約束の時間より十五分ほど早目に着いていた。「わたしが注いでくるから、座っててちょうだい」

フランシーンはお酒のキャビネットに行って、クリスタルの食前酒グラスを取り出し、自分のグラスにはほんの少し、シャーロットのグラスにはそれよりも多くブランデーを注いだ。そのあいだシャーロットは、お気に入りの読書用リクライニングチェアに気持ちよくおさまっていた。多少擦り切れてはいるものの、あんず色のリクライニングチェアはこの家で一番座り心地のよい椅子だった。濃い青の花柄の壁紙に、あんず色がちょうどいいアクセントだとシャーロットは考えている。フランシーンなら二十年前にその壁紙をはがしているところだが。

フランシーンはシャーロットにグラスを渡すと、自分もロッキングチェアに落ち着いた。その日起こったさまざまなドタバタ劇にもかかわらず、フランシーンはくつろいでいた。友達といっしょに、なじみの場所にいるのはいいものだ。「ねえ、本当にやるつもりなの？」

「何をさ？」

「明日の『グッド・モーニング・アメリカ』のインタビューよ。あなた、しゃべるの苦手じゃない。目の前にマイクを突きつけられたらどんなに緊張するか、自分でもわかってるでしょ」

「ふん」シャーロットはぐいっとブランデーをあおった。「しゃべるのはジョイがやるって。ジョイに任せとけば安心だよ、一番の得意分野なんだから。それにあたしだって昔よりましになったよ」

後者に関しては疑わしかったが、ともかくジョイがしゃべってくれることを願うしかない。

「それでも朝ごはんはあまり胃と腸に負担をかけないものにしてね。いい？」

シャーロットは返事をせず、開いたミステリ小説の上に載せてあったノートとペンを手に取った。「このフリードリック・グットマン殺人事件をいろんな角度から考えてみてるんだよ。問題は、彼の死を願ってた可能性があるのは誰かってことさ。ラリーはとてもじゃないけど第一候補とはいえないね」

フランシーンはグラスに唇をつけて飲んでいるふりをした。

「ラリーについては同意見よ。あのふたりが越してきたときから、もう何十年という付き合いだもの。もし人殺しをするタイプだったら、どこかおかしいところがあるって気づいてたはずよ」

「コージーミステリから一冊選んで、参考になるところがないか調べてみた。だいたいいつも思ってもなかった人物が犯人なんだ。でも近頃は、最初から犯人の目星が付けられるようになってきたけどね」

「新聞はラリーびいきね。ラリーか、でなければジェイク・マーラーかという感じ」

「あたしに言わせりゃ、ジェイク・マーラーのほうが怪しいよ。この男はせっかくNASCAR（ナスカー）シリーズのレースで走れるようになったのに、一度もトップ10にも入れないで、負け犬の烙印を押されてブラウンズバーグに戻ってきた。今はまさに崖っぷちで、必死なはずだよ。しかも二カ月前にフリードリックと口論になってるんだ」

今日の午後はフランシーンも調べものをしていたので、その一件は知っていた。《ヘンドリックス・カウンティ・フライヤー》紙のスポーツ欄が、事件を大きく扱っていた。ジェイクは五月の〈インディ５００〉前夜祭のレースで優勝を逸し、その責任はフリードリックにあると責めたのだ。「でもふたりは和解したのよね。またタッグを組んで、〈スピードフェスト〉に挑戦するつもりだと発表したもの」

「その発表はついこないだの木曜日だよ。フリードリックが消えたのが土曜日。全部計画的だったのかもしれないよ」

フランシーンは初めて本当にブランデーを口にした。「もしくはふたたびタッグを組むという決定を気に入らない者がいたか」

「いいねえ、それは新しい線だよ。あれ、あんたほとんどブランデーを飲んでないじゃない。気に入らなかった？」

そのときドアベルが鳴った。フランシーンは自分のグラスに目を落とした。みんなが入ってきたときに、食事の席以外で飲んでいるところを見られたくなかった。ブランデーの残りを一気に飲み干すと、喉がかっと熱くなって思わず咳きこんだ。むせながらも立ち上がって言った。「わたしが出るわ。ここに連れて来るから待ってて」

「助かるよ。立ち上がってまたここに戻ってくるのも大義だからね」

フランシーンはキッチンに寄って食前酒のグラスを流しに置き、玄関まで行ってドアを開けた。メアリー・ルースとジョイとアリスがそろってドアの前に立っていた。

「なんで鍵がかかってるわけ？」とメアリー・ルースが肩で息をしながら文句を言った。

「遅れたと思ってあわてて走ってきたのに、入ろうとしたらドアが開かないじゃないの」

「今日はケータリングの仕事があったんでしょう？」とフランシーンが言った。「わたししたちのほうは、午後じゅうずっとリポーターに付きまとわれてたの。ジョナサンとわたしは二階の仕事部屋に隠れてたんだけど、あの人たち家の前に居座って帰らないのよ。ジャドが来て注意するまでずっと粘ってたわ」

「恐ろしかったわ」とアリスが言った。

「すばらしかったわよね」と同時にジョイが言い、アリスの顔を見てあわてて付け加えた。

「ごめん。もちろんあんたにとっては恐ろしかったわよね。わかってる」

アリスはどうしてミーティングがあることを知ったのだろう？「あなたが来られると思わなかったわ。いろいろあって大変だったでしょうに」

「だから来たの。それと、みんなに話さなきゃならないことがあるの」

メアリー・ルースがフランシーンに四角いケーキを手渡した。

「はい、メアリー・ルース特製の小麦粉を使わないチョコレートケーキよ。今日のイベント用にひとつ余分に作っておいたんだけど、いらなくなったの」

メアリー・ルースは〈メアリー・ルース・ケータリング〉のピンクのTシャツの下に風を入れようと扇ぎながら、中に入った。

ジョイがちょんちょんとメアリー・ルースの肩をつついた。「ね、明日の朝は空いてるわよね？『グッド・モーニング・アメリカ』が現場に近いアリスの家のプールサイドで、わたしたち全員をインタビューすることになったのよ」

メアリー・ルースはおびえたように目を見開いた。「そんなの無理よ！」

「大丈夫よ、そんなひどいことにならないって」と彼女の腕を取りながらジョイが言った。

「弁護士がうるさくてアリスだけは顔を隠すけど、他のみんなは出るのよ。殺人のことはあまり訊かれないはず。裸泳ぎのこととか、〝死ぬまでにやりたいことリスト〟の話が中心だから」

「それって喜ぶべきとこなの？」

図書室まで歩いていく途中も、ジョイはずっとメアリー・ルースをなだめすかしていた。説得の効果はあったらしく、フランシーンが台所にケーキを置いて図書室に戻ったときには、メアリー・ルースもインタビューに参加することを聞き入れていた。

遅れて来た三人はそれぞれクローゼットから折りたたみの椅子を出し、五人の女たちは輪になって座った。会長のジョイが何度かミーティング開始のあいさつをしようとしたが、しばらく好き勝手なおしゃべりがぺちゃくちゃと続いた。やっとみんなが静かになってジョイが口を開きかけたとき、アリスがさえぎった。

「ごめんなさい、でもわたし、これ以上黙っていられないの。胸にたまったものを吐き出してしまわないと、きっと爆発してしまうわ」思いがけない発言に、みんないっせいに身を乗り出した。「ラリーはラスベガスにいると言ってたけど、嘘だったの。ほんとは一足早く土曜日に戻ってきて、インディアナポリス東部のホテルにいたの。警察が一時間前に彼を見つけたわ。今は弁護士といっしょに警察にいるって」

アリスはわっと泣き出した。

11

部屋は水を打ったようにしんと静まり返り、アリスのすすり泣く声だけが聞こえていた。

最初に口を開いたのはジョイだった。「あんたは——そのことを知らなかったの？」

アリスは話そうとしたが、涙が止まらず、首だけを横に振った。

みんなそれぞれ反射的に体が動いた。ジョイはアリスに駆けよって慰め、シャーロットは台所に水を取りにいき、メアリー・ルースはティッシュを取りにいった。フランシーンはアリスの肩をさすった。

「どうしてわかったの？」とフランシーンが訊いた。

アリスはやっと気を取り直して答えた。「ラリーが警察から電話してきたの。でもわたしには来なくていいって。何か言い訳もしてたわ、あとで説明しようと思ってたとか何とか」

「そりゃ傷つくよ。来なくていいって言われちゃね」シャーロットが水の入ったコップをアリスのそばに置いた。「でもラリーはどうしてあんたに来てほしくないなんて言うんだろう？」

それを聞いて、アリスはまた泣き出した。アリスが落ち着くのを待ちながら、フランシーンはシャーロットにとがめるような視線を向けた。メアリー・ルースが戻ってきて、ティッシュを数枚引き出してアリスに渡した。アリスは涙をぬぐって言った。「わからない。警察は面会も許してくれないのかしら？」

「ラリーは逮捕されたって言ってた？」とシャーロットが訊いた。「もし逮捕されてないんなら、尋問のために留め置かれる義務はない。帰りたかったら好きに出てくればいいだけだよ」

「何も言ってなかったわ」

フランシーンは客観的にこの状況を理解するために、一歩引いて考えてみようとした。法律に関するわずかな知識を寄せ集めると、シャーロットの言うことは正しいと思われた。もしラリーが事情を聞かれているだけなら、答える必要はない。ただ帰って来ればいいだけだ。でもラリーは弁護士を呼んだ。これは何を意味しているんだろう？　ただアドバイスをもらっているだけならいいのだが。

シャーロットはまだ話していた。「アリス、これはひどい事態に見えるかもしれないけど、すぐに結論に飛びつくべきじゃないよ。ラリーの話をまだ聞いてないんだから」

シャーロットにしては驚くほど思いやりのある言葉だった。そこで止めておけばよかったのだが、そうならないのがシャーロットだった。

「まあ、フリードリックが消えた日にラリーが帰ってきたと聞けば、自然と点と点をつなげたくなるけどね。でもまだそうと決まったわけじゃないよ。ただの共犯ていう可能性だってあるんだから」

アリスはこれを聞いてまた泣き出した。

フランシーンは黙ってシャーロットを図書室の外に連れ出した。

「言いたいことはわかってるよ」廊下に出るとシャーロットは言った。「でもほんとのことだよ。何か罪を犯してるんなら殺人以外のほうがいいじゃないか」

「共犯だから喜べって言うつもり？」

「ともかく何かの罪は犯してるんだよ。何か隠すものがない限りそんな真似しないだろ」

「わたしだってそう思うけど、わざわざアリスの前で言い立てることないでしょう。わたしたちは友達なのよ。ここは元気づけて希望を持たせるところよ」

「あたしらみんなそう思ってることぐらい、アリスにだってわかるよ」

「心を読めるんでなければ、言わなきゃわからないわよ」

ジョイが廊下に出てきて、図書室のドアを閉めた。「ご苦労様、シャーロット。おかげでアリスは、明日の『グッド・モーニング・アメリカ』のインタビューを全部やめるって言い出してるわよ」

「やめるってどういうことさ？　そもそもアリスの顔は映さないって話じゃなかった？」

「明日は誰も敷地に入れないって言ってるの。プールサイドで撮影の予定なのに」

〝誰もアリスのことを考えてないの？〟とフランシーンは心の中で叫んだ。

「警察署の前で撮影したらどう？」とシャーロットが提案したが、少し考えて取り消した。

「いや、それだとジャドが怒り出すね。ならマシュー葬儀店の前は？　葬式をどこでやるのか、誰か知ってるかい？」

ジョイは廊下を歩き回った。「それもありかもね。いっそ教会でもいいわ。フリードリックは教会に通ってた？　誰に訊けばわかると思う？」

図書室のドアが開いて、メアリー・ルースがひょいと顔をのぞかせた。「あんたたちが何にも手伝ってくれないから、あたしがひとりでアリスを慰めたわよ。彼女、みんなに話があるって」メアリー・ルースはアリスがいるほうにうなずいてみせた。

みんな一列になって図書室に戻っていった。シャーロットはあんず色の椅子に座ったが、他の三人は立っていた。アリスの周りには丸めたティッシュが散らばっていた。アリスはまた新しいティッシュを引き出して洟をかんだ。

「シャーロットの話を聞いてて思い出したの。わたしが知っていることで、まだみんなに話してなかったことがあったのよ」とアリスは言った。「最初に断っておきたいんだけれど、これを話したくなかったのは、話すといかにもラリーが怪しく見えてしまうと思ったからよ。でも今はそんなことを言ってる場合じゃないわね」

「何を話したくなかったんだい？」シャーロットはテーブルのはしからこっそりノートとペンを手に取った。

「半年前、ラリーは作業場を引き払ってもらうとフリードリックを脅したの」

「ふむ。その理由は？　それと結局、実行しなかったのはどうして？」

アリスは深く息を吸って、目を閉じた。

「フリードリックは金銭的な問題を抱えてたの。少なくともラリーはそう思ってたみたい。彼はかなり家賃を滞納していたのよ。ラリーはフリードリックに対して少額訴訟を起こすとまで言ってたの。たぶんお給料を差し押さえようとしたんだわ」

「確かにそれには裁判所命令がいるね」とシャーロットがメモを取りながらうなずいた。

アリスは肩をすくめた。「どうしてラリーがそれまで我慢してたのかわからないわ。もっと早く出て行ってもらって、賃料を帳消しにしてしまえばよかったのよ。でも景気が悪くて次の借り手が見つかる保証もないから、何とかフリードリックに家賃を払わせる方向で解決したいって言ってたの。でも本当に何てことない小さな物件だったのよ。ラリーがそれほど気にかけてたとは思えないわ」

「じゃあ、立ち退き勧告とかは一度もなかった？」

「ええ、わたしの知る限りでは」

「フリードリックがまた家賃を納め始めたってことはある？」

「わからないわ。そのあとラリーがその話題を持ち出すこともなかったから」

シャーロットはフランシーンのほうを見た。「ジョナサンはラリーの会計士だよ。この件を知らないわけがないよね？」

フランシーンは呆れたように片方の眉をあげた。「わたしが顧客の秘密に関わることを口にできないって知ってるでしょ」

メアリー・ルースが折りたたみ椅子に座りこんだ。「警察はフリードリックが家賃を滞納してたことを知ってるのかしらね。知ってるなら、ラリーを呼んで事情を聞きたがったわけもわかるけど」

「知らなかったのよ、ジャドにはめられて今日わたしがしゃべるまでは。ラリーの電話の一時間ぐらい前に、ジャドが電話してきたの。話を聞くうちに、ジャドが知ってるものだと思いこんで、全部話してしまったのよ。今となっては、彼が知ってたのかどうかわからないわ」

シャーロットはくすくす笑った。「ジャドもやるもんだね、たいしたはったりだ。アーバックル・エイカーズ公園にUFOが着陸したって聞いたら、自分の部署が飛行プランを提出したと言いかねないよ。気をつけないと、何を知ってて何を知らないかわかったもんじゃない」

「きっとフリードリックの家を調べて、何か情報をつかんだのよ」とフランシーンは慰め顔に言った。「小切手帳かパソコンのファイルが見つかれば、ラリーに支払いをしてなかったことはすぐにわかるもの」

シャーロットはペンを置いた。「フリードリックの家のことは考えてなかったよ。行ってみる必要があるね」

「そんなことできないわよ！」とメアリー・ルースが大きな声を出し、みんなが彼女を見た。

「というかつまり、それって間違いなく違法でしょ」

シャーロットは小馬鹿にしたように眉を上下に動かした。「犯罪現場用の立ち入り禁止テープがドアに張られてなければ大丈夫だって。ジャドはラリーの有罪の状況証拠を手に入れようとして、アリスから情報を引き出してるんだよ。そんならあたしらは逆の証拠を手に入れないと。そのためにはどうしたってフリードリックの家に行かなきゃならないよ」

「だけど、どうやってそこに忍びこむつもりなの？」とジョイが訊いた。

「あたしにコネがある」とシャーロットは答えた。「まあそこは任せといて。それよりいま危ない状態にあるものを一番に考えようよ」

「何が危ないっていうの？」とメアリー・ルースが言った。「確かに警察はラリーとアリスを調べてる。でもふたりは潔白なんでしょ？　少なくともアリスはそうよね。あんたはただ殺人事件を解決したいっていうだけじゃないの」

シャーロットは非難に一瞬たじろいだように、椅子に深く座りなおした。「だけど正義が歪（ゆが）められたケースなんかいくらでもあるって、みんな知ってることじゃないか」

「知らないわよ。少なくとも身近では見たことがない。全部あんたの思いこみなんじゃないの？　おっかないミステリ小説の読みすぎよ」

「ケーキをいかが？」とげとげしい空気を和らげようと、フランシーンが立ち上がった。

「あたしのケーキをね」とメアリー・ルースが言った。

「ええ、そうよ。メアリー・ルース印の小麦粉を使わない絶品のチョコレートケーキよ」

「切る前にちゃんと手を洗ってよね」

答える前に、フランシーンは深く息を吸った。「ケーキをいただいて、みんな少し頭を冷やしましょう。でもその前にわたしの考えを言わせてちょうだい。これは単純な殺人じゃないと思うの。残念だけど、犯人はこのままおとなしく隠れてはいないかもしれない。これからもラリーに罪を被せようと積極的に動く可能性があるのよ。ジョナサンもわたしも根拠なしにそう考えてるわけじゃないの」

「ほんとに？」とメアリー・ルースが疑わしそうに言った。「そんなふうにシャーロットをたきつけちゃっていいの？ 何かはっきりした証拠があるってこと？」

「思わせぶりな言い方で悪いんだけど、わたしの口からはこれ以上言えないの。ジョナサンがラリーに話を聞くまで待たなきゃならないのよ」

「それはちょいと先になるかもしれないだろ」とシャーロットが言った。「そのあいだに、あたしらでできるかぎり事件の真相を探っておけば、それだけ警察が真犯人を見つけやすくなるよ。あたしに計画があるんだ。ケーキとコーヒータイムが終わったら、ちゃんと説明する。それから話し合おうよ」

12

サマーリッジ・ブリッジクラブのミーティングは、図書室から食堂のテーブルに場を移した。テーブルの上に散乱したミステリ小説をフランシーンが積み重ね、ケーキを切れる場所を確保した。

「だって事件の研究中だからさ」とシャーロットは言い訳したが、フランシーンの知る限りテーブルはいつもそんな具合だった。シャーロットがコーヒーを淹れた。みんなにお皿とカップがいきわたると、五人の女たちは四人用の丸テーブルのまわりにそれぞれ座る場所を確保した。

シャーロットはみんながまだいくらもケーキを食べないうちに口を開いた。

「チョコレートで頭が麻痺する前に始めるよ」近所の地図をテーブルの上に広げながら、みんなに食べ物をどかすように言った。「わかると思うけど、これはサマーリッジ地区の地図」

地図はサマーリッジ分譲地区が建設段階だったころの古いものだった。もっとも特徴的なのは半円を描くサマーリッジ通りで、地区のほとんどの家に接していた。シャーロットの住むトレイルリッジ通りはそれより細く、サマーリッジの南部に沿って走っていた。シャーロットは地図のいたるところに赤いインクで書きこみをしていた。「それぞれの家の住人の名前を書きこんである」とシャーロットは地図を指さしながら言った。「家が貸し出されてる場合は、持ち主の名前」

「青い丸で囲んであるのはどういう意味？」とフランシーンが訊いた。

「犯罪現場を見に来た人の家だよ。トービーに名前を控えさせといただろ」

フランシーンが地図のはしが丸まってしまうのを指で伸ばしていると、シャーロットが食べ終わったケーキ皿を置いて押さえた。「犯人はいつも現場に戻るっていう、あたしの見解を覚えてるかい？　青で囲った三十八人が容疑者のグループってわけさ」

メアリー・ルースが老眼鏡越しにシャーロットを見た。「あんたの見解？」

フランシーンが片手をあげた。「もう口喧嘩はおしまい。そりゃあシャーロットは経験豊かな探偵というわけじゃないけれど、前に叔父さんの殺人事件を解決してるのよ。それに誰よりたくさんミステリ小説を読んでる。シャーロットの計画がどんなものかわからないけど、今ここで額をつき合わせて何か考え出すよりましでしょ。それに警察が何をどこまで調べたのか、殺人犯が現場に戻ってくるという考えには、筋が通ってるわ。犯人は気にしてるはずだもの。警察が全力で手がかりだの動機だのを調べてるすぐそばで、見学ツアーに混じって安全に現場に戻れるのよ。戻ってくる可能性は高いと思わない？」

「いろいろと不安はあるけど、ご近所さんの誰かが犯人かもしれないって思うと、何だかどきどきしちゃうわねえ」とジョイが言った。

シャーロットがラリーとアリスの家を指で示した。それはサマーリッジ通りが西に曲がる角にあった。「あたしは一通り考えてみたけど、みんなでもういっぺん見直してみようよ。ここがラリーとアリスの家。もし犯人がサマーリッジ地区の外から来たとしたら、なんでもっと入り口に近いとこに死体を隠さなかったのか？　それより、なんでピッツボロに向かう国道ぞいの畑にでも捨てなかったのか？」シャーロットは地図の先にある町の方角にさっと指を走らせながら言った。「それなら秋まで見つからないだろ？　可能性として考えられるのはひとつだよ。犯人は死体を急いで始末しなくちゃならなくて、あのプール小屋がしばらく使われそうになかったと知ってたってこと。そこからふたつの仮定が導き出せる。ひとつは、犯人は近所に住む人物である。もうひとつは、犯人はラリーとアリスがプールをあまり使わないと知っている。ここまではいいかい？」

みんなが同意しかけたところで、フランシーンが声を上げた。

「でも、計画的だった可能性もあるんじゃない？　つまり犯人はラリーを陥れようとしてたってこと。それならあのプール小屋を選んだ理由も説明できるでしょ。そうなると犯人は、ラリーがフリードリックに作業場を貸してたことと、フリードリックを追い出すと脅してたことを知っていた人物になるわ」

「それなら犯人は別に近所の人じゃなくてもいいわけよね？」とメアリー・ルースが言い出した。「ラリーはこの地域で派手に仕事をしてるんだから、顔は相当広い。ラリーをはめることが目的なら、犯人はどこから来てたっておかしくないんじゃないの？」

「それは鋭い指摘ね。でもそれだと、プール小屋のことを知っていたわけを説明できないわ。ご近所なら当たり前に知っていても、プライバシー・フェンスがあるから、付き合いの浅い人ならわからない。だから犯人はラリーとアリスとそこそこ親しい人物、つまり家に招かれてプール小屋のことを知っている程度には親しい人物ってことになるわね」フランシーンはシャーロットのほうを向いた。「計画があるって言ってたわよね」

「ちょっと待って」とジョイが口を挟んだ。「話をややこしくするつもりはないんだけど、もし共犯がいたとしたら？　つまりご近所さんの誰かが、外の誰かを助けたってことはないかしらね」

シャーロットは大きく息をついた。「ふむ、それは確かにややこしくなるね。あたしらはその可能性も考慮しつつ、絡まった糸を一本一本ほどいていかなくちゃならないってことだ。もうひとつわかってることがあるよ。フリードリックはラリーに家賃を滞納してただけじゃなく、最近ミジェット・ドライバーのジェイク・マーラーに、公衆の面前でののしられたんだ」

「あのね、何度も言うけど、ジェイクはミジェットカー・ドライバーで、〝小さい(ミジェット)ドライバー〟じゃないのよ」とメアリー・ルースが言った。

フランシーンは笑いをこらえたが、だれかが噴き出した。

シャーロットはメアリー・ルースをぎろりとにらんだ。

「はいはい、悪かったよ！　なんなら残りの話もあんたがする？」

「レースについてはあたしのほうがちょっぴり詳しいだけよ。でも結構よ、続きをどうぞ」

シャーロットはむっとしながらも、先を続けた。

「ジェイクとフリードリックのあいだには長い歴史があるんだ。負けず嫌いの十五歳の若造を、ミジェットカー・レースの有名ドライバーに育て上げたのはフリードリックの力だよ。おかげでジェイクはNASCAR(ナスカー)の育成プログラム契約を獲得するまでになった。ただ肝心の成績がどうにもぱっとしない。それでもう一度フリードリックと組んで、絶好調だったころに戻るきっかけをつかもうとしたんだね。ところがフリードリックの整備したミジェットカーが、〈インディ500〉前夜祭レースの最終トラックでトラブル発生だ。ジェイクはあっという間に一位から五位に転落さ。ジェイクはむちゃくちゃ腹を立てた。何としてもここで自分の強さを証明したかったんだ。スポンサーを喜ばせるためと、NASCARのサーキットに踏みとどまるためにね。それでも結局ふたりは和解した。フリードリックはたぶん〈スピードフェスト〉のレースに向けて、ジェイクのためのマシンを組み立て始めてた。でもふたりのあいだのわだかまりが、きれいさっぱり解けたかどうかはわからないんだ」シャーロットは一息ついた。「新聞に書いてない情報がもっと必要だよ。フランシーン、あんた〝ピストルのクリスタル〟と知り合いじゃなかった？」

「ええ、まあね。でもどうして？」

「クリスタルの息子はジェイクの個人トレーナーなんだよ。新聞によると、ジェイクはそのトレーナーをかなり信頼してるらしい。だから何か知ってる可能性がある。あんたそのトレーナーと話してみてくれないかな」

フランシーンは顔をしかめた。「母親を通して連絡を取るってこと？」

「それしかないよ。それにあんたジェイクと同じジムに通ってなかったっけ？」

「ジェイクが町にいるときはね。ジムで見かけたのはせいぜい二、三回よ。いつ通ってるのかもまったく知らないし」

「クリスタルなら知ってるかも。知らなくても訊いてくれるかも」

「そんなにうまくいくかしら？　たとえそのトレーナーに近づけても、わたしには何も話してくれないかもしれないわよ」

「大丈夫、話してくれるよ。たいていの人は、自分がどれだけ知ってるかひけらかしたくなるものなんだから。特に有名人のことならね——まあこの場合はプチ有名人程度だけどさ。でもやってみなくちゃ始まらないだろ」

言いたいことはいろいろあったが、シャーロットの粘り強さについてはフランシーンは誰よりもよく知っていた。「わかったわよ、やってみるわよ」

「そう来なくっちゃ。さあ、次に考えなくちゃならないのは、ご近所さんのなかで、誰がフリードリックと個人的なつながりがあったかってことだ。ラリーのほかにね。どう思う？」

フランシーンは地図を押さえていない皿を集めて、台所に持っていった。早くも予想外の任務を割り当てられている。これ以上自分が意見を言わなくても、待っていれば誰かがしゃべり出すことはわかっていた。長時間口を開かずに我慢できるタイプは、このグループのなかにひとりもいないのだ。

最初に口を開いたのはメアリー・ルースだった。「ちょっと手前勝手と思われるかもしれないんだけど、聞いてくれる？　いま〈イーグルポイント・ビジネスパーク〉は、レース関係の会社を全国から誘致してるの。だからブラウンズバーグの町にもレース業界で仕事をする人がすごく増えたのよ。ここサマーリッジ地区でもそう。かなりの数の人たちが、レース業界で働いていたり、レース業界の人たちと関わってたりするわけよ。そういう人たちが、何らかの形でフリードリックとつながっていたというのは、十分あり得ると思うわ」

ジョイがトービーのリストを掲げた。「ねえ、このリストには三十八人のご近所さんが挙がってるのよ。まさかこの人たちひとりひとりに、フリードリックを知ってるか訊いてまわれって言うの？」

「まあそう言えなくもないんだけど、最後まで聞いてよ。こういうレース関連会社はお金を持ってる。彼らはパーティーを開いたり、〈ルーカス・オイル・レースウェイ〉で食べ物を出すときには、ケータリング会社を雇うの。あたしはそういう仕事に何とか参入したいのよ。だから考えたんだけど、ご近所さんたちを招待して昼食会を開いて、うちの料理をふるまったらどう？　表向きは、地区の安全対策とか何かにするのよ。そしたら誰がフリードリックを知ってたか、情報収集する機会が――」

シャーロットがリストをひったくった。「そいつはすばらしいアイデアだよ、メアリー・ルース。リストの連中のほとんどは、殺人事件についてあれこれうだ噂話をしたいんだよ。

でなきゃ現場見学ツアーになんか参加するもんか。事件について話ができるとちょっと匂わすだけで、かなりの出席が見込めるよ。事件現場を見るためだけに朝っぱらから集まれるんだから、昼食会なら喜んで出てくるだろうよ」

「問題はどこでやるかよ。うちにはそんなたくさんのお客は入りきらないからね」

シャーロットはぐるりと頭をめぐらせ、アリスに視線を据えた。

「あら、だめだめ。悪いけど、うちはだめよ。もう十分いろんなことがありすぎたもの」

「そんならフランシーンのとこだ」

フランシーンは、ハイウェイでヘッドライトの光に捕らえられた鹿のような表情になった。

「うちで?」

「アリスの次にでかい家といったら、あんたのとこだもの。それにあんたは経験豊富じゃないか。日曜学校のパーティーを何度も開いたろ、あんなにたくさん人を呼んでさ。スペースが足りないなら、テラスも使えばいいし」

「そんなに早くパーティーの準備ができるかわからないわ」

「大丈夫、できるわよ」メアリー・ルースはシャーロットが台所にためこんでいる付箋を一枚はがし、メモを書き出した。「今日は月曜だから、昼食会は水曜日ね。今夜ファックスで注文を入れて、明日には食材を配達してもらってと。リストの三十八人全員は無理だろうけど、二十五人は固いわね。かなりの出席率だわ」

「でも間に合うように家を掃除できるかどうか……」

「何言ってんのさ、フランシーン」とシャーロットがさえぎった。「〝ほこりのウサギ〟はあんたの家じゃ絶滅危惧種じゃないか。一時間前の通告で保健局の抜き打ち検査があってもらくらくパスできるよ」

「そんなことないわよ。それにジョナサンが――」

「ああ、たぶんジョナサンは文句を言うよね。でも最後にはあんたの望むようにしてくれる。それにジョナサンがパーティーに出たくないなら、出なくたっていいんだから。仕事だって言って二階に隠れてればいいだろ」

「まあそれは……」

「じゃあ、あたしらみんなでフランシーンを手伝うってことでいいかい？」シャーロットがボランティアを募るように片手を挙げた。

他のみんなはこの上なく喜んで同意した。結局のところ、パーティー会場は自分の家ではないのだ。

「ね？　大丈夫よ」とメアリー・ルースが言った。「あたしたちみんなで手伝うから。誰がケータリングを担当するかだけ、ジョナサンにちゃんと伝えといてね。彼はいいって言うと思うけど」

「それならいっそ警察の人を招待して、『犯罪防止のための近隣見守りプログラム』について話してもらったらどうかしら？　正式な感じの会になるでしょ？」とフランシーンが提案した。みんな賛成してうなずいた。「警察への連絡はシャーロットに頼んでもいい？」

「一番適任よ」とアリスが言った。「いつも警察に電話してるものね」

「そんなことない……」

「ねえアリス、ちょっと訊いてもいい？」とジョイが言った。

「なあに？」

「ラリーがフリードリックに作業場を貸してたこと、誰が知ってるの？　みんなが知ってる話じゃないわよね？　さっきの話だと、警察だってラリーが話すまで知らなかったんでしょ？」

「あなたの言うとおりよ。わたしたちがあのビルを所有してることだって、知ってる人はそれほどいないと思うのね。あのビルは十年前に投機用に買ったの。でも全然借り手がつかなかったのよ。侵入行為も絶えなくて、ラリーはとうとう入り口を板張りにしなくちゃならなくなった。〝貸物件〟の看板は、フリードリックが借りてくれたときに外したんじゃないかしら。どちらにしても気づいた人がいたかどうかはわからないわ。わたし自身、気づかなかったもの」

「あたしも気づかなかったよ」とシャーロットが言った。「しかもあの道は、角の信号を避けるのに一日十五回は行き来してたはずなのにね。あたしの観察眼も錆(さ)びついたもんだよ。それにしても、誰が物件の所有者で、誰がそれを借りてるかなんて、どうやったらわかるのかね？」

「ちょっと待って。話が見えないんだけれど」とフランシーンが訊いた。

「考えてもごらんよ。もしラリーがはめられたんなら、犯人はフリードリックがラリーから作業場を借りてることを知ってたってことだけど、どうやって知ったかって話だよ。フリードリックから直接聞くほど親しかったか、どこかしら嗅ぎまわって情報を集めたかどっちかだろ。そしてもし嗅ぎまわったとしたら、一体どこで？　きっと何かしら足跡を残してるんじゃないのかね？」

「ラリーは商工会議所にもよく顔を出してるわよね。あそこなら彼の賃貸物件について把握してるんじゃないかしら？」とフランシーンは言った。

「じゃあ、犯人は商工会議所で調べることはできたかも。ジョイ、あんたクラブの渉外担当だよね。そういうやつがいたか、いたとしたら誰か、探りだせる？」

「それはいいけど、明日の『グッド・モーニング・アメリカ』の出演が終わるまではだめよ。みんなもいい？　明日は全員で出るのよ」

メアリー・ルースはぞっとした顔をした。「あたしは何も言わなくていいのよね？　それはちゃんと約束して……」

「その件は今日の午後、プロデューサーと打ち合わせしたわ。話すのはわたしだけよ」

メアリー・ルースはまだ躊躇（ちゅうちょ）しているように見えた。

「大丈夫よ」とジョイが請け合った。

「だといいけど」とメアリー・ルースが答えた。

「みんな、忘れないでよ！　明日は七時までに集合すること」

「少なくとも早くは終わるわね」とメアリー・ルースが言った。「自分のキッチンに戻って、平和に昼食会の準備ができる」

フランシーンは自分たち全員のために、順調に進みますようにと願った。だがフリードリックの死体がプール小屋から転がり出てきて以来、何ひとつ彼女の願うようには進んでいなかった。

13

翌朝フランシーンとシャーロットは、ぴったり同じ時間にアリスの家に到着した。七時十分前だ。シャーロットはフランシーンよりはるかに興奮しているようだった。

「ね、あの男前のジョージ・ステファノプロスに会えるかね？」

フランシーンはドアベルを押した。「ブラウンズバーグじゃ無理よ。小さなテレビモニターの中に顔が映るだけだと思うわ。毎朝あんたがテレビで見てるのと同じよ」

「あたしだってジョージがここに来ないことぐらい知ってるよ。じゃなくて、あたしらが彼と話せるかってこと」

「それもありそうもないわね。だっておしゃべりはジョイが全部担当するんでしょ。わたしとしてはそのほうが助かるけど。本当は顔が映るのだっていやなのよ。これはあくまでジョイのためにやってるだけよ」

「そこはあたしらみんな同じだよ。ジョイのためだ」シャーロットは一歩下がってフランシーンをじっと眺めた。「ほんとに注目を集めたくないんなら、その黄色いサンドレスを着るべきじゃなかったね。あんたそれを着ると最高にきれいだもん」

「ありがとう。アリスったらドアを開けるのに何を手間取ってるのかしら」フランシーンはもう一度ドアベルを押し、さらにノックもした。

「テレビに映ると五キロは太って見えるっていうよ。それに対抗するためにガードルをはいてきたんだけど、これが結構きつくてさ」

フランシーンは改めてシャーロットの姿を見直した。今日は赤と青の水玉模様の白いワンピースを着ているが、以前これを着ているのを見たときより、明らかに腰回りにゆとりがある。「そのガードルでどれぐらい締めてるの？」

シャーロットは不安そうに唇をかんだ。「どこか変かね？」

「ううん、きれいに見えるわよ。よく似合ってる。わたしはただ……」

ガードルがきつすぎてシャーロットが気絶するか、カードルがいきなり裂けるんじゃないかと心配していることを、どう伝えればいいだろう？　どちらもテレビに映るにはかなり問題のある画像だ。フランシーンが口を開く前に、ドアが開いてジョイが出てきた。フランシーンと同じサンドレスで、色違いのライムグリーンを着ている。

ジョイは目を細めてフランシーンのドレスを見た。「そんな予感がしてたのよね。わたしたち同じ店で買い物しすぎなのよ。違うのを一式持ってきててよかった」ジョイは身を翻して、中に戻っていった。フランシーンがあとを追い、シャーロットが続いた。

「まあ、問題ないわよ」とフランシーンが言い、あたりを見回した。「アリスはどこ？　今朝は少しは元気になってた？　それでラリーは……？」

ジョイはふたりを引き寄せた。「ゆうべ帰ってきたんだって。ちょっとだけ話をして、ラリーは青の寝室で寝たそうよ。アリスはそれだけしか言わないの。今朝はジャドやリポーターに出くわしたくないからって、早くに出かけたらしいわ」

「ジャドだって？　あの子が来るとは知らなかったよ」とシャーロットが言った。

ジョイは肩をすくめた。「来るんじゃなくて、もう来てるわよ。六時半に現れて、撮影班以外の全員を追い出してたわ」

フランシーンは腕時計を見た。「こんな朝早くに、他に来てた人がいたの？」

「野次馬とパパラッチよ。場所を移しただけで、まだ帰ってないわよ。ダーラの家の二階のバルコニーにいすわってる。双眼鏡や望遠レンズ付きのカメラを持ってね」

「へえ」とシャーロットが言った。「ダーラも昨日あれだけ文句をつけてたのに、今日はパパラッチに協力かい」

「バルコニーの使用料を請求してるかもよ」

誰かが咳をした。フランシーンが顔をあげると、背の高いはげ頭の男がそばに立っていた。男はまた咳をしたが、自分たちの注意を引こうとしているのか、ただ咳きこんでいるだけなのかわからなかった。

「そこにいたのか」男はジョイに言い、フランシーンとシャーロットを指差して訊いた。「この人たちもブリッジクラブのメンバーかい？」

ジョイがふたりを紹介した。「僕はアシスタントプロデューサーだ」と男は言い、フランシーンとジョイを見比べながら訊いた。「なんで同じドレス？」

「ちょっとした手違いなの」とジョイが答えた。「何を着るか事前に打ち合わせしておくべきだったわ。でも予備の服を持ってきてるから」

「そ。じゃあ早く着替えてきて。マイクをつけて、いくつかテストしておかないといけないからさ」

「撮影まであと一時間半はあると思ってたわ」

「僕に文句言われても困るんだよね。全国ネットのモーニングショーを仕切るなんて、慣れてないんだからさ」

「すぐ着替えてくるわ」ジョイは階段を上がっていった。

「じゃあそっちのふたり、プールサイドに出てよ。あと三人いるって言われてたんだけどな。もうひとりはどこにいるの？」

男が馴れ馴れしく背中を押すのが、フランシーンは気に食わなかった。

「メアリー・ルースなら、もうすぐ来ると思うわ」

「もし来なかったら電話してもらわないと」彼はふたりをうながし、客間の両開きのドアを通って、プールサイドに出た。

ジャドはプール小屋の前の、フリードリックの死体が転がり出たあたりにしゃがみこんでいた。手には黄色いテープを持っている。

シャーロットが嬉しそうに手を振った。「ジャド！」

ジャドは一瞬目を上げたが、すぐにまたテープ貼りの作業に戻った。

「ちょっと、なんだよあれ?」とシャーロットが息巻いた。「あたしらを無視してるよ。仮にも公僕のくせにさ、あんな態度ってあるかい?」

「彼の邪魔をしないでくれよ」とアシスタントプロデューサーが注意した。「犯罪現場を再現してもらわないといけないんだから」

「今日はブリッジクラブの取材だけかと思ってたわ」

「いろんな角度からストーリーを切り取るんだよ」彼は腕時計に目をやった。「ジョイはどこだ? ここにいてもらわないと」

フランシーンは男の尊大な態度にだんだんうんざりしてきていた。

「あなたが彼女に着替えるよう言ったのよ」

「ああ、そうだっけ」彼はとつぜん咳の発作に襲われた。「ちょっと見てきてくれるよね?」と言うと、さっさとカメラマンのところに話しにいってしまった。

「ちょっと見てきてくれるよね、だとさ」とシャーロットが男のまねをした。

「あの人、名前を名乗った?」

「いいや」

「〝アシスタント〟の最初の三文字(ASS)で呼んでやろうかしら」

「そりゃいいね」

そのときジョイが家から出てきた。カーキのスカートに明るいブルーのポロシャツを着ている。

「そっちのほうがあんたに似合うね」とシャーロットが言った。「スポーツ番組のリポーターっぽいよ」

「そう思う？」

「ああ。カーレースの中継でリポーターが着てそうな服だ」

「そういうのは考えたことがなかったわ。大きな水上競技会を中継するときなんかは、リポーターは何を着るのかしらね？」

アシスタントプロデューサーが口笛を吹いて、三人に来るよう手招きした。フランシーンとジョイはそれに従って歩き出した。シャーロットはさりげなくその場に残っていたが、不意に方向転換したかと思うと、ジャドのほうに歩き出した。だが、きついガードルのせいでぎこちない歩き方になり、杖がコンクリートに当たってゴツンゴツンと硬い音を立てた。フランシーンはその音を聞きつけて、あわててシャーロットのあとを追った。

ふたりは同時にジャドのところに着いた。「今日はてっきり〝裸泳ぎのグランマ〟の取材だけだと思ってたよ」とシャーロットが声をかけた。

ジャドは死体の輪郭の頭の部分をテープで貼りながら答えた。

「僕も呼ばれたんです。警察の見解も必要ということらしいですよ。事件解決に向けて、我々がどう動いているのかとかね」

「ねえ、あんたらはラリーについて何をつかんでるのさ？」

「僕は特定の人物について何か言ったりしてませんよ」

「だってラリーをイーストサイドのホテルから引っぱり出して、警察に連れてって尋問したんだろ？　何かつかんだからに決まってるじゃないか」

「その質問には答えられませんね」ジャドは立ち上がり、伸びをして、それからシャーロットのドレスに気づいた。「最近ずいぶんやせたんじゃないですか？」彼は心配そうに訊ねた。

「ドレスのせいよ」とフランシーンが答えた。「素敵でしょ？」

ジャドはうなずいたが、まだいぶかしげにシャーロットを見ている。「ところで、あちらで何かやることがあるんじゃないですか？」彼はアシスタントプロデューサーのほうを手で示した。

フランシーンはシャーロットの肩を押してそちらの方向に向かわせながら言った。

「ええ、そうなの。早く行かないと、アシスタントプロデューサー様が心臓発作を起こしそうだわ」

フランシーンの皮肉っぽい口調に、ジャドは声を出さずに笑っていた。

シャーロットはフランシーンの手を振り払おうとしかけたが、そこに広報コンサルタントのマーシーがせかせかとやってきた。フランシーンは今朝初めて彼女を見たが、サンダルが濡れているところを見ると、芝生に入りこんでいたのだろう。

「あなたがた、一体ここで何してらっしゃるの？」マーシーは大げさに手を振りまわして、苛立ちを表現した。「撮影の妨害でも企んでるんじゃないでしょうね？　いいですか、このインタビューがPRプランの要（かなめ）なんですよ。『グッド・モーニング・アメリカ』に失敗したら、《ピープル》誌の特集も消えたも同然ですからね」

「あたしらが《ピープル》に載るって？」シャーロットのあごは文字通りはずれてしまったように見えた。

「苦労して検討の対象に入れてもらったんですよ。とにかく最初のドミノをひとつ確実に倒さなくちゃ。そしたらあとは、取材が次々やってきます。そのためには、これをばっちり決めないと」

「妨害っていうのも確かに魅力的ね」とフランシーンは冷ややかに言った。「でもジョイにとっては大切なことなんだものね」

マーシーは顔をしかめた。「さ、プールサイドに戻りましょう。カートが撮影の注意点を説明するところですから」彼女は額に落ちてきた髪を払いのけた。

フランシーンは時計に目をやった。「でもまだ七時半にもなってないわよ」

「八時には準備万端にしてほしいんですって。あなたがたのコーナーはそれ以降いつ回ってくるかわからないから、いつ来ても大丈夫なようにね。今朝は大きなニュースが少ないんです。わたしたちにとっては好都合だわ」

マーシーに急き立てられながら、フランシーンがふと見上げると、ダーラがプライバシーフェンスよりも高い二階のバルコニーから手を振って、大声で声援を送ってきた。

「あの女は危ないわ」とマーシーが言った。

「ああ、住宅所有者組合の協定を破ったときはね」とシャーロットが言った。「それ以外のときは、ただうっとうしいってだけだよ」

「いいえ、あの女とパパラッチはワイルドカードですよ。無事に撮影が終わるまで引っ込んでてもらわないと」マーシーは作り笑いをして、ダーラのバルコニーの連中に手を振って叫んだ。「みなさん、さっきの注意を忘れないでくださいね」

騒々しい野次がそれに応じた。

「このまま歩き続けて、あいつらのほうを見ないでください」

プールサイドに着くと、ジョイが小さなマイクをポロシャツに付けているところだった。コードはポロシャツの中を通って、スカートの後ろに取り付けた小さな発信機につながっていた。「マイクのテスト中です」とジョイが言うと、ヘッドホンを付けたカメラマンがうなずいた。

「メアリー・ルースはどうしたんだい？」とシャーロットが訊いた。

「わからないわ。アリスが電話をかけに家に入ったところ。もしすぐに来られないなら、彼女抜きで進めなくちゃいけないかも」

マーシーが〝カート〟と呼んでいたアシスタントプロデューサーが、彼女たちにプールの深いほうの端に行くよう手で合図した。三人が内輪でひそひそ話をしていると、「きみたち、静かにして！」と注意がとんだ。

「僕が話してるときはちゃんと目を見るようにね。そうしたら聞いてることがわかるから！」と彼は言ったが、声を張り上げたせいでまた咳きこんだ。

シャーロットが「小二じゃないんだからさ」とぶつぶつ文句を言った。

「それなら七歳児みたいにふるまうのはやめてくださいね」マーシーはひじでシャーロットのわき腹をつついたが、尋常でない固さを感じ、驚いて訊いた。「ドレスの下に一体何を着てるんです？」

カートがみんなを見渡して言った。「これはニューヨークからの映像が映るモニターだよ」とスタッフがセットしたテレビの画面を指差す。「きみたちには音声は聞こえない。リアクションは特に求められてないからね。ジョイがきみたちを代表してしゃべる。ジョイはキャスターの声を聞くイヤホンと、質問に答えるマイクを装着してる。全員にマイクをつけたらインタビューが混乱するだろうから」

マーシーは満面の笑みで言った。「ジョイは見事にこなしますよ」

広報コンサルタントというのは、どれくらい報酬をもらうものなんだろうとフランシーンは思った。

「でもあたしはジョージ・ステファノポロスと話してみたいよ」とシャーロットが言った。

「それは無理だ」とカートはにべもなく答えた。

メアリー・ルースがガラスの引き戸を開けて出てきて、あたふたとみんなに合流した。ダーラの家のバルコニーから盛大な野次が飛んだ。

「おいおい、とっくに来てなきゃいけないはずだろ」とカートが言った。

「だって百回ぐらい服を着替えてたんだもの。最終的に黒にしたの。テレビでやせて見える色だっていうからね」メアリー・ルースは黒のパンツと黒のポロシャツを見せるために一回まわってみせた。

バルコニーの連中は相変わらずかまびすしく、マーシーが静かにするよう躍起になってサインを送っていた。

カートはひとりひとりに指示を出そうとした。「黄色いサンドレスのあんた」彼はフランシーンを指差した。「前に来て、ジョイの隣に並んで」

「どうして？」

「だまって言うとおりにしてくれ」

「そりゃあ、あんたとジョイ以外が裸泳ぎするところを、誰も想像したくないからよ」とメアリー・ルースが大声で言った。

これにはカートまで笑ったが、すぐに咳きこんだ。「じゃあ、刑事さんを呼んでくれ」彼はプール小屋に近づきながら言った。「刑事さんはどこに行った？」

「家の中で弁護士と話してたわよ」とメアリー・ルースが言った。

「いつの間に中に入ったんだよ？　死体があった場所にテープは貼り終わったのか？」

「そのことで言いたかったんだけどさ」とシャーロットが口をはさんだ。「あれは正しい場所じゃないと思うよ。もっと小屋に近かった」

フランシーンもそう思っていたが、モーニングショーとしてはどうでもいいことに違いない。

「あんた」カートはマーシーを指差した。「刑事さんを連れてきてくれよ。あんたはどうせ映らないんだから」マーシーがジャドを引っ張ってくるまで、カートは苛立たしげに足を踏み鳴らしながら待っていた。

「こっちだ。犯行現場のわきに」とカートが指示し、ジャドは彼が指差した場所まで移動した。マーシーはすぐそばに控えていた。

「きみもマイクをつけてくれ。キャスターのジョージとロビンが女性陣にインタビューしたあと、きみに事件について二、三質問をするからね。コーナーはきみのインタビューで終了だけど、最後はカメラを引いて女性たちのショットで締めたいんだ。きみたちは手を振るとかしてくれ。楽しそうな感じで頼むよ！　自分たちがテレビに映ってるんだってことを忘れずにね」

ジャドは納得できないというように腕組みをした。「楽しそうに？　彼女たちは死体を発見したんですよ！」

「固いこと言うなよ。シニア女性のグループが自然死以外の死体を発見するなんて、めったにないイベントなんだよ。『グッド・モーニング・アメリカ』が番組の宣伝を放送したら、視聴者の反応は我々も驚くほど肯定的だった。視聴者もわくわくしてるんだ」

「殺人は決してわくわくするものではありません」

「いやいや、そうでもないんだな。深夜世論調査の結果によると、アメリカ国民の大多数が自分も裸で泳いで死体を発見してみたかったと言ってる」

　ジャドは黙って首を振った。

　カートは口を押さえて咳きこんだ。「別にきみは楽しい振りをしなくてもいいさ。まじめな警官役で構わないよ。でもあんまり盛り下げるようなことは言わないでくれよな」彼はアシスタントのひとりに指示して、ジャドにマイクとイヤホンをつけさせた。

　シャーロットが盛大なげっぷをした。「失礼」と言ったあとで、また大きくげっぷをした。「悪いね。やっぱり冷凍ワッフルを食べないほうがよかったかな」

　フランシーンは驚いて訊いた。「食べたの？」

「だってお腹がすいてたんだよ」

「昨日さんざん話し合ったじゃないの。テレビに出たらすごく緊張するってわかってたはずよ」

「緊張症はもう克服した。そう言ったじゃないか」

「一体、何枚食べたのよ？」

「二枚。でもヘルシーなやつだよ。全粒粉で食物繊維プラス」

「お願いだから、人口香味料入りのバターピーカンシロップは使わなかったって言って」

「わかった、言わないよ。だけどあれはたくさんシロップをかけないとおいしくないんだよ」

「あれを食べるとあなたのお腹がどうなるか、よくわかってるでしょ」

「大丈夫だったら」

フランシーンにはとてもそうは思えなかった。きついガードルと消化の悪い食べ物のせいで、いまやシャーロットはバルコニーのパパラッチたちと同じぐらいワイルドカードだ。

カメラマンがアシスタントプロデューサーに注意した。「彼女たちの位置が刑事さんに近すぎる。もうちょっとプールのほうに下がって」

カートはモニターをチェックし、全体に後ろに下がるよう指示した。フランシーン、シャーロット、ジョイ、メアリー・ルースはおとなしくプールのほうに近寄った。

「あたし泳げないのよ」メアリー・ルースがカートに言った。「浅い側に近づくんならいいけど、深いほうにこんなに寄るのは何だか落ち着かないわ」

「何も飛びこめと言ってるんじゃないんだからさ」彼はイヤホンを入れた耳に手を当てた。「まずい、一分もしないうちに本番だ。みんな、位置について!」

シャーロットがまたげっぷをした。「ふう。テレビに映ってるときにこれはやりたくないね。やっぱりあの豆腐ソーセージを食べるべきじゃなかったか」

フランシーンは目を剝いた。「ワッフルだけじゃなくて、ソーセージまで食べたの?」

シャーロットはうなずいた。「豆腐のね。あんた食べたことある? そんなにおいしいもんじゃないよ。シロップにどっぷり浸さなきゃ食べられなかったよ」

カートが両腕を大きく振った。「一分前。みんな元気よくいってくれよ!」彼は思い切り誇張した自分の笑顔を指差しながら、カメラマンの後ろで元気よく飛び跳ねた。

マーシーはカメラに映らない位置にしりぞいたが、元気さでは負けていなかった。

「がんばって！　みんなの憧れの〝裸泳ぎのグランマ〟たちなんですからね！」

「お願い、ちゃんとして」ジョイがシャーロットにぴしゃりと言った。「ほら、モニターで自分が見えるわよ。笑って」

メアリー・ルースがジョイの肩をつかんだ。「ひどい！　あたしったらまるで手足の生えたボウリングのボールじゃないの」

フランシーンはモニターを見てみた。メアリー・ルースが選んだケータリングの制服の黒いパンツとゆったりしたポロシャツは、確かにあまり良い選択ではなかったかもしれない。けれど、いまさらどうしようもなかった。

とつぜんモニターの画面が分割されて、キャスターのジョージとロビンの姿が映った。

「ジョージだ！」シャーロットは叫ぶなり、またげっぷをし、お腹を押さえて前かがみになった。

「あたしもう帰りたい」とメアリー・ルースがつぶやき、じりじりと後ろに下がった。

「ちょっと、しゃんとしてよ」とジョイがシャーロットに注意し、シャーロットはできる限り背筋を伸ばそうとした。

カートが指を三本立て、カウントダウンを始めた。「本番まで三……二……一」彼はジョイを指差し、ジョイは大きく歯を見せて微笑んだ。

フランシーンにはキャスターの質問は聞こえなかったが、モニターを見る限りではスタジオはかなり盛り上がっているように見えた。

ジョイはメンバーを紹介するようジョージに言われたらしく、一歩わきに退いてフランシーンを指差した。フランシーンは律儀にカメラに向かって手を振り、後ろに下がった。自然にシャーロットが前列の中心に押し出される形になり、その次が自分だと悟ったメアリー・ルースは、さらにじりじりと下がり続けた。

シャーロットはこぶしを口に当てたが、その目はどろんとして生気がなくなっていた。フランシーンはシャーロットの胃が波打つ音が聞こえたような気がした。そのとき彼女の順番がまわってきた。

「トイレに行かなくちゃ」と言うなり、シャーロットは周りも見ずに歩き出した。フランシーンが止める間もなく、シャーロットはどんとメアリー・ルースにぶつかった。メアリー・ルースはプールの端で大きくよろけ、次の瞬間、水の中に落下した。シャーロットは体勢を立て直そうとばたばた手を振りまわした。

モニターの分割された画面のひとつに、水中でもがくメアリー・ルースの怯えた顔がアップになった。隣の画面では、メアリー・ルースの窮状をキャスターたちが明らかに誤解し、口々に何か叫びながら、応援するように両手を振っていた。

「助けて」とシャーロットが叫び、両手を伸ばした。フランシーンがその手をつかもうとしたが間に合わず、シャーロットもそのまま水に落ちた。

カートは異常な興奮状態で「行け！　飛びこめ！」と叫んでいる。

「どういうこと？　あの人たち何言ってるの？」フランシーンはわけがわからず、モニターの中で盛り上がっているキャスターたちを指差した。

「水に飛びこんで、服を脱げって言ってるのよ」とジョイが言った。

フランシーンはあっけにとられた。

プールではメアリー・ルースがショック状態から脱出し、死に物狂いでシャーロットにつかまろうとしていた。シャーロットの銀色のカールした頭が、ブイのように浮いたり沈んだりしている。フランシーンは助けようと水に飛びこんだ。

シャーロットは何とかメアリー・ルースから逃れ、プールサイドに向かって泳いだ。いっぽう残されたメアリー・ルースは、まだ水の中でもがいていた。フランシーンは水にもぐってメアリー・ルースの背後に回り、プールサイドに向かって彼女を押していった。プールの端が近づいてくるのを見たメアリー・ルースは、必死に手を伸ばしてつかまった。

ジョイがシャーロットの腕をつかんで水から引っ張りあげた。シャーロットはプールデッキにひじをついて身を乗り出した。その拍子にかつらが頭から転がり落ち、目の前に着地した。同時に巨大なげっぷとともに、ワッフルと豆腐ソーセージの残骸がかつらとプールデッキの上にまき散らされた。

パパラッチたちの興奮は最高潮に達した。

フランシーンもプールデッキに上がったが、濡れたサンドレスが身体にぴったりと張りついていた。

マーシーが拍手し始めた。
まもなくバルコニーの見物客たちもそれに続いた。

14

「いい加減にしてちょうだい、シャーロット。あれはあんたの消化器官の問題で、毒を盛られたんじゃありません。誰もあんたを殺そうとなんてしてないわよ。そりゃ、ジャドはそうしたいところかもしれないけど」

　フランシーンはシャーロットの額から濡らしたタオルをどけた。

「何でさ？　赤っ恥をかいたのはジャドじゃなくて、あたしだよ」シャーロットは自宅の居間のカウチで、片腕をだらりと投げ出し、絶望しきった態（てい）で横になっていた。フランシーンが寝室から取ってきた予備のかつらが斜めに頭に載っかっている。「あたしはもうおしまいだよ」

「おしまいじゃないわよ。おしまいになったのは、わたしたちのコーナーだけ。あんたとメアリー・ルースがプールから上がったあと、インタビューは打ち切られてしまったの。結局、ジャドは早朝から呼び出されたあげく、待ちぼうけをくわされたのよ」

「何で知ってるの？　あんたはさっさと着替えに家の中に入っちゃったのに」

　フランシーンはスマートフォンを取り出し、シャーロットに画面を向けた。

「もうユーチューブに上がってるの。見たかったらすぐに呼び出せるわよ。さっき見たときには再生回数が一万回になってたわ」

「何てこった。まだあれから一時間と経ってないじゃないか。あんたはきっと人命救助で表彰でもされるんじゃないの」

フランシーンはタオルを絞りに台所に行った。

シャーロットはかつらをまっすぐに直しながら、足を引きずってついてきた。

「その電話でちょっと調べてほしいものがあるんだけど、いい？」

「これが終わったらね」フランシーンはシンクの前に立ってタオルを絞った。

「何が知りたいの？」

「ジェイク・マーラーとフリードリックの仲たがいのこと、もっと詳しく知りたいんだ」シャーロットは椅子から本をどかして、食堂の小さなテーブルに向かって座った。「ゆうべのミーティングのあと、ずっと考えてたんだよ。あたしらはもっと細部を知らなくちゃならない」

フランシーンはシャーロットの隣に座り、スマートフォンを取り出した。『ジェイク・マーラー、フリードリック・グットマン』で検索し、上がってきたリストから《ヘンドリックス・カウンティ・フライヤー》紙のリンクを選んだ。

「ふたりが決裂したあとの《フライヤー》の記事があったわ。日付は六月二日」フランシーンは読書用の眼鏡をかけた。「長い記事ね。でも関係があるのはここからだわ」

ブラウンズバーグ出身の人気レーサー、NASCAR所属のジェイク・マーラーは、レースのほとんどをトップで走りながら、最終的には五位に終わった。彼のマシンは最後の二周で明らかなトラブルに見舞われ、一気に四台に抜かれることとなった。レース終了直後、マーラーはメカニックのリーダーであるフリードリック・グットマンが妨害工作をしたと非難したが、のちに発言を撤回した。その発言についてマーラーは、優勝を惜しいところで逃したために感情的になったもので、真意ではなかったと述べた。グットマンは当初のマーラーの妨害発言に関してはノーコメントを貫いている。次回の〈スピードフェスト〉のミジェットカー・レースにおいて、両者がふたたびタッグを組むかについてはまだ明らかにされていない。

「なんでジェイクはまた〝妨害〟なんて言葉を使ったんだろうね？」

フランシーンは記事を最後まで読んだ。「何も書いてないわ」

「ふたりがまた組むって決めたときの記事を探せない？」とシャーロットが訊いた。「そっちのほうが新しい記事になるよね。記者が何か新しい情報を足してるかもしれないよ」

フランシーンは《フライヤー》紙のサイトに戻った。フリードリックの死について、本紙のほうは明日まで記事が出ないということだったが、オンラインではトップに大きく掲載されていた。記事に添えられたフリードリックの顔写真に、フランシーンは胸を突かれた。彼の死体を見つけたのが、日曜の真夜中のこととはとても思えなかった。フランシーンは記事の主要な部分をシャーロットに読んで聞かせた。

ブラウンズバーグ警察署の発表によると、エクスキャリバー・レーシングの従業員、フリードリック・グットマン氏が、ローレンスとアリスのジェフォード夫妻の物置小屋で死体で発見された。五十五歳だった。ブラウンズバーグ出身の有名レーサーであるジェイク・マーラーを、NASCAR所属のレーサーにまで育て上げたメカニックとして知られている。グットマン氏が行方不明になったのは土曜日と考えられており、警察は月曜日に同氏の自宅を家宅捜索した。近隣の住民によれば、同氏の自宅はひと月ほど前から売りに出されていたということである。

「自宅はきちんと片づけられていました」とブラウンズバーグ警察のブレント・ジャドソン刑事は語った。「誘拐や暴行の形跡は一切ありませんでした。彼の唯一の家族はドイツに住んでいて、連絡を取りましたが、事件についての手掛かりは得られていません」

グットマン氏は〈インディ500〉前夜祭のミジェットカー・レースで、ジェイク・マーラーのマシンの整備を担当していたが、レース終了直後にマーラーから妨害行為をしたとの非難を受けた。同レースでマーラーはスタート直後から首位を走っていたが、終盤で失速し、五位に終わっていた。グットマン氏はマシンに不正工作をしたという非難を否定し、マーラーも後に『頭に血が上っていた』として発言を撤回した。両者は最近になって和解を表明し、七月十六日に〈ルーカス・オイル・レースウェイ〉において開催予定の〈スピードフェスト〉に向け、グットマン氏がふたたびマシンの組み立てを担当していたということである。

ブラウンズバーグの地元企業を含むマーラーのスポンサーは、「グットマン氏の死にお悔やみを申し上げる」と述べるにとどめ、事件についてのコメントを控えている。しかし名前を伏せるという条件で、スポンサー企業の代表者のひとりから話を聞くことができた。グットマン氏がマーラーと和解し、〈スピードフェスト〉に向けてマーラーのメカニックに復帰したというニュースに、スポンサーたちはみな安堵していたということである。彼はふたりを〝無敵のチーム〟と呼び、「グットマン氏を失った今、マーラーの勝機については予想できません。マシンが準備できていたことを祈るだけです」と打ち明けた。

警察はグットマン氏殺害に関し、市民の積極的な情報提供を呼びかけている。

シャーロットは椅子にもたれかかった。「その記事を書いた記者の名前はわかる？」

フランシーンは署名をチェックした。

「編集長みたいよ。最初の記事はジェフ・クレイマーっていう人。聞いたことがある名前だわ。スポーツ関係の記者だったと思う」

シャーロットは立ち上がり、テーブルの隣に置いた中国だんすの引き出しをかきまわし始めた。やっとペンと紙を探し出すと、クレイマーの名前を書きとめた。

「あとで新聞社に電話してみるよ。どっちかに話を聞いてみたい」

生気が戻ったシャーロットの顔を見ているうち、フランシーンは彼女が何か企んでいるのではないかという気がしてきた。「ねえ、何を考えてるの？」

「あたしが考えてるのは、『あたしらはジェイク・マーラーの一体何を知ってるのか？』ってことだよ」

「彼のホームページがあるんじゃないかしら？」

フランシーンはジェイクの名前を入力してホームページを探した。いっしょに画面を見られるよう、シャーロットに体を寄せる。ホーム画面はヘルメットを脱ぎながらミジェットカーを降りるジェイクの写真だった。経歴のページには、レーシングスーツを着て腕にヘルメットを抱え、マシンの隣に立つ写真が載っていた。

「へえ、なかなかの男前じゃないか」とシャーロットが言った。「このPR写真ていうのも見てみようよ」

「ちょっと待って」フランシーンは経歴をざっと走り読みした。「ジェイクのこの経歴、知ってた？」

「え？」

フランシーンは画面を指差した。「母子家庭に育ち、幼いころにお母さんをガンで亡くしてる。お祖母さんを頼ってユタ州のセントジョージからやってきて、それからずっとふたりで生活保護を受けて暮らしてきたのね。でもせっかく成功してNASCARのレーサーにまでなったのに、お祖母さんはそれを知らずに亡くなってしまった。かわいそうに」フランシーンはさらに経歴を読み進んだ。フリードリックがジェイクの祖母の良き友だったこと。レース界で少年の成長を献身的に助けたこと。「ジェイクがフリードリックを頼っていたのも不思議じゃないわね」

「ああ。でもそれだけに、フリードリックに裏切られたと思いこんだらどうなると思う？　そりゃ腹を立てたろうさ。じゃあ、PR写真を見てみよう」

写真のページを開くと、さまざまな場所で撮られたジェイクの写真が、縮小画像になってずらりと並んでいた。女性のモデルといっしょに映っているものも数枚ある。すべてスポンサーと関わりのある写真ばかりのようだ。

シャーロットがビーチにいるジェイクの写真をタップすると、大きな写真が開いた。青い花柄のビキニからこぼれそうなほど巨大な胸の女性の隣に、ジェイクが立っている。女性がジェイクの裸の胸に手を当て、ジェイクは唇の端を上げてにやりと笑っている。いかにも注目を浴びるのに慣れた、自信たっぷりな笑顔だ。彼が身に着けているサーフショーツとサンダルは、どちらもブラウンズバーグの店の商品だった。

シャーロットは杖で床をこつこつと叩いた。「へええ。この写真をもっと大きい画面で見てみたいね。見てごらんよ、この腹筋！」

ふたりはそれから数分間、次々にジェイクのPR写真を開いて見ていった。写真は彼の筋肉質の身体をあらゆるアングルから捕らえていた。「どうやらそれほどたくさんスポンサーがいるってわけじゃなさそうだね」とシャーロットが言った。「だけどスポンサー商品をずいぶんがんばって写真に写しこんでるよ」

「彼は写真の撮られ方を知ってるわね。だけどこんな写真を見てていいのかしら。何だか覗き見してるみたいだわ」

「いけないわけがないよ。美容院で《ピープル》を読むだろ？　身体じまんの俳優の写真がわんさと載ってるじゃないか。マシュー・マコノヒーなんてシャツを持ってるかだって怪しいよ」

「まあ確かにね」

「でもだからって、ジョナサンが素敵な旦那でないってわけじゃないよ。同年代のホットな男を選ぶコンテストがあったら、間違いなくあんたの旦那に一票入れるよ」

「シャーロット！」

「ほんとだって。あんたはラッキーな女だよ」

「わかった、そういうことにしときましょ。それにしてもどの写真も……あからさまに商品アピールね」

「セックスアピールによる商品アピールだ」

「そんな感じね」

「ともかくはっきりしたのは、ジェイクは自分のイメージを作りあげて、活用してるってことさ。そこから何かわかることはないかな？」上半身裸でストックカーの前にひざをつき、エンジンの改造にあたっているジェイクの写真をシャーロットは指差した。「それにしても、スポンサーを募ろうと思ったら、こんな格好もしなくちゃならないんだね」

「でも彼はレーサーなのに」

「レーサーのエリオ・カストロネベスが『アメリカン・ダンシング・スター』で優勝してから、事情ががらっと変わっちまったんだよ。レーシングチームが勝ち抜くためにはスポンサーが必要だけど、それは別にレース関係じゃなくてもいいってことをエリオが証明した。誰がレースを制するかは、誰が一番金を持ってるかの勝負なんだ。どのチームにもいいドライバーがいるんなら、差をつけるのはとどのつまり、金だよ。金が車を買い、技術を買い、スタッフを買うと」

「あんたはエリオのファンだと思ってたけど」

「ファンだよ。エリオはすごいドライバーだもん。エリオの加入で〈チーム・ペンスキー〉は完璧になったんだ。あたしが言ってるのは、スポンサーを引きつけるそこそこ優れたドライバーのほうが、太って不細工な最高のドライバーより、チームにとってずっと価値があるってことさ」

フランシーンはスマートフォンをテーブルに置いて、じっと考えた。

「ジェイク・マーラーの抱えてる問題が見えてきたわね。つまり彼には大きなスポンサーがなくて、勝ちにも恵まれていない。実家が裕福なわけでもない。というより、むしろその逆。一体ジェイクはどこから資金を得てるのかしら？」

「あの子と過ごせるなら金を払おうって女は結構いるだろうよ」

フランシーンは顔をしかめた。「それはちょっと悲しすぎない？　ジェイクが請求書の支払いのためにジゴロになるだなんて。実際、さすがにそれは信じられないわ。もうちょっとましな男だと思いたいもの」

「何もあの子がジゴロだって決め付けてるわけじゃないよ。だけど探偵ってのは固定観念に縛り付けられたら駄目なんだよ。すべての可能性を頭から否定しないでおくのさ。それはともかく、あたしも謎を解き明かしたくて頭を絞ってるけど、この件はどうにも手がかりが少なすぎるよ」

「手がかりが勝手に目の前に現れるのを期待してるの？　あんたの読んでる本ではそれが当たり前なの？」

「面白い本ほど、そんなことはない」

「なら第一級のミステリに出会えたってことね。長年の夢だったじゃない。まさか『叶ってみたらこんなはずじゃなかった』なんて言わないわよね？」

「わかってるよ、言わないよ」

居間の柱時計が時を打ち始めた。フランシーンは時間を数え、それからスマートフォンの画面を確認し、慌てて立ち上がった。

「もう十時だわ！　急いでジムに行かなくちゃ。ジェイクのトレーナーが忙しくなる前に捕まえたいの」

「〝ピストルのクリスタル〟から息子のスケジュール以外に何か聞けた？」

「特に何も。あんまりあれこれ質問はしなかったの。息子さんのブレイディと話したいなら、スピンバイクのクラスの前が一番いいって言われたわ。それがあと一時間で始まるのよ」

「そういうことなら、早く行った行った。そのあいだにあたしも、《フライヤー》紙のジェフ・クレイマーって記者に話を聞けるかやってみるよ。なんでフリードリックが妨害行為をしたなんて話がジェイクから出たのか、手がかりを持ってるかもしれないからね」

15

ジョナサンはもう会計事務所を売却して引退することもできたが、まだ何人かのクライアントを抱えていて、仕事に出る日も多かった。フランシーンはおおむねそのことを喜んでいた。そして今日はまさにそんな日だった。ジョナサンも『グッド・モーニング・アメリカ』の放映を見ていたが――〝びしょ濡れになったきみは実にセクシーだった〟と笑顔の顔文字つきの短いメールを送ってきた――フランシーンは家に戻ってすぐその話をしなくてすむことに感謝した。今日は真剣にトレーニングするつもりはなかったが、一応エクササイズ用のウェアに着替えた。早朝からあまりに心拍数の上がるできごとが続いたせいで、一日分の運動はもう十分という気分だった。

フランシーンは足早に〈ブラウンズバーグ・フィットネスクラブ〉の入り口をくぐった。スピンバイクのクラスが始まる前に、急いでブレイディ・プレイザーを見つけなくてはならない。

ダウンタウンの北側にあるジムは、以前は教会だった建物を改装したもので、その名残があちこちに見られた。アーチ形の正面扉の奥は広いロビーで、今は受付エリアになっている。

フランシーンはやせたブロンドの受付係に会員証を見せて、メインフロアに入った。右手の階段を上ったところにかつての待合室と聖歌隊席があり、今はバーベルやダンベルが並ぶ筋力トレーニング用のエリアになっている。左手には日焼けマシンが設置された小部屋が並んでいた。正面はかつて信者席が並んでいた広いスペースで、祭壇に向かって徐々に狭まっていく三角形の形になっていた。広いスペースは三つのエリアに分かれていた。ひとつは有酸素運動用のマシンが置かれたエリア、もうひとつはウェイトトレーニング用のマシンのエリア、そしてストレッチやヨガのエリアだ。フランシーンは三つのエリアをすべて探したが、ブレイディは見つからなかった。階段を上って筋力トレーニングのエリアに行ってみた。

何をどう話すのか、綿密な計画を練ってきたわけではなかった。そもそも自然にブレイディに話しかけるのだって簡単なことではない。ましてジェイクについて知っていることを聞き出すなど、どう話をもっていけばいいか考えもつかなかった。どんな話をするにせよ、本当らしく聞こえなければならない。とりあえず、メアリー・ルースのためにトレーニングプログラムの相談に来たという設定でいくことにした。体重超過気味な友人たちのなかでも、メアリー・ルースは一番その手のプログラムが必要そうだった。

ブレイディはダンベルやバーベルが置かれたエリアで、十代の若者たちの筋力トレーニングを指導していた。フランシーンはうろうろしているところを見られたくなかったので、軽いダンベルをふたつ持ち、空いていたベンチでワンセット十回のショルダープレスをやってみた。休憩をとりながら、ブレイディが若者たちをトレーニングするのをながめた。

ブレイディは長身で、頭は短く刈り上げられていた。ウェイトリフティングをやる男らしく、全身が分厚い筋肉に覆われている。特に目立つのはふくらはぎで、靴の上から巨大な七面鳥のもも肉のように盛り上がり、黒いハーフパンツの中に消えていた。誠実そうな優しい笑顔がなければ、近寄りにくい印象を与えていたかもしれない。そろそろショルダープレスをもうワンセットやらなくてはならないかと思いかけていたとき、彼はレッスンを終えた。汗だくの若者たちはそれぞれの場所に散っていった。フランシーンは立ち上がって近づいていった。

「こんにちは」フランシーンは片手を差し出しながら言った。「わたし、あなたのお母様の友人なんです。個人トレーニングの相談に乗っていただく時間はあるかしら？」

「あなたのですか？」

「いいえ、実は友達のためなの。彼女、ちょっと太り気味なんだけれど、ここに来る勇気がないのよ。あなたは年配の人のトレーニングもやっている？　それともアスリート専門かしら？」

「僕が長年トレーニングしてきた顧客のなかには、今はご高齢になった方もいらっしゃいますよ。ご友人はどれぐらいのあいだ、体重超過の状態が続いていますか？」

「かなり長いあいだね」

「問題は、エクササイズと食習慣の両方が大切だということなんです。僕の顧客の方には、両方を努力することをお約束いただいています。つまり生活そのものをがらりと変えることになるんですが、ご友人はそういった変化についていけると思われますか?」

彼の答えはあまりに速やかで、しかも質問が多かった。質問に答える前に、作り話と矛盾がないか確かめなくてはならない。シャーロットとリハーサルをしておけばよかったと後悔した。

フランシーンは彼の目を見ながら、最後の質問を思い出そうとした。確か変化がどうとか言っていた。「かなり励ましが必要かも」

「ここにいらっしゃるあいだは、僕もモチベーションを保つ手助けはできます。しかしご自宅での食事制限が続かなければ、良い結果にはつながりません。誰かご自宅でサポートできる方はいらっしゃいますか? あなたはどうです?」

「ええと、それは考えてなかったわ。彼女は孫と暮らしているけれど、その子も太り気味なの。そうね、わたしがときどき確認することはできると思うわ」

「もしご友人にやる気があるなら、スケジュール次第で僕がトレーニングのお手伝いをすることもできます。今のところスケジュールにいくつか空きがありますから。フロントに申込書があります。料金もそちらに記載してあるので、ご覧になってください」

「そう、じゃあもらっていくわ」やっとメアリー・ルースの話題を終えて本題に進めると思い、少しほっとした。「ところであなたはジェイク・マーラーのトレーナーもやってらっしゃると聞いたけど?」

ブレイディは肩をすくめた。「ええ、彼もクライアントのひとりです。ご友人が今やる気になっているなら、しりごみしないうちに、あなたがリードして動かれたほうがいいかもしれませんね。明日カウンセリングにそのかたを連れてこられませんか？　僕はちょうど三時にスケジュールに空きがありますが」

フランシーンはうろたえた。彼がメアリー・ルースの話題からはなれてくれないと、話のほころびが露見するおそれがある。「ええと、どうかしら？　それはちょっと急すぎるかもしれないわね。それにしてもジェイク・マーラーのメカニックの方は大変なことだったわね。ジェイクは大丈夫なの？」

「ええ、何とかやっていますよ。あなたは理想的な体型を保ってらっしゃいますね。お友達といっしょにトレーニングするというのはいかがです？　ふたりで同時にこなせるプログラムをこちらで組むこともできます。あなたがいっしょなら、お友達がギブアップしないよう励ましてあげられるでしょう」

フランシーンはいよいよ追い詰められた。ブレイディはジェイクについての質問は一言で切り上げるのに、メアリー・ルースのトレーニングに関してはかなり強引に話を進めていく。フランシーンにしてみれば、実際にメアリー・ルースを巻きこむ気はまったくないのだ。

「それはやってみてもいいけれど、でもあの……」

「では僕はそろそろ失礼します。もうすぐスピンバイクのレッスンが始まりますので。この件はぜひ進めましょう。明日三時にそのかたを連れてきてください。僕が彼女と話して、現状を判断します。できれば軽いトレーニングを始めてもいいですね」

ブレイディはすでに有酸素運動のエリアに向かって階段を下り始めていた。

フランシーンは慌てて後を追いながら、同時に頭の中で言うべきことをまとめようとして、足がもつれかけた。「彼女が本当に来られるかまだ……」

「心配いりません。僕がちゃんとお話しします。もし本当にやる気があるなら、明日のカウンセリングのあとでさらにやる気が増すはずです」そのときにはもうスピンバイクのコーナーに到着していた。そこにはスピンバイクが五台ずつ五列に並んでいた。そのうち二十台ほどに生徒がまたがり、ゆっくりと漕いでウォーミングアップしている。ブレイディは彼らと向き合うよう置かれたインストラクター用のバイクにまたがった。「明日の初回レッスンは無料ですから、ぜひ来るよう誘ってみてください。あなたもスピンバイクのクラスに参加していかれますか？」

「いえ、わたしは……」

ブレイディは答えなくていいというしるしに片手をあげた。

「では明日お会いしましょう」

「ええ」とフランシーンは言ったが、ブレイディはその答えを待たず、すでにバイクを漕ぎながらクラスに声をかけ始めていた。リモコンを取ってオーディオ装置に向けて押すと、すぐに音楽が大音量で鳴りだした。

フランシーンはその場に立ったまま、どうするべきか急いで頭を回転させた。もし明日ジムに行かなかったとしても、ブレイディはきっと気に留めないだろう。そして後日ジムで顔を合わせても、この話題を持ち出す可能性は低い気がした。いっぽうで、もしメアリー・ルースを説き伏せてジムに引っ張りだすことができても、彼がジェイク・マーラーについての情報を今日以上に話してくれる保証はない。それでも、今後ふたりでトレーニングを受けて顔を合わせるようになれば、そのうちもっと情報を引き出すことができるかもしれない。

フランシーンが帰りかけたとき、ブレイディがまたリモコンを取るのが見えた。今度は音量を下げて、何かクラスの参加者に話しかけている。ブレイディとリモコン……何かが引っかかる気がしたが、何かはわからなかった。ブレイディとジェイクを結ぶ線があり、ジェイクとフリードリックを結ぶ線もある。だがブレイディとフリードリックを直接結ぶ線はあるだろうか？

フランシーンは頭を振り、出口に向かった。外に出る前に携帯電話が鳴った。画面を見ると、ジョイからだった。

16

「今日はもう人生で一番わくわくする日だったわよね？」フランシーンが電話を取るなり、ジョイが意気揚々としゃべり出した。「『グッド・モーニング・アメリカ』のインタビューは大成功よ」

「それは見方によるんじゃないかしら。メアリー・ルースとシャーロットはそうは思ってないでしょうね」

ジョイは一瞬しゅんとなった。

「確かにね。わたしったら自分のことしか考えてなかったわ」しかしすぐに元気を取り戻してしゃべり出した。「でも『グッド・モーニング・アメリカ』の人たちが、わたしが一時間後にやった再インタビューを気に入ってくれたの。それで今後も番組に出てもらうことがあるかもって、マーシーに言ってたんですって。たとえばシニア世代の問題を取材するとか、シニアが起こした普通じゃない事件をリポートするとか」

「それはよかったわ、おめでとう。でも二回目のインタビューがあったなんて知らなかった」

「わたしだってあれでおしまいだと思ってたわよ。でもマーシーが一生懸命働きかけて、二回目のチャンスを作ってくれたの。そして見事うまくいったってわけ！」

「そうだったの」

「ブラウンズバーグ商工会議所が、次の会合のときにあんたに賞を授与したがってるらしいわよ。友人の命を救った、市民のお手本だって」

「何でまたそんなことするのかしら？」

「わたしたちの人気に便乗したいんだと思うわよ。わたしがあんたなら受け取っておくけどね。ところでお昼ごはんはどうする予定？」

「うちで何かつまむつもりだったけど、どうして？」

「いま商工会議所の所長のロブ・セネフとの話が終わったところなの。あんたの賞のこともそれで聞いたんだけどね」

「商工会議所で何してたの？」

「覚えてないの？　ラリーの所有物件のことを問い合わせてきた人がいないか、わたしに調べるようにって……」

電話が長引きそうだったので、相槌を打ちながらジムを出て、車に向かった。

「……まったくシャーロットの強引さはちょっと度を超えてるわよ。彼女があんたの親友なのは知ってるけど、あの思いこみの激しさには、あんただってうんざりすることもあるでしょ？　二度目のインタビューがどうだったか、一言も聞いてくれないのよ。ただ商工会議所に行って情報を探ってこいの一点張りよ」

　フランシーンがジムに出かけるや否や、シャーロットはジョイに電話をかけたに違いない。

「それで何かわかった？」

　ジョイは呆れ返ったように言った。「あんたたち、だんだん似てきたんじゃないの？」そして答えを待たずに続けた。「じゃあ、わかったことを言うわよ。まずラリーは商工会議所のメンバーだったけど、フリードリックはそうじゃなかった。ラリーは商工会議所のホームページに、自分の所有物件の一覧表を載せている。賃貸中の物件も含めて全部公開してるんだけど、ひとつだけ載せてない物件があった。それがフリードリックの作業場よ」

「それは奇妙ね」

「でしょ？　商工会議所に出向く前にちょっとリサーチしておいたの。だから所長のロブに会ったときに質問してみたわ」

「答えはもらえた？」

「ううん、はっきりとは。でもあの建物はどこか怪しいって感じがするのよね。ロブは何か知ってるわ。たぶん他の人たちも」

「どうしてそう思うの？」

「まあ、ただの勘だけどね。わたしがあの建物のことを訊いたとき、彼は……何かごまかしてるみたいだったの。愛想はいいのよ、でもあれはやっぱりごまかしだった。それから話題を変えちゃって、〝裸泳ぎのグランマ〟のことで何か冗談を言ってたわ」

「そのフレーズを考え出した《インディアナポリス・スター》の記者を撃ってやりたいわ」

「殺人事件が解決しないうちは、その考えは胸の中に収めといたほうがいいわよ」

フランシーンはプリウスのロックを解除し、ドアを開けた。「確かにね。それでどうしてお昼ごはんのことを訊いたの？」

「ああ、そうだった。前置きが長かったけど、これからダンヴィルまで課税額査定官の記録を調べに行くところなの」

ダンヴィルは郡庁所在地だ。「何のために？」

「あの物件について、公的な記録だけでどこまで情報が取れるか調べるためよ。所有者が誰かとか、誰が借りてるかとかね。理由はわからないけど、ラリーはあの物件を宣伝してなかったわけでしょ？　でもフリードリックはそれが賃貸可能だと知っていた。それが誰でも調べられることなのか、知りたいじゃない」

今日のジョイは冴えているらしい。午前中には『グッド・モーニング・アメリカ』のプロデューサーを感心させたようだし、今はフリードリックの作業場について興味深い事実を探っている。「わたしも行ってもいい？　いま出先から家に戻る途中なんだけど、よかったらあとであんたのところに寄って拾っていくわよ」ブラウンズバーグからダンヴィルまでは車でたった十五分だ。

ジョイはお願いと頼み、ふたりは電話を切った。フランシーンはいつもの眼鏡をサングラスに替え、車を発進させた。ふと思いついて、回り道をしてアダムズ通りのフリードリックの作業場の前を通ってみた。考えをまとめたくて、建物の少し先に車を停めた。外から見ると、入り口に板が打ち付けられてまるで空き家のようだ。ここをフリードリックが借りていたことを知る者はほとんどいない。そしてラリーは、中で何が起こっているか監視できる隠しカメラを設置していた。さっきジョイから聞いた話によれば、この建物に怪しいところがあると知っている人は、ほかにもいるらしい。

どう考えても疑わしい。けれどそう感じることで、フランシーンの気持ちは沈んだ。「ジョナサンもわたしも、ラリーと知り合ってもう何年にもなるのよ」と思わず口に出してつぶやいた。「ラリーは絶対こんなことに巻きこまれるような人じゃない。こんな……うさん臭いことに」

フランシーンは考えるのをやめ、家に向かって車を発進させた。着替えてジョイを迎えにいかなくてはならない。走り出して数分してから、フランシーンはバックミラーに気になるものを見つけた。三台後ろを走っている黒っぽいセダンが、ジムの駐車場で見かけた車のような気がしたのだ。フランシーンが駐車場を出るとき、ほぼ同時に走り出した車だ。わざわざ同じ遠回りをして、フリードリックの作業場の前までやってきたのだろうか？　フランシーンは急に怖くなってきた。

「大丈夫、こんなふうに思うのはシャーロットのミステリ中毒に影響されてるだけ。大丈夫、わたしはつけられたりしていない」とフランシーンは自分に言い聞かせた。ホーナデイ道路を曲がってサマーブリッジ地区に入ったが、黒いセダンは曲がらずにそのまままっすぐ進んでいった。フランシーンはほうっと大きく息をついたが、自分が息を詰めていたことにそのとき初めて気がついた。自分の手が震えていたことにも。

17

フランシーンは駐車スペースを探してダンヴィルの郡庁舎の駐車場を回っていた。

「今朝の騒ぎのあと、アリスはどうしてたの？」とジョイに訊いた。

「あまり元気とは言えないわね。なのにマーシーが〝死ぬまでにやりたいことリスト〟のトップ項目をしつこく聞き出そうとするから、さすがに止めたわよ」

フランシーンは郡庁舎の東側で、トラックの隣にスペースを見つけて車を入れた。「リストの一番目が何なのか、どうしてアリスは言わないのかしら？　隠す理由がわからないわ。何なのか教えてくれないから、実現するための協力もできないじゃない」

「そのこと、一度アリスに訊いたことがあるの。彼女、わたしたちに手伝えることじゃないって言ってたわ。必要なのは奇跡なんだって。アリスがいつもつけてる十字架があるでしょ？　あれに聖書の一節が刻んであるんだけど、それが彼女に必要な奇跡だそうよ。その一節が何なのか教えてって頼んだけど、やっぱり教えてくれなかった。せめてあの十字架を見せてくれたら、想像ぐらいはできると思うんだけど、絶対外そうとしないのよ」

「裸で泳ごうとしていた夜にも、あの十字架はつけたままだったわね。きっと神様のご意志か大量のアルコール以外に、あれを外す手立てはないんじゃないかしら。まあアリスはほとんどお酒を飲まないけれどね」

フランシーンとジョイは〈コートハウス・グラウンズ〉でランチを取ることにした。ダンヴィルのダウンタウンにある小さな居心地のいいコーヒーショップで、ブリッジクラブのメンバーがよく利用する店だ。メアリー・ルースによれば、この店のすばらしさは、オープンでありながらも親密であるという、絶妙のバランス感覚にあるということだった。「一見さんも常連さんも、みんな同じように歓迎されてるって気持ちがするのよ」と彼女は言うのだった。

だが今日フランシーンが感じたのは、歓迎どころではなかった。ふたりが店に足を踏み入れたとたん、お客たちはいっせいに話をやめて彼女たちに視線を向けた。〝何なの、これは？〟とフランシーンは思った。

ジョイはうろたえずに微笑んだが、フランシーンは真っ赤になった。

「奥のほうの空いてるテーブルに行きましょう。普通にふるまうのよ」とジョイが耳打ちした。

フランシーンはまるでランウェイを歩かされているような気がした。できる限り目立たないように努力しながら、クイーン・アン様式の丸テーブルのあいだを歩いていった。最初の六つのテーブルはすべて満席で、どのお客の目も彼女たちに注がれていた。普通に歩き続けるにはかなりの意志の力が必要だった。途中でセルフサービスのコーヒーコーナーに寄ろうと思い立ち、急に足を止めたが、すぐ後ろにジョイが近づいていることに気づかなかった。マグカップを手に取った瞬間、ジョイが背中に衝突し、その勢いでカップは弧を描いてキッチン方面に飛んでいった。カップは店長の手に命中し、驚いた店長は持っていた卵サラダの皿を取り落とした。皿はキッチンの床で粉々になり、卵サラダは彼のズボンにべったりと飛び散った。

「いやだ、ごめんなさい」フランシーンはぐらぐらするテーブルを押さえながら謝った。倒れそうだったコーヒーポットをジョイが素早くつかんだ。

「いえ、大丈夫ですよ」店長はすぐに何でもない顔に戻って答えた。「黄色いズボンも明るくて悪くないですよ」彼はズボンについた卵サラダをナプキンでこすり落としながら言った。

フランシーンとジョイは、コーヒーテーブルの上を元通りに並べ始めた。「危なかった。これが倒れてたら大惨事になるところだったわね」とフランシーンが小声で言った。

ジョイは自分たちに向けられた大量のスマートフォンを見渡した。

「すでに大惨事かもよ。数分以内にこの動画が、あちこちのフェイスブックに投稿されるわね」

状況を見て取った店長が、テーブルの片づけを手伝って、席に案内してくれた。

「本当にごめんなさいね」とフランシーンは謝った。「どうか落としたサンドイッチの代金をお支払いさせて」

「とんでもないです」と店長は言った。「たいしたことじゃありませんよ。それよりおふたりともコーヒーをどうぞ。今メニューを持ってきますね」

しばらくすると店は落ち着きを取り戻し、お客たちの会話も普段の抑えたトーンに戻った。フランシーンは安堵のため息をついた。ほどなくして店長がコーヒーとメニューを持ってきてくれて、ふたりは手早く注文をすませた。

フランシーンは周りの視線が気になって会話に集中できなかった。ときおりちらちらと周囲をうかがうと、そのたび誰かが視線をそらすのがわかった。お客のほとんどが女性だった。男性弁護士たちには、お酒も飲めるイタリアンレストランの〈フランクス・プレイス〉のほうが人気があるらしい。ロイヤル映画館をはさんで〈コートハウス・グラウンズ〉の反対側にあるレストランだが、フランシーンはランチタイムには行ったことがなかった。

「もう大丈夫みたいね」とジョイが言った。「携帯をかざしてる人がいないもの」

「それはわたしたちが注文してるあいだに、みんなフェイスブックやらツイッターやらに投稿し終わったからよ。目のはしで確認してたの」

フランシーンはため息をついた。ここでランチをとっている女性たちは、SNSに夢中になるタイプには見えないのだが。女性客はおおむね、ふたつのグループに分けられた。スーツ姿の、おそらくは郡裁判所から来た弁護士たちと、それより年配の〝奥様ランチ族〟だ。

ジョイが小声でささやいた。「こういうのがロバート・パティンソンの日常なのかしら。そう思うと、何かわくわくしちゃうわね」

「わくわくっていうより、むずむずして落ち着かないわよ」フランシーンはロバート・パテインソンが誰だか知っているふりをして答えた。ジョイに広報コンサルタントの活動を抑えてもらわない限り、こんなことがこれからも続くのだろうか？　「わたしはゴシップ雑誌は美容院でしか読まないけど、パパラッチという連中がたちの悪いことぐらいは知ってるわ。あんたはこのままで大丈夫なの？　ひょっとして自分の手に負えない世界に片足を突っ込んでるんじゃない？」

「マーシーを雇ったことを言ってるの？　どうしてみんなスポットライトを浴びてる瞬間を楽しまないのかな。そこがわたしにはわからないのよね」ジョイはコーヒーを吹いて冷まし、一口飲んだ。「わたしはずっと人目を引く存在になりたかったわ。子どものころは、大きくなったらグレース・ケリーみたいになって、ケイリー・グラントみたいな人と結婚するって信じてたの。ところが大きくなってみたら、わたしはやせたキャロル・チャニングで、結婚相手はロック・ハドソンのスタントマンよ。と思ってたら、まさかロック・ハドソンのベッドのお相手だったとはね」

フランシーンはすぐには言葉が見つからなかった。ずっと昔、ジョイが近所に越してきて、サマーリッジ・ブリッジクラブのメンバーになった直後、彼女の夫は他の男のもとに走った。長時間のセラピーと、フランシーンたち友人の助けと、言うまでもなく多額の慰謝料とで、みんなジョイが完全に立ち直ったと思っていた。しかしそうではなかったのだろうか？

「一応訊くけど、これって実はブルーノを見返してやるというひそかな計画じゃないわよね？」

ジョイは苦笑した。「そういうわけじゃないのよ。でも正直、わたしが『グッド・モーニング・アメリカ』で見事にインタビューをこなしてるところを、あいつが見てればいいのにとは思ったわ。あの男、〝たかがリリー財団の秘書のくせに〟って顔で、いつもわたしを見下してたもの。もし見てたら、思い知らせてやれたんだけどな」

店長が注文を運んできた。目の前にお皿が置かれるまで、この店のサンドイッチの大きさを忘れていた。半分はテイクアウトにしてもらわなくてはならない。

なぜいまさら、また注目を集めることに夢中になりだしたのか、ジョイの気分を害さずに訊くにはどうしたらいいか考えているあいだに、ジョイは残りのコーヒーを飲み終えた。彼女は自分のマグカップをのぞいて、「もう飲んじゃったわ」と言い、コーヒーコーナーにお代わりを注ぎに立ってしまった。

フランシーンはターキーのサンドイッチについてきたチキンコーンチャウダーをスプーンですくって飲んでみた。驚くほどおいしかった。クリーミーだが重すぎない、ちょうどいい濃さだ。スプーンいっぱいにすくって口に運んだとき、誰かが声をかけてきた。「ごいっしょしてもいいかしら？」

顔を上げるとダーラ・バッゲセン、またの名を〝住宅所有者組合のナチス〟が、マグカップを手に彼女の前に立っていた。フランシーンが口の中のものを飲み下そうとしているあいだに、ダーラはフランシーンとジョイのあいだのスペースにさっさと自分のカップを置いた。

「ありがとう」と言いながら、ダーラは椅子を引き出した。テーブル同士が近かったので、隣のテーブルの女性と接触しそうになっている。「混んでるわね。わたしは細身でよかったわ」と言ってナプキンをひざに広げた。「ところで嫌な話題を持ち出すつもりはないんだけど、今朝の『グッド・モーニング・アメリカ』は大変だったわねえ。その後みなさんどんな調子？」

「まずまずよ」フランシーンはクールに答えた。「わたしたち、今日は誰も住宅所有者組合の協定に違反してなかったと思うけど？　あなたバルコニーから見てたから知ってるわよね？　あの集団にはほかに誰がいたの？」

バルコニーについては触れないでおくことも考えた。ダーラの不興を買うのは得策とは言えないからだ。だがブリッジクラブに関して言えば、すでにその段階は過ぎていると思われた。

ダーラは驚いたと言わんばかりに目をしばたたいた。長いまつげをひけらかすようにたっぷりマスカラを乗せていたので、目を閉じたら最後くっついて開かなくなりそう、とフランシーンは思った。

「あら、ご近所の方が何人かよ。あとマスコミ関係も少しいたかもね。でもアリスの家の庭に陣取ってたら協定違反になるもの、うちのバルコニーをお貸しするほうがいいでしょ？」

「ともかく今日のことは、できるだけ早くみんなの記憶から消してほしいわ」

「そんなこと言っても、『グッド・モーニング・アメリカ』に出たんだもの、難しいんじゃない？　〝裸泳ぎのグランマたち〟はもうこの町の有名人よ。噂ではヘンドリックス郡の観光振興協会があなたたちのカレンダーを作りたがってるらしいわよ」

どこからそんな噂が出てくるのよ？　「わたしたちがそんなものに出るわけないでしょう」

「今はそう言ってるけれどね、あなたたちひょっとしたら《ピープル》にも載るかもよ」ダーラはあたりを見回し、ジョイがコーヒーコーナーから戻ってくるのを見て、口早に続けた。

「ジョイの広報コンサルタントは相当押しが強いって話よ。そのうちケーブルテレビの〈ラーニングチャンネル〉でリアリティ番組を持つことになるかもね」

ジョイが戻ってきて、自分のお皿をダーラと反対側のフランシーンの隣に移した。彼女は作り笑顔であいさつした。

「こんにちは、ダーラ」

店長が来てダーラのランチを置いていった。ほうれん草のキッシュとフルーツサラダで、明らかに店に着いてすぐ注文したらしい。ジョイはほうれん草のトルティーヤでくるんだチキンサラダをつついていたが、ついにフォークを置いて言った。

「だめ、興奮しすぎて食べられない」彼女はまたコーヒーを口に運んだ。

フランシーンは気になっていた質問を口にした。

「ところでダーラ、あなたはダンヴィルに何しにきたの？」

ダーラは大げさにため息をついた。「裁判所に行ってたのよ。離婚に関して追加で出さなくちゃならない書類があって。サラは先週十六歳になったの。法的にはどっちの親といっしょに住むか自分で決められる歳よ。元夫は自分のところに来させようとしてるけど、そんなの養育費をストップさせる策略に決まってるわ。お金が必要なのはわたしのためじゃなくて、サラのレースのためなのに」

ジョイは口元をナプキンで押さえ、明らかに社交辞令で訊ねた。

「今シーズンの調子はどう？」

「そうねえ、もっと男の子じゃなくてレースに集中すれば、ちゃんと良い結果もついてくるんでしょうけどね」ダーラはそう言って笑ったが、心からの笑いには聞こえなかった。その言葉の裏にはいくぶん本音も含まれているように感じられた。「でも実際あの子はよくやってるわ。もちろんもっとお金があれば助かるでしょうけど。レースってすごくお金がかかるのよ」

「元ご主人がサラのメカニックを務めてるんじゃなかった？」

「そうよ。だけど正直言って、彼の腕よりはお金のほうがずっと役に立つのよね。ヴィンスはそんなにたいしたメカニックじゃないもの。やることなすこと、いつもわたしがリストアップして二度チェックしないといけないのよ。サンタクロースの歌じゃないけど。ところで、メアリー・ルースが明日昼食会をするって話だけど、どういうことだか知ってる？　留守電が入ってたのよ」

誰もダーラのことを好きではなかったが、メアリー・ルースがあえて彼女を招待した理由はフランシーンにもわかっていた。

「メアリー・ルースはケータリング事業のために、新しくレース業界のクライアントを獲得したがってるのよ。もともとはそのための昼食会よ。でもみんな今回の殺人事件のことで動揺してるでしょ。だからシャーロットが警察に頼んで、『近隣見守りプログラム』について講演してくれるよう手配してるところ」

「それとわたしたちがフリードリックを発見したときのことを、みんなにちゃんと説明しておいたほうがいいと思ってね」とジョイが付け加えた。「あとアリスはこの機会に、わたしたちがいつも裸で泳いでるって噂をはっきり否定すると言ってるわ」

ダーラはチェリーレッドに塗った唇を馬鹿にしたようにすぼめた。

「アリスが言いそうなことね。でも観光客たちはそれを聞いたらがっかりするでしょうよ」

それから彼女は身を乗り出した。「警察が来るって言ったわね。事件についてわかったことを教えてくれるかしら？」

ジョイは肩をすくめた。「まあ、あんまり期待しないほうが……」

「……でも教えられることは教えてくれるわよ、きっと」とフランシーンが口を挟んだ。メアリー・ルースのために、ダーラが協力してくれる可能性を失いたくなかった。

「住宅所有者組合の会長としては、出席しないわけにはいかないわね。それにメアリー・ルースの料理はおいしいし。警察がわたしたちにもちゃんと情報を提供してくれるといいんだけれど」

「あなたはレース業界に知り合いが多いでしょ」とジョイが言った。「メアリー・ルースの料理を宣伝してくれたら、彼女すごく喜ぶと思うわ」

「まあ、知り合いは多いほうかしらね」とダーラは言った。「メアリー・ルースは〈ルーカス・オイル・レースウェイ〉でのケータリングの営業許可は持ってるの?」

「持ってるわ。でも今度の〈スピードフェスト〉の仕事はひとつも取れてないんですって」

「わかったわ。やれるだけやってみましょ」

ダーラの利他的行為にはもれなく値札がついているのではないかと、ついついフランシーンは勘ぐりたくなり、そういう自分に自己嫌悪を覚えた。ダーラは少なくともいい母親だ。サラの父親とは離婚し、メカニックとして馬鹿にしているにもかかわらず、サラのために力を合わせようとしているではないか。そのとき、フランシーンの頭にふとある考えがよぎった。「サラはジェイク・マーラーを知ってるの?」

「もちろんよ、お互いに知ってるに決まってるじゃない! あの子はジェイクの大ファンなの。でもね、娘は間違いなく、ジェイク以来のブラウンズバーグ出身の有名人になるわよ。だけど、どうしてそんなことを訊くの?」

「フリードリックは昔からずっとジェイクを指導してきた、いわば恩師でしょ。ジェイクがどんな気持ちかしらってちょっと思っただけ」

「ああ、そのことね」ダーラはカップからフルーツの最後の一切れをつまんだ。

ダーラはゴシップを撒き散らしたくてうずうずしている、とフランシーンは思った。

「ジェイクは何とかやってるみたいよ」とダーラはついに言った。「サラがジェイクに〈スピードフェスト〉のときのメカニックはどうするつもりか訊いたんですって。そしたら〞いざとなったら自分のスキルだけで十分やれる〞って言ってたそうよ。でもサラが言うには、ジェイクは別のメカニックを探してるらしいわよ」

「あまり時間がないんじゃないの？」

「全然ないわよ」ダーラはスマートフォンを取り出した。「時間で思い出した、サラの様子を聞かなくちゃ」画面を操作しながら立ち上がる。「ねえ、わたしそろそろ行くわ。急がないと。相席させてくれてありがとう」

「それで、明日は会えるのよね？」

「ええ、伺うつもりよ」ダーラはバッグを取ったが、フランシーンはそれが高そうな〈コーチ〉であることに気がついた。元夫からさんざん絞りつくしたに違いない。

〈コートハウス・グラウンズ〉の中央の通路はせまく、ダーラは急ぐと言ったわりにはさっさとは歩かなかった。また細身だと自分では言っていたが、むしろむっちりと肉付きがよく、お尻は特に立派だった。ダーラはメイ・ウエストばりに右に左にヒップを振りながら、狭い通路を歩いていった。

「あの人、退場の仕方は女優並みね」とフランシーンが言った。「わたしたちもそろそろ退場しなくちゃ。彼女のあとだと見劣りがするかもしれないけれどね」

「わからないわよ。わたしたちだって有名な〝裸泳ぎのグランマ〞だもの。みんなにわたしたちの実力を示すべきじゃない？」

フランシーンはあきれたように目玉をぐるりと回し、残ったサンドイッチを包んでバッグに入れた。

「わたしは前を歩くから、あなたは好きなだけ実力を示して歩いていいわよ」

18

課税額査定官の事務所は、郡庁舎の中ではなく、南に数ブロック離れた郡政府センターにあった。フランシーンとジョイは歩いていくことにした。ワシントン通りを歩くあいだに、フランシーンは、午前中にジェイク・マーラーのトレーナーであるブレイディ・プレイザーに会ったことを報告した。そして明日の午後三時にメアリー・ルースをジムに連れていく計画があることも打ち明けた。

「昼食会が終わったあとにね。メアリー・ルースは後片づけをしなくても大丈夫よね？　大量にお料理を作ったあとだし」

「いいわよ。後片づけはわたしたちでやるから、あんたはメアリー・ルースを連れ出すことに専念して」

「じゃあ、あんたもメアリー・ルースを連れて行くことには賛成なの？　なんだか利用しているような気がして後ろめたくて」

「利用してるって言ったらそうだけど、あの人のためにもなるんだから。ジェイクのトレーナーと話す口実はどうしても必要だし、それでメアリー・ルースもやせられるなら一石二鳥じゃない。そりゃあ、この不景気だもの、ケータリング事業をやっていくにはいろいろストレスもあると思うわよ、だけど自分の体重の管理もできないなら、ビジネスの管理だってできないわ」

それはちょっと手厳しいかも、とフランシーンは内心思った。ブリッジクラブのなかで、メアリー・ルースは現役で仕事をしている唯一のメンバーだった。ジョイはコミュニケーション関連の仕事をときどき単発で引き受け、他のメンバーはいろんな団体でボランティアをしていたが、フルタイムで働いているのはメアリー・ルースだけだった。ずいぶん前に離婚して、今はケータリング事業だけが収入源だ。自分だって同じ状況に置かれたら、過食に走らないとは言い切れない。

郡政府センターは、もともとはダンヴィル最初の高校として一九二七年に建てられた、三階建ての赤レンガ造りの建物だった。一九六〇年代には小学校として使われ、その後一九九〇年代にヘンドリックス郡政府センターに生まれ変わった。今は郡庁舎に入りきらなくなった司法関係以外の事務所が、すべてここに収容されている。

「西側から見ると昔の高校そっくりね」とジョイが言った。

「本当にそうね。うっかりしてると郡政府センターに行くところだったことを忘れそうになるわ」

課税額査定官の事務所は二階にあった。光り物をじゃらじゃらつけた中年の事務員が、ふたりを見つけてすぐに近づいてきた。彼女はふたりのテレビ出演について興奮してまくし立て、ジョイはしばしのあいだ栄光にひたった。それからブラウンズバーグ内の特定の不動産について、どうやって所有者を調べたらいいか訊ねた。

「もし住所がおわかりなら簡単です。お越しいただかなくても、すべてオンラインで閲覧できますよ」

フランシーンもそうではないかと思っていたが、〈コートハウス・グラウンズ〉のランチが魅力的だったのだ。

「見せていただける？」とジョイが頼んだ。「アダム通り一七九番地の建物のことが知りたいの」

「わかりました」事務員はモニターをくるりと回して、ふたりに画面が見えるようにした。「これが郡のホームページです。監査役事務所のところをクリックしてください」ジョイがクリックすると、別の画面が現れた。「これが財産税についての情報を閲覧できるページです。住所を入力してエンターキーを押すだけです。ご住所をもう一度教えていただけます？」

ジョイが住所を繰り返した。事務員がそれを入力してエンターキーを押すと、物件のすべての歴史が画面に現れた。確かに所有者の最新の記録は、ラリーとアリスのジェフォード夫妻となっている。

「これは賃貸物件なんだけど、誰が借りてるかの記録はあるかしら？」とジョイが訊いた。

「わたしの知る限りではないと思います」彼女は見逃しているところがないか、画面をスクロールして確かめた。何十年にもわたる所有者の記録が現れた。

「この記録はどこまで遡れるの？」とフランシーンが訊ねた。

「調べがつく限りは、すべて記録されます。郡の誕生当時まで遡れる物件もありますよ。でもそこまでいくと、別のデータベースに保管されてますね」

催促しなくても、事務員はホーム画面に戻り、クリックして郡の古い地図を出した。画面の中央にダンヴィル地区が現れた。彼女は画面をスクロールしてブラウンズバーグを出した。「物件の上にカーソルを合わせると、もとの所有が誰かについての情報があるかどうかが表示されます」

「面白いわね」とジョイが言った。「実はわたしたち、最近この物件の情報にアクセスした人がいるかどうか知りたいの。ひょっとしてアクセスするにはあなたを通さなければならないってことだと、すごく助かるのよね。それでもしそうなら、その内容を教えてもらえるともっと助かるんだけれど」

事務員は首を振った。「いいえ、オンライン上の情報には誰でもアクセスできますし、わたしたちには把握できません」

それを突き止める能力のある〝誰か〟は、きっといるに違いない。もし警察がインターネットの使用状況から犯人を突き止められるものなら、彼女たちが知りたい情報もどこかに記録されているはずだ。問題は、その能力のある〝誰か〟はどこにいるのか、そしてその〝誰か〟にどうやって自分たちのために働いてくれるよう説得するのかということだ。

ふたりは事務員にお礼を言って、歩いて車まで戻った。フランシーンはエンジンをかける前にスマートフォンを取り出した。郡のホームページを開き、ラリーの例の賃貸物件を呼び出して、情報をスクロールしていった。

ジョイが彼女を見て訊いた。「何してるの?」

「あの物件の歴史を見直してるの。あの事務員さんは画面を早く動かしすぎて、よく見えなかったから」

「あそこは昔ただのガソリンスタンドだったんじゃないの?」

「ううん、小さな機械工場だったみたいよ。それがいつ建てられたのか、何を作っていたのか、その前にはあそこに何があったのか、まったくわからないのよね」

「何のためにそんなことを知りたいの?」

「ただの好奇心よ」フランシーンは頭を後ろにそらし、遠近両用眼鏡の下半分を使って評価額を読んだ。一番最近つけられた価格は、商業施設としては低いように感じられた。だがそもそも、土地の評価額というのがどう付けられるものか、よくわからない。ただ自分の家の評価額と比べてみると、かなりの開きがあった。フランシーンはページの一番下までスクロールしてみた。「思ったとおりだわ。あの建物は一九二八年に機械工場として建てられたって書いてある。そのころの面積は百平方メートル以下よ」

「それは今も変わらないんでしょ? そんなに広くはなさそうだものね」

「一九七二年に一度、増築されている。広さが倍になってるわ。二百平方メートルを切るぐらいよ」

ジョイは驚いて言った。「二百平方メートル？　外からじゃそんなに広く見えないわ」

「中からもよ。現場見学ツアーのあと、警察といっしょに建物の中に入ったの。百平方メートルをそんなに大きく超えるほどじゃなかったと思うわ」

「じゃあ、百平方メートル分はどこにあるの？」

フランシーンはちょっと考えた。「地下室かしら？」

「中に入ったんでしょ？　地下室はあった？」

「どうかしら、気づかなかったけど」

「ラリーはいつあのビルを手に入れたの？」

フランシーンはもう一度同じページをスクロールした。「買ったのは十年前ね。不動産会社は通してない。利用目的が商業用倉庫に変更になってる。そして広さ百平方メートルの物件に分類されてるわね」

「増やした分の面積はどこに消えちゃったわけ？」

「ちょっと待って。読み方を間違えてたみたい。百平方メートル分が作業場、残りが商業用倉庫ということらしいわ。でも倉庫はどこにあるの？　そして何が入ってるのかしら？」

「ジョナサンは間違いなく知ってるはずよ。訊いてごらんなさいよ。ラリーの固定資産税の書類はジョナサンが準備してるんじゃない？」

「そうよ」

「でしょ？」

フランシーンはスマートフォンを脇に置いて、プリウスを発進させた。渋滞する国道36号線を進むあいだ、ふたりはとくに話をしなかった。ダン・ジョーンズ道路に突き当たったところで北に曲がり、ブラウンズバーグに向かう。

フランシーンは、ジャド、ジョナサン、アリスの四人でフリードリックの作業場へ行ったときのことを、何度も思い起こした。心の中で繰り返しあの場所を歩いて測り、自分の家と比べた。そしてどう考えても百平方メートル以上あるわけがないという結論を下した。屋根裏部屋がなかったことは確かだ。だとしたら、地下室があることになる。だが、もしラリーの前の所有者が地下室を掘ったのだとしたら、一九七二年とはいえ、たくさんの人が覚えているはずだ。それからずっと地下室があったとして、未完成でなければということだが、前の所有者はそのことを誰にも話さなかったのだろうか？　そもそも地下室の入り口はどこにあるのだろう？　そして商工会議所のロブ・セネフは、なぜあの建物について話すことを避けたのか？

フランシーンは監視カメラの映像を思い出した。カメラは限られた範囲しかカバーしていなかった。どうしてラリーは地下室にカメラをつけなかったんだろう？

そして空白の五十分間の問題がある。誰かが建物の中に入って、監視カメラを切り、五十分後に映像が戻ったときには、ミジェットカーが一台消えていた。その空白の五十分のあいだ、ひょっとしてその誰かは地下室にいたのだろうか？

ラリーを疑いたくはなかった。たとえそのとき密かに町に戻っていたとしても、何か正当な理由があってのことだろう。きっとフリードリックはカメラのことを誰かに話したのだ。そうでなければ、カメラを避けて作業場に忍びこめるわけがない。

フランシーンは、この空白の五十分がフリードリック殺害の鍵を握っている気がしてならなかった。

19

フランシーンが家に戻ると、留守番電話のライトが点滅していた。シャーロットからだ。伝言を聞くと、シャーロットは自分の見つけた情報にすっかり興奮していて、早急に連絡してくれと言っていた。フランシーンはすぐに電話を返した。

「遅いよ、何やってたの？」電話に出るなりシャーロットは言った。「ブレイディとは話せた？　何かわかった？　あたしは記者のジェフ・クレイマーと話したよ。というか、クレイマーの上司の女性編集長と話したんだけどさ。それからジャドに会いに行った。とにかく話すことがいっぱいあるよ。いつこっちに来られる？」

「シャーロット、落ち着かないとまた血圧が上がるわよ。わたしはジョイといっしょにダンヴィルに行ってたのよ。フリードリックが借りてた作業場のことで、何かわからないかと思って。でも結局、答えを上回る疑問を持ち帰ってきただけ」

「それなんだよね。見つけた答えが、またたくさんの疑問を生むってパターンだ。だけど最後はいろんな手がかりがひとつに結びつくはずだよ。ほら、『ママと恋に落ちるまで』で、いろんなエピソードが最終シーズンできれいにつながるみたいにさ。ともかく今は、手がかりをにらみつけて考えるのさ。この事実にどんな説明がつけられるのかって」

フランシーンには、その比喩があまりピンとこなかった。でもシャーロットは、テレビ中毒と言ってもいいぐらいたくさんの番組を見ているのだ。彼女のハードディスクレコーダーは、常にメモリーの九十パーセントまでいっぱいだった。

「それで、すぐこっちに来られる？」とシャーロットがまた催促した。

「今日は朝からあちこち出かけてさすがに疲れたわ。あんたが車でこっちに来られない？」

シャーロットは二つ返事で了解し、五分後には車で家の前に到着していた。まるで手から生えた三本目の足のように杖を巧みに操りながら、急ぎ足で玄関に向かってくるのが窓から見えた。だがフランシーンがドアを開けるころには、シャーロットはスピードを落としてよたよたと歩いていた。彼女が自分で愚痴るより素早く動けることは、誰もが知っていた。みんなは、足が悪いせいでさっさと動けないという彼女の主張を、大目に見ているのだ。

「早かったこと」とフランシーンはつぶやいた。

「どういう意味？　あんたってときどき皮肉っぽいよね」シャーロットは彼女を追い越してずんずん客間に入っていった。

フランシーンの家は、サマーリッジ地区でよく見るコロニアル様式のレンガ造りだった。ベッドルームはすべて二階にあり、生活空間はほとんど一階にあった。息子たち三人が小さかったころは、手狭に感じることも多かった。そのころのこの家は、宿題だの、スポーツだの、子どもの友達だのでいつもにぎやかで、生き生きと輝いているような気がしたものだ。

今は息子たちのベッドルームのうちふたつは客用で、残るひとつをジョナサンの仕事場に充てていた。もっとこぢんまりした場所に移ることも話し合ったが、ここでの人間関係を失う気にはなれなかった。結局、まだどちらも元気で階段の上り下りが苦にならないうちは、ここに残ろうと決めた。それからはしょっちゅう家に手を入れて、古びてしまわないよう努めてきた。シャーロットがこの家で一番気に入っている大きな客間は、小ぶりな客間と家族の居間を分けていた壁を取り払って、一部屋にしたものだ。シャーロットは自分専用にしているイタリア製の革張りの肘掛け椅子に直行し、悠々と腰掛けて隣にバッグを置いた。

「早くお座りよ」彼女は自分の家であるかのようにフランシーンを促した。「お互いの成果を比べっこしよう」とバッグを探ってノートを引っぱり出す。「まずはあんたから」

フランシーンはシャーロットの向かい側のカウチに腰を下ろし、最初から話し始めた。ジムでブレイディと会うには会ったが、ほとんど情報を引き出せなかったところからだ。

「良いニュースは、明日またブレイディとジムで会う予定になったこと。悪いニュースは、メアリー・ルースを連れていくって約束してしまったことよ」

シャーロットは手術していないほうの膝をぴしゃっと叩いた。

「やったじゃないか。だけど、なんでまたそんな約束をしたのさ？　メアリー・ルースをジムに連れ出すなんて、ケータリングのチャンスでもちらつかせないと無理だろ。でもあのジムじゃ、にんじんのケーキだってたぶん持ちこみ禁止だよ」

「こうなったら、明日の昼食会のあとで不意打ちをかけるしかないと思ってるの。車に乗るようせき立てて、考える隙を与えずにさっさと連れていくのよ。ジョイも一応賛成で、協力してくれるって言ってる」

「どうかねえ。メアリー・ルースは背が低くて太ってるから、重心がしっかりしてるもん。あたしら四人でかかっても動かせるかわからないよ。まあやってみるしかないか。ブレイディにジェイク・マーラーのことをしゃべらせるには、それしか手がないと思ってるんだね？」

「ビジネス最優先のタイプみたいなのよ。ジェイクについての会話に引っ張りこむためには、新しいクライアントっていうにんじんを目の前にぶら下げないとだめね」

「そのあと、ジョイにも会ったんだって？」

フランシーンはジョイから聞いたブラウンズバーグ商工会議所でのできごとを伝え、それから〈コートハウス・グラウンズ〉でのランチの話をした。ダーラ・バッゲセンとの会話に話が及んだとき、シャーロットが止めた。「ちょい待ち。サラは父親のほうと住みたがってるのかい？　またなんでかね？」

「そんなおかしな話でもないでしょう？　ダーラよりは父親のほうに共感を持っていても不思議じゃないわ。わたしがサラの立場でも、きっと父親と住みたいと思うわよ」

「そりゃもっともだ。ダーラはサラのレースのことになると、目の色が変わっちまうからね。それにちょっと過保護すぎるよ。あの分じゃ娘にGPSつきの足輪をつけさせて、四六時中居所を監視してるかもしれないよ」

フランシーンはその指摘には首をかしげた。「それは大げさすぎるわ。それに今どきはスマートフォンさえあれば、足輪なんて必要ないのよ。サラの電話の位置を追跡するアプリをインストールすればいいんだもの。子どもたちはどこに行くにも電話を持って行くじゃないの」

不意にフランシーンは〈コートハウス・グラウンズ〉での出来事を思い出した。ダーラはサラに連絡しなくちゃと言ってスマートフォンをチェックしたあと、あわてて帰ってしまった。サラの居場所を見て、心配になったのだろうか？　フランシーンは話題を変え、ジャドに会いに行ったときのことを話してくれるよう頼んだ。

「フリードリックの死体にはひとつ引っかかるところがあったんだ。殺されたとわかったあとは特にね。あの現場にありそうでなかったものが何か、わかるかい？」

「いったい何の話？」

「血だよ、フランシーン。あそこには血がまったくなかったんだ」

「吸血鬼に血を抜き取られて殺されたとでも言うんじゃないわよね？　ひょっとして最近またシャーレイン・ハリスのヴァンパイア・シリーズに凝ってるの？」

「違うって。でも、そんなら死因は何なのかって疑問がわくじゃないか。ジャドにそこを訊いてみたんだよ」

「教えてくれた？」

「それがびっくりすることに、教えてくれたよ。ジャドが言うには、犯人は相当油断ならないやつだって。それをあたしにわからせるために、殺害方法を教えるって言ったんだ。フリードリックは血流を止めて殺されたんだって」

「え？　何を止めたですって？」

「息ができないように首を絞めるのに似てるけど、ちょっと違うんだ。頸動脈を圧迫して、脳に血が行かないようにするんだよ」シャーロットは首の左側の頸動脈を押さえてみせた。「ポイントは、相手が気絶するまで強く圧迫すること。それから脳が駄目になるまでもっと長く押さえ続けるんだって」

看護師だったフランシーンには、シャーロットの言っていることはよくわかった。だがそれはあまりにもおぞましい行為だ。「わざと脳に血液が届かないようにして、脳死させたっていうこと？」

「格闘技のスリーパー・ホールドっていうのと、仕組みは同じなんだって。もちろんプロレスとかなら、相手が気絶したら手を離して、血がまた脳にいくようにするんだよ。脳にダメージがないように」

「そんな計算し尽くしたような殺し方って……よほど冷静だったのかしら」

「それはわかんないよ、犯人にとっては慣れたやり方だったのかもしれないし。ジャドが言うには、フリードリックは反撃しようとしてたらしい。爪に皮膚が残ってたから、犯人を引っ掻いたのかもって。検死官がＤＮＡサンプルを調べてるところだ」

「よくそこまでジャドが教えてくれたわね。信じられないわ」

「見事な尋問術で答えを引っぱり出したのさ、って言いたいとこだけど、ジャドはちょうど記者会見の準備をしてるとこで、これ幸いとあたしを練習台にしたんだと思うね。でもまあ、あたしもその前に機嫌を取っといたからね。最初に明日の昼食会のことを話して、来てくれるよう頼んだんだよ」

「昼食会に招待するのは、『近隣見守りプログラム』の話をしてくれる人じゃなかった？ジャドはそういうのを仕切る立場じゃないでしょ？」

「まあ最後まで聞いてよ。あの子ははなから、その仕事をサポートサービス部門に押しつけようとしたんだよ。それで言ってやったのさ。あんたこれをいいチャンスだと考えなくてどうするんだって。〝あたしらは犯罪現場見学ツアーに参加した人を残らず招待してるんだよ。この昼食会の目的は、メアリー・ルースのケータリングの宣伝だけじゃない。もうひとつの目的は、容疑者リストに載ってる人たちから話を聞くことなんだよ〟って教えてやったんだ。そしたら、それは確かにいい考えだって認めたよ」

「そんなあっさりと？」

「いやまあ、たしかにちょっとはガミガミ言われたよ。まだ捜査を続けてるんですかとか何とか。だけどちゃんと全部報告してるだろって言い返したら、少しは静かになったよ。昼食会で何か企んでるんじゃないかってまだ疑ってるみたいだったけど、ちゃんと来るとは言ってた。そのあとは記者会見が始まるからっておっぽり出されたよ。マスコミを抑えこまなくちゃならないって大変そうだったよ」

マーシーがブリッジクラブを売り出すためにあおった過熱報道に、何とかジャドがブレーキをかけてくれたらいいのだが、とフランシーンは思った。「マスコミと言えば、例の記者から何か情報はあったの?——名前は忘れてしまったけど」

「ジェフ・クレイマーだよ。本人は捕まえられなかったけど、女性編集長と話ができた。本日一番の収穫は、そもそもジェイクがあれを妨害だと主張した理由だよ」

「何だったの?」

「噂によると、フリードリックはもう一度ジェイクと手を組む前に、ほかのレーサーのマシンを組み立ててたんだって。あのときジェイクの車は、ゴール目前で力尽きちまったろ。フリードリックがライバルに勝たせるためにわざとやったって、ジェイクは思いこんだんだ」

フランシーンはちょっと考えた。「ジェイクは五位だったのよね。四人が彼より先にゴールした。ということは、彼らのなかの誰かが……」

「……フリードリックとつながりがあったのかってことだね? あたしもおんなじことを考えた。だけど編集長によると、ジェフ・クレイマーはその四人の誰かとフリードリックをつなぐ糸を見つけられなかったんだって。みんな自分のメカニックが組み立てたマシンを使ってた」

フランシーンはわけがわからなくなった。この話のどこが収穫なのだろう?

「じゃあ、ジェイクはその噂を聞いてどう思ったのかしら?」

「そこはわからない。ただ、フリードリックとつながりのあるレーサーがそのレースに出てたって話は、今のところどこからも聞かないって編集長が言ってたよ。それなのにジェイクは、最初からいきなり妨害工作だって決めて怒り狂った。ってことは、きっとジェイクだけが知ってる情報があったんだよ」

「それはあり得るわね。ともかくジェイクが怒っていたというのは、フリードリックを殺す動機になるんじゃない?」

「ああ。だけどジェフ・クレイマーは、フリードリックがマシンを組み立ててた相手がわかれば、べつの容疑者が浮かぶ可能性もあるって言ってたらしい。クレイマーはまだ諦めずに、その誰かを探してるそうだよ。今は休暇を取ってるみたいだけど、仕事に戻ったら電話させるって編集長が約束してくれた」

そのときフランシーンの携帯電話が鳴った。ジョナサンからだ。

「今ひとりかい?」と彼が訊いた。

「違うわ」

「シャーロットか?」

「そう」

「シャーロットには言わずに、アリスとラリーの家に行ってほしいんだ。ふたりが我々と話したがってる。正確に言うと、ラリーがわたしに来てほしいと言って、アリスがきみに立ち会ってほしいと言ってるんだが」

「わかったわ」顔を上げると、シャーロットと目が合った。どうやって言い抜ければいいだろう?

ジョナサンは彼女の心を見透かしたように言った。「書類に――個人的な書類のほうがいいかな――サインがいるからわたしに会いにいかなくては、と言って」

フランシーンが言われたとおりに言うと、シャーロットはがっかりした顔をした。

電話の向こうでジョナサンが言った。「『今すぐに?』と言って」

「今すぐに?」

「よくできました。じゃあ、シャーロットが帰ったらすぐに向かってくれ。どうやらラリーとアリスは、お互いに全てを打ち明けるつもりじゃないかと思う。それがわたしたちにどう関わってくるのかは、まだわからないんだが」

20

フランシーンはポーチに立って、大型のビュイックが私道をバックで出ていくのに手を振った。車が見えなくなると、すぐに自分のプリウスに乗ってアリスとラリーの家に向かった。急がなくてはならない。到着したときには、すでにジョナサンの車があった。

アリスがドアを開け、フランシーンを引き寄せて強く抱きしめた。

「来てくれてありがとう」

フランシーンもアリスを抱きしめ返した。「わたしにできることはある?」

「ただ聞いてくれるだけでいいの。そしてもしわたしが質問し忘れたことがあったら、代わりに訊いてちょうだい。わたし、もうぼろぼろなの。ラリーがまるで知らない人になってしまったみたいで」

確かにアリスはぼろぼろに見えた。ふだんはきちんと櫛(くし)を入れて耳の横でふわりとふくらませ、長い顔を和らげるようにしている髪の毛は、今日は頭にぺったり張りついて、彼女の顔の中でベストなパーツとはいえない鼻をことさらに目立たせていた。フランシーンは深く息を吸い、アリスの肩に手を回した。「中に入りましょう」

慣れ親しんだ両開きのドアをくぐると、いつもは非の打ち所なく片づいた客間に、早くもアリスのストレスの影響が現れていた。飲み残しの紅茶のカップが、コーヒーテーブルや張り出し窓のあたりに置きっぱなしになっているし、でたらめに折りたたまれた新聞がカウチの脇の床に投げ出されている。

そしてラリーの様子はそれ以上にひどかった。何日も眠っていないような顔で、カウチの隣のリクライニングチェアに座っていた。いつも品よく整えられている灰色の髪は、乱れてぼさぼさになっている。あごひげは一週間以上は整えられていないように見える。そしてもともとは背の高い人なのに、今はひとまわり縮んでしまったかのようだ。

ジョナサンは仕事用のカジュアルなスーツ姿で、カウチに座っていた。フランシーンを見ると隣に座るよう促し、フランシーンはその言葉に従った。しかしアリスはラリーと距離を置いていることを示すように、反対側の椅子に腰を下ろした。

ラリーは苦しそうに両手をもみしぼった。「わたしにはフリードリックが殺された晩のアリバイがないんだ。ある人に会うために、ラスベガスから一日早く帰ってきたからだ。だがその人物は現れなかった」

「それは誰なんだ？」とジョナサンが訊ねた。

「いい質問ね」とアリスがとげとげしい声で言った。「あなたがラリーから答えを引き出してくれると助かるわ。わたしには頑として言おうとしないから」

ラリーは首を振った。「誰にも言えない。今はまだ。わたしがこの人物とじかに会って話すまでは言えないんだ」

「わたしがあいだに立って、会う機会を設定しようか？」とジョナサンが言った。

「それができないんだよ。だってそのためには、相手が誰だかきみに言わなくちゃならないだろ」

フランシーンはできるだけ優しく訊いた。「あなたはどうやってその人と会う約束を取り付けたの？」

「手紙を送った」

「そもそもどうして会いたいと思ったのかしら？」

ラリーの声は震えた。「この人物に知らせなくてはならないことがあるからだ」

「フリードリックの作業場の駐車場で会うことになっていたんですってよ」間違って口に入れた、かびた果物を吐き捨てるようにアリスが言った。「皮肉な話よね？」

「でも、それならアリバイは大丈夫なんじゃないの？」とフランシーンが言った。「あそこには監視カメラが一式揃ってるんだもの、あなたがいたことが記録されてるはずでしょ」

「録画を止めていたんだ」

土曜の夜の消えていた映像だ、とフランシーンは思った。

「一体どうして？」

「この人物が、わたしの知らせる情報を気に入らない可能性があったからだ。もしそうなら、そんな映像を残したくなかった。もう一度見るのはきっと耐えられないと思った。すまない、今はそれしか言えないんだ」

ジョナサンは胸の前で腕を組んだ。「きみの弁護士はその人物が誰だか知っているのか？」

「ああ。だが彼も会う約束のことは知らなかった。誰にも知らせてなかったんだ」

「じゃあ、どうして今わたしたちに話すんだ？」

「この人物に会えたら、すぐきみたちにすべてを話すつもりでいた。もちろんアリスが一番先だ。今もできる限り早いうちに、そうするつもりでいる。だがアリスに隠していたある事実を、警察が見つけだしてしまった。きみたちにも言っていないことだ。ひどい形で伝わる前に、自分の口から話して謝罪しておきたかった。だからきみたちふたりに来てもらったんだ。これを打ち明けるのはわたしにとっても辛いことだし、同じ話を二度繰り返したくなかったんだよ」

アリスはあっけに取られているように見えた。ジョナサンは何事かという顔をした。

ラリーが立って、アリスの手を取った。アリスは振り払いはしなかった。

「わたしの祖父母が亡くなったときのことを覚えているかい？」

アリスはうなずいた。

「ふたりがわたしにいくらか財産を遺してくれたことも？」

「もちろんよ。かなりの額だったもの」とアリスが言った。「二十万ドルほどもあったわね。わたしたちの不動産業は、あの遺産をもとにスタートしたんじゃないの」

ラリーは唇をきつくかんだ。「実はその他にも信託資金があったんだよ。百万ドルをゆうに超える額だ。だがある理由で、わたしはその資金を海外の銀行に移した。きみにも、そして親友の会計士にも隠して。本当にすまないと思っている。今はその理由を言えないんだ。でもいつか必ず話すと約束する。そのときにふたりともわたしを許してくれるよう祈っている」

アリスはむしろほっとしたように見えた。「ラリー、そんなのただのお金じゃないの。わたしが愛してるのはお金じゃなくてあなたよ。どうしてもっと前に言ってくれなかったの？　こっそり誰かと会う約束をしていたのは別だけど、お金なんて問題じゃないわ」

「問題は金じゃない、それをどう使ったかが問題なんだ」

「まさかもう使ってしまったということ？」

「すべてではないが、ほとんどだ」

アリスは肩を落とした。怒るというよりひどく苛立っているように見える。

「いったい何に使ったの？　何か馬鹿なこと？」

「馬鹿なことだったとは言いたくない。だが無謀だったかもしれない。それについては心から申し訳なかったと思っている」

アリスは立ち上がった。「そう。過去の行いの反省会をしましょうという話なら、わたしにもひとつあるわ。わたし、私立探偵を雇って、あなたをラスベガスまで尾行させたの。この半年、あなたはずっとおかしかった。だからあなたがこの急な出張話に飛びついて、ラスベガスに行くって言い出したとき、怪しいと思ったのよ」

ラリーは信じられないというように眉をひそめた。「わたしを尾行させた？」

「ちょっと待って」とフランシーンが割って入り、アリスのほうを見た。「尾行させてたということは、ラリーが早く帰ってきてたことも知ってたの？」

「日曜の午後に探偵から連絡があるまでは知らなかったの。ラリーが土曜日にチケットを取り直したのが不意打ちだったみたいで、行き先がわかったときには、もう同じフライトのチケットが取れなかったんですって」

「じゃあ昨日ラリーと電話で話したときも、ラリーがほんとはラスベガスにいないって知ってたの？　インディアナポリスにいるって知ってたのに、素知らぬふりで警察をだましてたってこと？」

「どこにいるか正確には知らなかったの。知っていたのは彼がインディアナポリス空港を通ったということだけなのよ。そこからレンタカーでどこかに行く可能性だってあったんだもの」

「ゆうべブリッジクラブでわたしたちに打ち明け話をしたときも、全部を話してくれたわけじゃなかったのね？」

「ごめんなさい、フランシーン。わたし、ラリーが町にはいないって思いたかったの。彼はフリードリック殺しに関係ないって信じてたから。今もそう信じてるけど」

ジョナサンが身を乗り出した。「そうなると、探偵がその晩にきみを見失ったのは残念だったな。追いかけていれば、アリバイが証明されたはずだ」

「そういうことになるな」

「そのアリバイを証明してあげられればいいんだけれど」とアリスが言った。「探偵があなたを追えなくなったとき、同業者の友人何人かに電話してカバーを頼んだんですって。でも都合がつく人がいなかったの。それで最後の頼みの綱で、新聞記者の友人に連絡を取ったの。ぜったいに他言しないよう誓わせて、あなたを空港からずっと尾行させたそうなのよ」

「それはいい話じゃないか！　わたしが夜のあいだずっと駐車場にいたことを、その記者は知ってるはずだ。出てきて証言してくれるといいんだが」

「きっとしてくれると思うわ。でもその男が見つからないの。探偵がずっと連絡を取ろうとしてるんだけれど、捕まらないんですって。わたしがすぐに連絡をもらえなかったのは、そのせいもあるのよ。探偵はあなたの行き先を確認してから、わたしに知らせようとしていたの」

「なんていう新聞記者だ？」

「ジェフ・クレイマーですって」

フランシーンはその名前を覚えていた。ついさっきシャーロットから聞いたばかりだ。ジェイク・マーラーとフリードリック・グットマンについての記事を書いていた記者だ。「その人《フライヤー》紙の記者よ」とフランシーンは言った。

そして編集長の話によれば、ジェイク・マーラーは休暇中で、ここ数日誰も姿を見ていない。フランシーンは嫌な予感に首の後ろの毛が逆立つのを覚えた。

21

アリスが、フランシーンとふたりだけで話をしたいと言い出した。ふたりはキッチンで話すことにした。アリスはアイランド型調理台の大理石のカウンターにもたれ、上を向いて天井を見つめた。ラリーの言葉を考えているのか、それともただ疑っているのか、フランシーンにはわからなかった。「あなたはどう思う？」とアリスがついに訊ねた。

「正直言って、どう考えたらいいかわからないわ。でも何があったにしても、あなたに対する愛情が薄れたようには聞こえなかった。そうは言っても、ラリーにはちょっと秘密が多すぎるわね」

「主人は誰と会おうとしてたのかしら？　それが男か女かもわからないけれど、フリードリックとつながりのある人物には違いないわね。だってそうでなければ、ラリーがわざわざあの駐車場を密会の場所に選ぶ理由がないもの」

フランシーンは調理台に置いてあったボウルからミックスナッツをひとつかみ手に取った。ストレスのせいで、彼女はほとんど無意識にナッツをかじりながら言った。

「でも、どうして警察はラリーを疑ってるのかしら？　フリードリックを殺して、いったいどんな得があるっていうの？　確かに賃料のことでもめてたかもしれないけれど、だからって殺したりはしないでしょ？　そんなにたいした額のわけがないもの」

アリスもボウルからいくつかアーモンドをつまんだ。「いずれわかってしまうと思うけれど、今は黙っていてね。実はフリードリックの家賃滞納がかさんできたとき、ラリーは作業場の中のものを差し押さえると脅したの。フリードリックはひどく動揺してたそうよ。これで少しは家賃を払ってくれるとラリーは思ってたようだけれど、結局期待は裏切られたわ。そして警察はラリーの脅しについて知ってたの」

フランシーンは作業場に何があったか思い出してみた。あの工具や備品類が、殺人を犯してまで手に入れる価値があるとは到底思えなかった。だがジョナサンとふたりで見た監視ビデオの映像から、フランシーンはあることを思い出した。

「ねえ、あなたも監視ビデオを見た？」

「ええ、ラリーが見せてくれたわ。たぶん自分の正直さをアピールしたかったんだろうけれど、正直言って、何が映っていたかあまり覚えてないのよ」

「フリードリックはレーシングカーの新しい技術を開発してたんじゃないかしら？　ビデオには彼が茶色い袋を持ちこむところが映ってたんだけど、その袋を開ける前に、わざわざ監視カメラをオフにしたの。まるで袋の中身を撮られたくないみたいに。カメラがまたオンに戻ったときには、フリードリックの姿は消えていたわ」

アリスは納得できないようだった。「その新しい技術を手に入れるために、ラリーが彼を殺したっていうの？」

「そうじゃない。警察がそう考えてるかもしれないと言ってるだけよ」

「フリードリックは車のどこを作業していたの？」

「ジョナサンはショック・アブソーバーだと言ってたわ」

アリスはまたアーモンドを口に入れた。「ラリーは絶対に殺してないわ。でもフリードリックが本当に何か貴重な技術を開発していたとしても、ラリーは興味を持っていなかったと警察を納得させなくちゃならないのね」

ふと気がつくと、フランシーンはまたナッツをひとつかみ手にしていた。ナッツをボウルに戻し、ボウルごとアリスに渡して言った。

「どこかに隠しておいてちょうだい」

アリスはボウルを引き出しにしまった。「どうしたらいいと思う？」

「ラリーのこと？」

「もちろんラリーのことよ！　他に誰もいないでしょう？　ラリーに出て行ってもらうべきかしら？　本当はそんなことしたくないわ。でも二、三日ホテル住まいで、警察にしつこく監視されれば、少しは身に沁みるんじゃないかと思うのよ。わたしに全部打ち明けるか、その謎の人物に会って話をつけてくるかしてくれるかもしれない」

フランシーンは自分ならジョナサンに対してどうするだろうと考えた。だがアリスの立場にいる自分を想像するのは難しかった。「あくまでわたしの意見だけど、今は厳しく接するより、寛大でいたほうがいいんじゃないかしら」

そのときドアの枠をこつこつと叩く音がした。顔を向けると、ジョナサンが入り口の外に立っていた。「ラリーは弁護士に会いに行ったよ」

アリスはカウンターから離れた。「ラリーとはまたあとで話し合わなくちゃならないわね」

「わたしたちもいっしょにいましょうか？」

「ありがとう、でも大丈夫よ」

フランシーンはアリスをハグした。「いつでも電話してちょうだい」

「ええ。明日、メアリー・ルースの昼食会で会えるわね」

「あなたも来られるの？」

「ここでいらしていても、頭がおかしくなってしまいそうだもの」

車を出すまでアリスが見送ってくれた。ジョナサンとは別々に来たので、家に戻るまで質問はお預けだった。アリスの家の私道から道路に出ると、車が二台縁石に寄せて止められているのに気づいた。そのときは何とも思わなかった。だが車の横を通り過ぎたとき、その二台もすぐに発進するのを見て、初めて何かおかしいと感じた。二台はジョナサンのピックアップトラックの後ろに割りこむと、家に着くまでぴたりとあとをついてきた。フランシーンたちの車が私道に入ると、彼らは通りを少し行ったところで停まった。

フランシーンはパニックに陥った。ジョナサンが車をガレージに入れてシャッターを下ろすと、彼女は運転席に駆け寄った。「あの車、見た？」

ジョナサンはうなずいた。「何者だろう?」

「わからない。でも今日ダンヴィルから戻ってくるとき、何だか車にあとをつけられてるような気がしたの。サマーリッジ地区に入ったら、その車はそのまままっすぐ行ってしまったから、気のせいだと思ったんだけど」

ふたりは家に入り、客間の窓から外をうかがった。フランシーンは見られないよう脇からのぞいたが、ジョナサンは堂々と窓ガラスの正面に立った。二台の車はまだそこに停まっている。

「あれが幻覚か、我々がつけられていたか、どちらかのようだね」ジョナサンは見られないよう窓から退いた。「ところで、ダンヴィルに何をしに行ったんだい? それとも訊かないほうがいい?」

「ラリーをはめようとしている人物がいるかもしれないと言ってたでしょ。ジョイとわたしで課税額査定官の事務所に行って、ラリーがフリードリックに作業場を貸したことを、誰か探りに来なかったか調べてみたの。だってあの作業場はラリーの物件リストに載ってないのよ。理由はわからないけど、ラリーが隠してるみたいだったわ」

「それがリストに載っていないってどうしてわかった?」

「ジョイが商工会議所に行ったの。所長のロブ・セネフとも話をしたって」

一瞬ジョナサンの顔がこわばったように見えた。「ロブは何て?」

「あの物件について何か知ってるのに隠してる、ってジョイは感じたそうよ」夫が明らかに居心地の悪そうな様子になっていくのを、フランシーンは見逃さなかった。「あなたはあの建物について何か知ってるわけじゃないわよね？　コンピュータの隠し場所は知っていたようだけど」

ジョナサンは体重を片足からもう一方の足にかけ替えた。「まあね」

「そのこと、もっと詳しく話してみる？」

「今はまだ話せないんだ」

フランシーンはもう一歩踏みこんでみた。「査定官の記録では、あの物件の面積は二百平方メートル以上の建物に分類されてたの。半分は業務用、半分は倉庫用ってことで。でもあの作業場が百平方メートルを超えてるなんて、あり得ないわ。残りの百平方メートルはどこに消えちゃったのかしらね？」

彼は答えなかった。

「合理的に考えるなら地下室よね」とフランシーンは続けた。「でも階段を見た覚えもないし」

ジョナサンは決まり悪そうな顔をした。「ここで守秘義務を持ち出すのは申し訳ないと思うよ、だがそうするしかない」

「ジョナサン、わたしはあなたの奥さんでしょ？　わたしよりラリーを優先するの？」

「確かにきみには事実を知る資格があるよ。そしてラリーも問題の先延ばしをやめる潮時かもしれない」ジョナサンは車の鍵を出した。「ラリーは弁護士に会いに行くと言ってた。わたしも立ち会いに行ってみるよ。いろいろ気になることもあるしね。特に百万ドル以上の資金を海外口座に隠したうえに、アリスにもわたしにも言えない理由でほとんど使い切ってしまったことだ」

「あなたと結婚して四十五年になるけど、守秘義務をたてにわたしに秘密を持ったのは初めてね」

「それは今までこんな状況に陥ったことがなかったからだよ。我々の共通の友人に関して、きみが事情を知りたがったりしたことはなかったよね？」

フランシーンは手を伸ばしてジョナサンの手に触れた。「これが終わったら、二度とわたしに秘密を持たないって約束して」

電話が鳴った。ジョナサンが立ち上がりかけたが、フランシーンはその手を離さなかった。

「留守番電話に任せましょうよ」

「ダーラ・バッゲセンです」とはつらつとした声が響いた。

フランシーンは思わず目玉をぐるりと回した。まったく、どうしていちいち名字を名乗る必要があるの？　だが次の言葉を聞いて、受話器を取らなかったことを後悔した。

「一応お知らせしておくけど、明日のお宅での昼食会にサラは連れていかないわ。メアリー・ルースが食事の用意をするのに、なるべく正確な人数がわかったほうがいいかと思ったの。それじゃね」

ジョナサンは腕組みをした。「明日の昼食会が何だって？」

「言おうと思ってたの、本当よ」

「どうせ殺人事件がらみの話なんだろ？」

「メアリー・ルースが、ケータリングのお客を増やすチャンスをほしがってるということもあるの。だから答えはイエスでもありノーでもあるのよ」

「わたしにはどうもノーのほうが付けたしに聞こえるけどね」

フランシーンはあきらめて言った。「わかったわ」そしてシャーロットの説――プール小屋に死体が隠されていたのは、近隣の者が犯行に関わっている可能性が高いこと、そして犯罪者は常に現場に戻るということ――をもとにした計画を説明し始めた。だが招待客の選び方と、ジャドを引き入れて「近隣見守りプログラム」について講演してもらうというあたりを話しているうちに、自分でも馬鹿げた計画のような気がしてきた。しかし意外にもジョナサンはうなずいた。

「つまり、きみも秘密を持ってたんだね？」

「たいした秘密じゃないわ、少なくともラリーに比べたら」

「わたしもきみに大きな秘密を持ったりはできないよ。それは信じてほしい。それにお互いに多少の秘密を持つのはいいことかもしれないよ。もしお互いを知りすぎて、いつも相手の行動を予測できたら、退屈きわまりないと思わないか？　たまには濡れたサンドレス姿でテレビに登場してびっくりさせられるのも悪くないしね」

フランシーンはジョナサンを抱きしめた。「わたしに愛想がつきてない？」

「まさか」彼はフランシーンを腕で包みこんだ。

ふたりはしばらくそのままでいた。「ラリー以外の有望な容疑者が見つかるといいんだけれど。シャーロットはジェイク・マーラーが怪しいと思ってるみたい。でもはっきりした証拠があるわけじゃないのよ」

「ジェイク・マーラーにはフリードリックが殺された夜のアリバイがないと知ったら、役に立つかい？」

「なんですって？ どうしてそんなことを知ってるの？」

「きみが着く前にラリーがそう言ってたんだ」

「ラリーはどうやって知ったのかしら？」

「それはわからない。ラリーは今もジェイクの大ファンだが、ジェイクにもアリバイがないことは、今の彼にとっては正直なところ好都合なんだ」

フランシーンの携帯電話が鳴った。発信者を見て、電話を掲げてみせた。「ジョイからよ」

ジョナサンは肩をすくめた。「出たほうがいいよ。ジョイとマーシーが何か企んでるなら、知っておかないと危険すぎる」

フランシーンは電話を取った。

「最近インターネットを見てる？」とジョイが訊いた。

「あまり時間がなくて……」

「わたしたちが出演した『グッド・モーニング・アメリカ』の動画が、一時間前にユーチューブで再生回数百万回を超えたのよ。第一位よ！」

「あんたが嬉しいならよかったわ、でも――」

「マーシーはそれをネタに《ピープル》誌の編集者と話して、特集を組む話を取りつけたのよ。土曜日に地元タレントを使ってインタビューですって。そのあと写真撮影よ」

「ちょっと待ってよ。わたしはそこまでするなんて約束した覚えはないわ。アリスとメアリー・ルースだってうんとは言わないわよ」シャーロットも加えようかと思ったが、彼女は注目を浴びることに急速に慣れつつあるのではないかという疑念をぬぐいきれなかったので、やめておいた。

「ところがメアリー・ルースはそうでもないのよ。マーシーがテッド・アレンを知っていて――彼、インディアナ州出身なの――フード・ネットワーク局の番組にメアリー・ルースをゲスト出演させられないか交渉中なの。うまくいけば、料理対決番組『チョップト』の来シーズンに出られるかもしれないんだって。そうなったらケータリング事業は大繁盛だってメアリー・ルースは大いに期待してたわよ」

「悪いけど、わたしはカメラに追い回されるなんて真っ平よ。〈コートハウス・グラウンズ〉でいっせいにスマートフォンを向けられたときは、あんただって嫌がってると思ってたわ」

「そのあと、CBS放送のインタビューがうまくいって考えが変わったの。マーシーは正しかったわ。『グッド・モーニング・アメリカ』が成功したおかげで、今やわたしたち引っ張りだこよ。CBS放送のモーニングショーも、ぜひわたしをシニア特派員にって言ってくれてるの。『グッド・モーニング・アメリカ』とどちらを選ぶかが問題ね。月曜日にニューヨークでサンプル用のビデオ撮影よ。マーシーとふたりで早速台本作りにかかるつもり」

ジョナサンが鍵をかちゃかちゃ鳴らして、出かけるという合図をした。

「あんまり調子に乗っちゃだめよ、ジョイ。それと、明日は昼食会があるってことを忘れないでね。取材はなし。わたしの家にマスコミは立ち入り禁止よ」ジョナサンに〝いってらっしゃい〟という代わりにうなずいてみせる。まだ訊きたいことは残っていたのだが。

ジョイは依然としてしゃべり続けている。「家に入れなければ、芝生の上に居座られるだけよ。あんた自分がつけられてるって気づいてた？　うちの前にも見たことのない車が二台停まってるわよ。本物のマスコミかパパラッチかわからないけどね」

フランシーンはさっきの車がまだ外にいるか確認した。「ええ、うちにも二台いるわ。ジョナサンが出かけるところなの。たぶんどちらか一台があとを追っていくわね。両方行ってくれるといいんだけれど」

「あんたの態度から察するに、『ザ・ビュー』のゲスト出演には興味なさそうね」

「ないに決まってるじゃないの」

「でもマーシーはもう動き始めてるのよ。一応、伝えてはおくけど、たぶん話はほとんどついてると思うわ」

「絶対に出ません。言っとくけど最後通牒よ」フランシーンは決然として電話を切った。

外をのぞくと、車はどちらもジョナサンについていかなかったようで、フランシーンはがっかりした。

また携帯電話が鳴った。今度はシャーロットだ。「フランシーン、あんた今何してるとこ?」

「もう自分でもよくわからないわ。何か用?」

「進展があったよ。フリードリックの家に入らなきゃって言ってたろ? ばっちり手配したよ」

「嘘でしょう! さすがにそれは違法よ」

「あたしが頼んだ不動産屋はそうじゃないって言ってるよ。少なくともそんなには違法じゃないって」

「違法性に程度の違いなんてありません。違法か違法じゃないか、それだけよ」

「じゃあ違法じゃない。家の前には立ち入り禁止のテープも張られてないし、正面玄関に立ち入り禁止の札もないもん。それに実際のところ、あたしらがフリードリックの家に入ったってたいした問題にはならないだろ?」

「あたしらって何よ?」

「だからたった今、何をしてるか訊いたじゃないか。こっちに来て手伝ってほしいんだよ」

「シャーロット!」

「言いたいことはわかってるよ……指紋だろ。どうやったら指紋を残さずにすむか? そこは任せといてよ。メアリー・ルースの配膳用の手袋を一箱もらってきたんだ」

「指紋のことなんて心配してないわよ。昼ひなかに他人の家に入りこんだりしたら、ご近所に丸見えじゃないの」

「よかった、とりあえず入るとこまではオーケーなんだね。あたしはフリードリックの家のまわりをぐるっと迂回して、路地を通って裏手に車を停めたんだ。隣は空き家みたいだし、ご近所さんも今のところ見当たらないよ。不動産屋があたしらを裏口から入れてくれる手はずになってる。もうすぐその不動産屋が来るから、あんたも急いで来てよ。それからパパラッチに気をつけてよ。あたしはサマーリッジを出るとき、撒いてやったけどね」

「パパラッチですって？」とフランシーンが言ったときには、もう電話は切れていた。

記者とパパラッチとどちらがましかわからないが、どちらにしても相当しつこそうだ。どうすれば彼らを撒けるのか、見当もつかなかった。

22

フランシーンはブラウンズバーグの旧市街に車を走らせていた。途中で知っている裏道をいくつか使い、何とか二台の車を撒いた。それからやっとフリードリックが売りに出していたメゾネット式アパートに向かった。

シャーロットのアドバイスどおり、通りから見えないよう、メゾネットの裏の路地に車を停めた。裏庭には腰の高さぐらいのワイヤ製フェンスが張ってある。フランシーンは門から入り、黄色いタンポポが点々と咲く伸び放題の芝生を早足で横切った。草の上に残るテニスシューズの跡が気になったが、どうしようもない。

家の脇で待っていたシャーロットが、こっちこっちと手招きした。

「しばらく裏のポーチに立ってたんだけど、目につく場所だったからね」シャーロットはフランシーンが近づいていくと言った。「それにここなら日陰に立ってられる」

シャーロットは黒いシャツにウエストがゴムの黒いパンツ姿で、毛先が外にくるんとカールしたかつらをかぶっていた。まるで六〇年代に『すてきなアン』に出ていたころのマーロ・トーマスだ。もしフランシーンがこれほど神経質になっていなかったら、もし、シャーロットの変装に噴き出していただろう。「まったくわたしたち、どうしてここでこんなことしてるのかしら。不動産屋はまだ来てないの？」

「もうすぐ来ると願いたいけどね。明日ジャドが話す『近隣見守りプログラム』の犯罪者役みたいな気がしてきたよ」シャーロットは両足に交互に体重をかけながら言った。

「お願いだからそんなふうに踊るのはやめてちょうだい。余計に緊張してくるじゃないの」

「あんた緊張してるの？　あたしは今朝からお腹にいろいろあったもんで、あのあと下痢になっちまってね。脱水症状にならないようにずっとゲータレードを飲んでたんだけど、それが膀胱に効いてきちゃった。あっちの茂みは案外具合がよさそうに見えるけど、どうかね」

「待って、何か聞こえた。誰か車を停めたみたい。不動産屋が来たんじゃない？」

　ふたりは門のほうに目をやった。

「あんた不動産屋がエミリー・バリンジャーだって言わなかったわよね？」とフランシーンが言った。

「エミリーに何か問題でもあった？」

「彼女、ダーラ・バッゲセンと仲良しなのよ！　こうなったら、あっという間に噂が広がるかもしれないわよ」

　エミリーは花柄のブラウスにパンツ、ヒールのある靴といういでたちだった。門を閉めて家のほうに歩いてきたが、敷石がなかったので、ヒールが一足ごとに庭の土に埋まっているようだ。

エミリーがやっとふたりのところにたどり着くと、シャーロットは首を振って言った。

「まるで営業用の格好じゃないか。あたしらはこっそり動かなきゃならないんだよ。物件内覧会に来たんじゃないんだから」

エミリーの態度もシャーロットといい勝負だった。「これは警察が来たときのためよ。そのときは、ここを案内しちゃいけないなんて知らなかった、で押し通す作戦よ」

「そりゃ上手くいくだろうよ」シャーロットは冷ややかに言い放った。「わざわざ裏口から入って、庭に空気穴を空けて歩いた説明もつくってもんだ」

エミリーはバッグから鍵を取り出した。「中に入りたいの、入りたくないの？」

「ちょい待ち」シャーロットはメアリー・ルースの手袋をそれぞれに手渡した。「何かに触る前にはこれをつけて。理由は言わなくてもわかってるよね」シャーロットは眉を上下に動かして見せた。

「もし警察が現れたら何て言えばいいの？」フランシーンは手袋をはめながら訊いた。「こんな手袋をしてたらエミリーの言い訳は通らないわよ」

「そのときはすぐに手袋を外す。ちょっとでも危険を感じたら、急いで口にいれて飲みこむんだよ」

エミリーは首を振った。「あなた相当の変わり者よね」

フランシーンは内心おかしかった。〝シャーロットが冗談で言ってると思ってるのね〟

みんなが手袋をつけ終わったところで、エミリーが鍵を開けた。ドアを開けるとすぐにキッチンだった。調理道具や電気製品はどれも旧式で、合成樹脂の調理台もかなり古びてはいたが、全体的に清潔だった。

フランシーンは中を見回して言った。「ずいぶん古い感じね。ここを見に来た人はたくさんいるの？」

「この環境でこの景気よ、考えればわかるでしょ。いるわけないわよ」とエミリーが言った。

「まったく不動産業なんてやるもんじゃないわ」

「あたしはバスルームを調べてくるよ」とシャーロットが言った。

「どうしてバスルームを？」

「だって使いたいんだもん」

フランシーンはキッチンの引き出しをひとつずつ調べ始めた。

「まずここから始めましょう。家の後ろ側半分を済ませてから前半分へ、順番に進めたほうがいいわ」

「わたしは何もやらないわよ」とエミリーが宣言した。「カウチに座って見てることにする。あんたたちを中に入れるのをオーケーしたけど、今は後悔してるとこよ。何を探してるのかも教えてもらえないんだもの」

「警察はいろいろ手がかりを見つけたはずだけど、あたしらには全然教えてくれないからね。あたしらが見つけなくちゃいけないのは、何かフリードリックが殺された理由になるものだよ。しかも、ラリー・ジェフォード以外の誰かにね。例えばジェイク・マーラーとかさ」シャーロットはそう言うとバスルームに向かった。

エミリーは怒り出した。「あんたたちはジェイク・マーラーに不利な証拠を探してるなんて言わなかったじゃないの。わたしはジェイクのファンなのに。確かにあの人はレディ・キラーって言われてるけど、人殺しなんかじゃないわよ」

「あたしは例えばって言ったんだよ。いいから財務記録でも掘り出しておいでよ。書類戸棚とかあさってさ」

「いやよ、わたしはつまんないトラブルに巻きこまれるつもりはありませんからね」

「あんたが手伝ったら、それだけ早くここから抜け出せるんだよ」シャーロットはそう言い捨て、バスルームのドアを閉めた。

フランシーンはキッチンを探し回り、エミリーは気を取り直してカウチから立ち上がった。しばらくしてトイレの水を流す音が聞こえたかと思うと、バスルームのドアが開き、シャーロットが雑誌の束を振りかざしながら出てきた。「やつは便器に座って雑誌を読んでたらしいよ」

「なにかスキャンダルになりそうなもの？」

「《メカニック・イラスト》と《スプリント・カー&ミジェット・レース》」

「それほど意外でもないわね」

シャーロットは雑誌をぱらぱらとめくった。「でも《スプリント・カー》のなかに何冊か、ページのかどを折ってあるのがあったよ」

「どんな記事だったの？」

「写真のページなんだ。レースのイベントの写真みたいだよ。この雑誌は持って帰ろう。手がかりになるかもしれないからね」シャーロットは雑誌をキッチンのテーブルに置いた。

フランシーンは踏み台に乗って、キャビネットの上の段を調べた。「典型的な独身男のキッチンね。食器類はだいたい四組ずつあるけど、安物ばかりの寄せ集めよ。棚はほとんど空っぽで、ほこりだらけだわ」

シャーロットは冷蔵庫をのぞいて、ひどい悪臭に「うへっ」と声を上げた。「たいして入ってないけど、入ってるものは残らず腐ってるよ」続いて冷蔵庫の上のフリーザーを開ける。「〈マリー・カレンダー〉の冷凍食品の大ファンだったみたいだね。ねえ、フリードリックにはつきあってる女とかいなかったのかね？」

「わからないわ。でも調べてみたほうがいいわね」

シャーロットはフリーザーのドアを閉めて、冷蔵庫の後ろを調べ始めた。フランシーンは踏み台から降りて、シャーロットの頭の上から暗いスペースをのぞきこんだ。

「こんなところで何を探してるの？」

「もしあんたが重要なものを隠そうと思ったら、人が見そうにないとこに隠すだろ？」

「ここを探すなら懐中電灯がいるわよ。それにこんなところに隠したら、取り出すたびに冷蔵庫を動かさなくちゃならないじゃない。探しても無駄だと思うわよ」

「懐中電灯を持ってくるべきだったよ。ここのうちにはないかな？」

「あるとしたらガレージでしょ？」

「そりゃそうだ」シャーロットはキッチンを出たところにガレージに通じるドアを見つけ、電気をつけて中に入っていった。

「懐中電灯が見つかっても、冷蔵庫の後ろには何もないでしょうけどね」とフランシーンは独り言を言った。キッチンの捜索はあきらめ、エミリーの様子を見にいった。エミリーはフリードリックの書斎にいた。

「ここにはたいしたものはないわよ。パソコンは警察が押収しちゃったみたい。書類戸棚もほとんど空っぽだし。残ってるファイルを少し見てるんだけど、重要そうなものは見つからないわ」エミリーは紙が一枚だけ挟まったファイルを見せながら言った。

「そう、もう少し続けてみて。わたしは寝室のほうに行ってみるわ」

フランシーンは短い廊下を横切って、フリードリックの寝室に入った。そこは一辺が三メートルほどの、ほぼ正方形のせまい部屋だった。西側の窓にかかったブラインドから、光がいくらか射しこんでいる。壁にはあまり印象に残らない絵が二枚かかっているが、小さなたんすの上に写真は一枚も飾られていない。南側の壁にそって、シングルベッドが置かれていた。写真はひょっとしたら警察が持ち去ったのかもしれないが、ベッドのサイズを見ても、彼はあまり恋愛に縁がなかったのではないかという気がした。

東側の壁に置かれたたんすの横に、クローゼットらしき引き戸があった。開けてみると、壁から壁に渡された棒にハンガーがかけられ、その半分ほどに洋服が下がっていた。いかにも着るものに興味がない男のクローゼットだ。ハンガーの上に棚があった。ぎりぎり手が届く高さだったので、踏み台を持ってこないで、手探りで調べてみた。

隅に置かれていた雑誌のようなものに手が触れた。ほこりがついていないから最近見たものだろう。フランシーンは爪先立ちになって、それを引っぱりおろした。どうせ《プレイボーイ》の類だと思っていたのだが、それは《スプリント・カー＆ミジェット・レース》だった。シャーロットが見つけたような折り目はついていない。表紙を見ると最新の七月号だ。なぜフリードリックは、これだけクローゼットの棚に置いていたのだろう？　フランシーンはその雑誌をキッチンに持っていって、シャーロットが積み上げた山の上に載せた。

シャーロットはガレージに消えたきり、まだ戻っていなかった。フランシーンはガレージへのドアを開けた。電気は点いたままだ。

「シャーロット？」と呼びかけたが返事がない。転んでしまったのではないかと心配になり、フランシーンはガレージに足を踏み入れた。

中はきちんと片づいていた。ラリーから借りている作業場と似ているが、ずっと狭い。スペースのほとんどを占めているのは、曇りひとつなく磨き上げられたヴィンテージカーのコルベットだった。シャーロットはいわゆる〝マッスルカー〟に目がないのだ。フランシーンは運転席側に回り、窓から中をのぞきこんだ。シャーロットがフロントシートでぐったりとハンドルにもたれかかっている。

フランシーンはあわててドアを開けた。

シャーロットははじかれたように顔を上げた。恐怖に目を見開いている。が、すぐにほっとした顔に変わって言った。

「勘弁しておくれよ、フランシーン。びっくりして死ぬとこだったじゃないか」

「あんたこそ、そこで何してるのよ？」

「この子をスピンさせてるとこを想像してたんだ。最高にいかした車だよね」シャーロットは片手をハンドルに、もう一方の手をチェンジレバーに置いた。

フランシーンは車の屋根にひじをかけて言った。「ねえ、そんなことしてる時間はないのよ」

「警察はこの中も捜索したと思う？」

「そりゃしたでしょう」

「よかった。そんならこれをもらっていこう」シャーロットはｉＰｏｄタッチを掲げて見せた。「こういうのがずっと欲しかったんだ」

フランシーンは目を丸くした。「ちょっと、そんなのだめに決まってるでしょ」

「どうしてさ？　雑誌だっていただくのに。フリードリックは死んでるんだもん、惜しがりゃしないよ」

ドアが開いてエミリーが顔を突き出した。「緊急事態よ。チャンネル59の中継車が外にいる。どこかに行く途中じゃなさそうよ」

「くそ！」とシャーロットが悪態をついた。

「すぐ行くわ」とフランシーンが答えた。

シャーロットが中から手を伸ばして助けを求めた。「つっかえちゃって出られない。これがマッスルカーの欠点なんだ。シニア用にはデザインされてないんだよ」

フランシーンがフロントシートから彼女を引っぱりだした。

「元通りカバーをかけとかなきゃ」とシャーロットが言った。

「カバーを外したの？」

「お説教してる場合じゃないよ。早く手伝って。チャンネル59が何をするつもりか見なくちゃ」

ふたりでコルベットのカバーを元通りかけなおした。家に入ると、エミリーがカーテンを細く開けて外をのぞいていた。「カメラマンが家全体を映してて、リポーターが窓のあたりをかぎまわってる。シェードが全部下りてて助かったわ」

シャーロットはエミリーの後ろに立って外を見た。「リポーターはバンに戻っていくみたいだよ」

エミリーは両手をもみしぼった。「どうしたらいいのよ？　ああ、あんたたちをこの家に入れたりするんじゃなかった」

「わかった、こうしよう」とシャーロットが言った。「カメラマンとリポーターは今ふたりとも家の正面にいる。あたしらは来たとおりに裏口からこっそり抜け出して、車に戻ろう。ずっと路地を下っていけば側道に突き当たる。そこからグリーン通りに出て、みんな違う方向にばらばらに逃げるんだよ」

「そううまくいくかしら?」とフランシーンが言った。「車のまわりにも見張りを置いてたらどうする? あんたはその馬鹿げたかつらで変装してるから、いいかもしれないけれど」

「馬鹿げたとは何さ。あんただって変装しときゃよかったって後悔してるくせに」

「ふたりとも黙ってよ」とエミリーが言った。「あんたたちは気楽よね、仕事を失くすかどうかの瀬戸際にいるんじゃないんだから。あいつら間違いなく、あんたたちのどっちかをつけてきたのよ」

「確かにそうかもしれないわ。何とか撒いたつもりだったんだけれど、あのひとたち一筋縄じゃいかないのね」フランシーンは二度とテレビに出たりしないと固く心に誓った。

シャーロットはズボンの前を開いて、下着にiPodを差しこんだ。フランシーンが何か言いかけたのを手で制して言った。「警察に身体検査されたときのためだよ。あんたは雑誌を持って。さすがにそれは隠せないからね。運を天に任せるしかないよ」

三人は裏口に集まって外をうかがった。シャーロットがふたりに手袋を取るよう指示した。それからドアを開けてふたりを外に出し、後ろ手にドアを閉めて、自分も手袋をとった。三人はできる限りのスピードで裏庭を走り抜けた。だがエミリーはヒールを履いていてさえ、楽々とふたりを引き離し、真っ先に門にたどり着いた。だが門を開けた瞬間、その場に凍りついた。「見つかったわ」

フランシーンとシャーロットが門に着いたときには、エミリーはすでに自分の車に向かって走り出していた。チャンネル59は、車のそばにカメラマンだけでなく、リポーターも待機させていた。リポーターはかん高い声でエミリーに質問を浴びせかけた。エミリーは手で顔を隠しながら車に乗りこみ、あっという間に走り去った。カメラマンはエミリーをあきらめ、残るふたりに注意を向けた。

「あれがお手本だよ」とシャーロットが言った。「あんなに速くは走れないけどさ」彼女はフランシーンの手から雑誌をとった。

どれほど恥ずかしくても、他に方法はない。フランシーンとシャーロットは、できる限り顔を隠しながら車に向かって走った。リポーターがふたりを追いかけ、「なぜあそこにいたんですか？」「何か探してたんですか？」と矢継ぎ早に質問を浴びせかけてきた。カメラマンが前に立ちふさがったが、ふたりは彼を押しのけて車に乗りこんだ。フランシーンが先に車を出した。車を走らせながら、シャーロットの無事を祈った。

家に戻る途中、フランシーンの目に涙が浮かんだ。これほど犯罪に近いことをしたのは初めてだった。まるで重罪犯になったような気分だ。家の前まで近づいたとき、別の中継車が停まっているのに気づいた。ジョイの最愛のチャンネル6だ。ガレージのシャッターはリモコンで開閉できるので、車から降りずに中に入れるのがありがたかった。

車を乗り入れてシャッターを閉めると、フランシーンは気持ちを落ち着かせようとした。だが体ががたがた震えるのを、どうしても止められなかった。時計に目をやると、四時半になるところだった。さっきの映像は五時のニュースに間に合うだろうか？　いずれにしても、ジャドが近いうちにどちらかを訪ねてくるに違いない。

23

それほど時間が経たないうちに、シャーロットから電話がかかってきた。

「いまジャドが来てるんだよ。あんたにも来てほしいって言ってるんだけど」

フランシーンが考えていたより早かった。ジョナサンはラリーの弁護士に会いに行ったまま、まだ戻ってもいない。「ジャドはわたしたちのこと怒ってる？」

「どう思う？」

「とにかくすぐ行くわ」

ジャドがシャーロットのところに着いた時点で怒っていたとしても、フランシーンが合流したときには、その怒りは和らいでいるように見えた。ふたりは食堂でシャーロットが淹れた紅茶を飲んでいた。ジャドは制服を着ていて、銃の場所がすぐにわかった。二つ折りのファイルが隣の丸テーブルに置かれている。書類がぎっしりはさんであるのが見えた。

フランシーンが部屋に入ると、ジャドは立ち上がり、笑みを浮かべて彼女をハグした。そのハグは、子どもだった彼と息子たちが遊んでいたころのことを、フランシーンに思い出させた。彼女はいつもジャドのことが好きだったが、今日の態度の変化には身構えずにはいられなかった。

「お座りよ」シャーロットは半ば命令的に促した。「お茶はどう？　今日はイングリッシュ・ブレックファストだよ」

シャーロットの家において、紅茶はつねに間違いない選択肢だった。ブランデーは安物を飲んでいても、お茶だけはわざわざボストンの専門店に注文し、上質の茶葉を各種取り揃えている。シャーロットは答えを待たず、紅茶を上等な陶磁器のカップに注いだ。彼女がよい印象を与えたいときにだけ使う茶器だ。

「ジャドとあたしで、事件解決のための戦略を話し合ってたところさ」とシャーロットは言った。「何とか合意に達したよ」

ジャドはうなずいた。「あなたがたを事件から遠ざけておくのはもうあきらめました。代わりに、あなたがたの身の安全を確保することを目標にします」

「身の安全は確かにありがたいわ」とフランシーンは言った。「具体的に考えてることはあるの？」

「まず何より重要なのは、我々は情報を共有しなくてはならないということです」ジャドはいったん言葉を止め、お茶を一口飲んだ。「そうですね、シャーロット？」

シャーロットはにっこり微笑んだ。

シャーロットが微笑む？　自分は『トワイライト・ゾーン』に入りこんでしまったのだろうか？「それはつまり……？」

「つまりあたしらが勝手にフリードリックの家を探し回ったことがジャドのお気に召さなかったってことだよ」とシャーロットが言った。

「確かにあれはまずかったと認めるわ。特にマスコミを招いてしまったのは失敗だった」計画を立てたのはシャーロットで、自分は引きずりこまれただけだと訴えることも、考えないではなかった。だがジャドもそれぐらいは察しているだろう。フランシーンはやんわりと抵抗を試みることにした。「警察はもう家の捜索を終えていたんでしょ？　わたしたちは特に何も見つけられなかったもの」

「ああ、でも多少の成果があったでしょう。雑誌を何冊か家から持ち出してますね？　チャンネル59のホームページに記事が出てましたが、シャーロットがその雑誌を使って顔を隠してる」

「雑誌はジャドに返したよ。ちゃんと合意に達したからね」とシャーロットが言った。

ジャドがファイルをとんとんと叩いてその在り処を示した。

間違いない。ここは『トワイライト・ゾーン』で、これは別の宇宙から来たシャーロットだ。ただし……ジャドがiPodのことを知らなくて、シャーロットがそれを隠しているというなら話は別だ。

「雑誌から何か重要なことは見つかった？」

「決定的な証拠が見つかったかという意味なら、ノーです。我々もあの雑誌にはざっと目を通してはいたんです。特にクローゼットの棚に置いてあった一冊には注意しました。でも今日シャーロットと話して、バスルームにあった折り目のついた雑誌について意見を聞きました。納得できるところもあったので、もう一度確認してみようと考えています」

「折り目のあるページをよく見れば、なんでフリードリックがあの一冊だけクローゼットの棚に隠したかわかるかもしれないって考えたんだよ」とシャーロットが言った。「事件に関係あることかもしれないだろ」

「エミリー・バリンジャーはまずい立場に立たされるかしら？」

ジャドはティーカップを置いた。「いや、彼女は法に触れることをしたわけじゃありません。あの家は売りに出されていたし、犯罪現場でもなかった。もちろん我々としては、しばらく内覧を控えてほしかったところですが、それで彼女が罪に問われることはないですよ」

「あの子をトラブルに巻きこんでたら、気がとがめたことだろうよ」とシャーロットがフランシーンに言った。

ジャドがまじめな顔でふたりを見た。「僕としてはエミリーよりおふたりのほうが気がかりですよ。さっきも言ったように、僕はあなたがたの安全を守らなくてはなりません。ただ問題は、脅迫などの具体的な事実がないことです。つまり、それだと警備をつける許可が下りない。それで考えたんですが、マスコミをもっとあおっていただけないでしょうか？」

フランシーンはびっくりして訊いた。「どうしてそんなことしなきゃならないの？」

ジャドは口に含んでいた紅茶を噴き出しそうになった。「失礼。みなさんは注目を浴びるのを楽しんでおられるとばかり」

「ブリッジクラブの一部のメンバーはね」フランシーンはシャーロットを横目で見ながら言った。「少なくとも、わたしはそうじゃないわ」

「こっちを見ないでおくれよ。『ザ・ビュー』に出演を依頼されたのはあたしじゃないからね」

フランシーンは怒りに燃えた目でシャーロットをにらんだ。「わたしだって絶対そんな番組に出るつもりはないから」

ジャドが片手を上げて口げんかを止めた。「ともかくおふたりには、当面マスコミに出るのを楽しむふりをしていただきたい。犯人を逮捕するまでのことです。そのあとは好きにしていただいて構いませんから」

フランシーンはジャドの提案について考えてみた。イエスと言いたかったが、もしそれが長期間続いて、本当に『ザ・ビュー』に出ることになってしまったら？

「ひょっとして逮捕は近いの？　そんな言い方に聞こえるけれど」

「現時点ではまだ状況証拠しかありませんが、我々は逮捕は近いと考えています」

これまでのところ、状況証拠が指しているのはただひとりに思われた。

「あんたたちがラリー・ジェフォードのことを言ってるんなら、解決はまだまだ先だね」とシャーロットが言った。

「彼じゃないと、どうして断言できるんですか？」フランシーンはそうでもないでしょう？」

「わたしがそうでもないって、どういうこと？」

「郡政府センターで彼の不動産を調べておられましたね？」

「どうして知ってるの？　わたしたち、ラリーがはめられた証拠を見つけるために行っただけよ。物件の情報にアクセスした人がいないか調べようと思って」

「匿名の電話があったんです。あなたは今や地域の有名人なんですよ。こっそり探偵仕事をするなんて不可能な話だし、そもそも我々が頼んだわけでもありません」

フランシーンはジャドの言葉にむっとして言った。「ラリーとは昔からの知り合いなのよ。殺人なんてする人じゃないわ」

ジャドはテーブルに腕をついて身を乗り出した。「本当に？　あなたはラリーをどれぐらい知っているおつもりですか？」

「かなりよく知ってるともさ」とシャーロットが口をはさんだ。「ラリーとアリスが越してきた三十年前から知ってるんだよ」

ジャドは腕時計に目をやった。「もし三十分ほどお時間をいただければ、あなたがたがご自分で思っているほどラリーを知らないということをお見せしますよ」

フランシーンは携帯電話をチェックした。ジョナサンから何も連絡はなかったが、家に書き置きを残してくるのを忘れていた。彼が自分たちの冒険譚をほかの人から聞いたらどう思うだろうと、急に心配になってきた。「ちょっとジョナサンに電話をかけさせて。どこにいるかだけ知らせておくから」

フランシーンは廊下に出てジョナサンに電話をかけた。

ジョナサンは弁護士事務所からの帰り道で、ピックアップトラックを運転中だった。驚いたことに、彼はチャンネル59の事件をまだ聞いていなかった。「誰かから何か聞いても信じないでね。家に帰ったらちゃんと話すから。まだあと三十分ぐらいかかりそうなの。ジャドがシャーロットとわたしをどこかに連れて行くんですって。わたしたちがラリーのことを本当は知らないと証明するそうよ」

「連れていくって、どこへ？」

「まだわからないわ」

ジョナサンの声はどこか不安そうに聞こえた。「覚えておいてほしいんだ。ものごとは必ずしも見た目だけで判断できるものじゃない」それだけ言うと、電話は切れた。

ふたりとも正直に話せないことが多すぎるんじゃないかと、フランシーンは思った。

食堂に戻り、フランシーンは自分の車で行こうと申し出て、シャーロットもそれで構わないと答えた。ふたりは戸締まりをして、ジャドといっしょに外に出た。彼は家の前に停まっている二台の車を指差した。

「早速パパラッチですよ」ジャドはにやりと笑った。「愛想よく手を振っておいてください。今後しばらくはお友達ですからね」

フランシーンは不満を呑みこんで、ジャドの言うとおりにした。シャーロットも手を振ったが、はるかに熱心だった。

ふたりはプリウスに乗りこみ、ジャドはパトカーに乗って、アダム通りのフリードリックの作業場に向かった。

到着すると、カメラマンがすぐに機材をセットして写真を撮り始めた。ジャドが彼らに下がっているよう注意し、フランシーンとシャーロットを入り口の前に呼んだ。ふたりの背中でリポーターから手元を隠し、ジャドは入り口のロックを解除し始めた。安全錠を外し、キーパッドに素早く数字を打ちこむ。やがてかちりという音がして、ドアが開いた。「入りましょう」とジャドが言い、三人はマスコミを置き去りにして中に入った。

シャーロットは好奇心にあふれた顔できょろきょろあたりを見回した。その様子を見て、彼女がここに来るのが初めてだったことをフランシーンは思い出した。シャーロットは廊下のタイルの上に立ち、ぴかぴかに磨き上げられた仕事場の床をほれぼれと眺めながら言った。「なんとまあきれいだこと！」

「時間があれば、作業場をご案内するところなんですが」とジャドが言った。「残念ながら今はその暇がありません。見ていただきたいのはこれです」

ジャドは壁のスイッチをぱちんと上げて照明を点けた。それから入り口を入ってすぐのところにあるタイルを一枚外し、中にあったレバーをぐいと引いた。次の瞬間、廊下の九枚のタイルが引っ込んで、地下に下りる階段が現れた。

ふたりは唖然として息をのんだ。

「これをまさかラリーが造ったのかい？」とシャーロットが訊いた。

ジャドは階段を下り始めた。「そのまさかですよ。明らかにこの建物を買ってすぐのことです。ラリーはここで、ポーカーの少額賭博を開催していたんです」

意味ありげな言い方から、フランシーンは彼の言わんとしていることを悟った。

「つまり、この秘密を知っている人は少なくないということね」

ジャドはうなずいた。

〝ジョナサンが『ものごとは必ずしも見た目だけで判断できるものじゃない』と言っていたのは、きっとこのことだったんだわ〟

ジャドは階段の一番下に下り立ち、上を見上げた。「フランシーン、頭に気をつけてください。シャーロット、あなたは下りてきちゃだめです。手すりがないし、足を滑らせたら大変だ」

「いいかい、ジャド。仮にあんたが〝トランポリンがあるから飛び降りろ〟とか〝宙返りしろ〟とか〝スケートボードに飛び乗れ〟とか言ったって、あたしはやってやるよ。階段を下りるぐらい平気さ。フランシーンが手を握っててくれればね。大丈夫、気をつけるから！」

ふたりは一段ずつゆっくりと階段を下りた。一番下にたどりついたときには、フランシーンはほっとして大きく息をついた。

最初に気づいたのは、かすかな葉巻と気の抜けたビールのにおいだった。ジャドが明かりを点けると、地下室の全体があらわになった。そこはどう見ても、今風の言葉で言う『男の隠れ家』ではなかった。鉄骨がむき出しの、造りかけのようなポーカールームだ。中央に置かれたポーカーテーブルが、白々した蛍光灯に照らされていた。部屋の隅にぼろぼろのカウチがふたつあり、そのあいだに小さなテーブルが置かれていた。

男がひとり、背中を丸めてカウチに横たわっていた。フランシーンとシャーロットはぎょっとして言葉を失った。ジャドが銃を取り出したのを見て、いっそう恐怖が募った。男は眠っているように見えなくもなかったが、そんなはずはないとフランシーンは思った。ここに着いてから、冬眠中の熊でも目を覚ますほどの騒音を立てていたのだ。

ジャドはふたりに下がるよう合図し、じりじりとカウチに近づいていった。

「どうやってここに入ったんだろう？」シャーロットがささやいた。「入り口はかなり厳重に鍵がかかってたよね？」

「いやな予感がするわ」

「おい、きみ」とジャドが言った。答えはない。

「きみ……」

ジャドが男の肩を軽く押した。それでも答えはない。ジャドは男の首に手をあてて脈を確かめると、ふたりには何も言わず、銃をホルスターに戻した。それから無線を取り出し、九一一を呼び出した。

24

「ジャド、あなたが最後にここに来たのはいつ?」救急車を待つあいだにフランシーンが訊ねた。

ジャドは死体を調べながら、近づこうとするシャーロットを手で追い払っていた。

「昨日です」

「そのときはここに死体はなかったのね」

「絶対にありませんでした」

「じゃあ、この人はどうやってここに下りてきたんだろうね?」とシャーロットが言った。

ジャドの手が届かないよう、壁にぴったりと背中を押しつけながら、何とか死体の顔を見ようと首を伸ばしている。

「そんなことわかりませんよ!」ジャドは苛立っているようだった。

「あたしがこの死体を誰だと思ってるかわかるかい?」

「わかりません。でもどっちにしたって僕に言う気なんでしょう」

「わたしも誰だかわからないわ」とフランシーンがとりなすように言った。「言ってみてよ、シャーロット」

「ジェフ・クレイマーだよ」

「あんたが話を聞こうとしてた新聞記者の人？」

シャーロットはうなずいた。「この人がここ数日姿を消してたわけがこれでわかったよ。ジャド、あんたジェフ・クレイマーを知ってる？」

「我々はこの地区の新聞記者はすべて把握しています。彼は普段はスポーツ担当ですが、ときどき他の分野もカバーしてますね。どうしてあなたは彼と話そうとしてたんですか？」

「なんでジェイクがフリードリックにレースを妨害されたなんて言ったのか、探りたかったんだよ」シャーロットはジャドに気づかれないよう、一センチ刻みにじりじりと前進していた。「血が出てないみたいだね。この人も血流を止められたんだよ。フリードリックみたいに」

「死因の特定は検死官に任せます。この段階で推測はできません」

「あんただってそう思ってるくせに。ついにこの町に連続殺人鬼が現れたのかもしれないよ。〝スリーパー・ホールド〟による殺しがトレードマークなんだ」

ジャドは振り返り、腰に手を当ててシャーロットを見た。

「ここは連続殺人でないよう祈るべきでしょう。ブラウンズバーグでこんな凶悪事件が起こって喜ぶ人がいますか？」

ジャドの厳しい口調にシャーロットはしゅんとなった。「あんたの言うとおりだよ、ジャド。そんなこと言って悪かった」

「そうは言っても、わずか数日のうちに二件の殺人事件が起きたというのは、確かに気になりますね」

フランシーンは死体に近づこうとして、ジャドの腕にさえぎられた。

「ごめんなさい、この人の服をよく見たかっただけなの。何だか湿ってるように見えない？」

シャーロットもよく見ようと首を伸ばした。

「ほんとだ。全然気づかなかった」その言葉はまるで自分自身にがっかりしているように聞こえた。「どうして湿ってるんだと思う？」

そのときフランシーンは、それまで見えていなかった真実に気がついた。自分はずっとシャーロットを守っているつもりだった。しかしそれが逆に、友人の力を奪ってしまっていたのではないか。これはシャーロットが〝死ぬまでにやりたいことリスト〟の一番目をやり遂げる絶好のチャンスだ。もしこれがうまくいけば、彼女はきっと大きな自信を手に入れる。フランシーンはすべてがうまくいく未来を見たような気がした。シャーロットは殺人事件を解決し、ジョイは日の当たる場所で注目を浴び、他のみんなもそれぞれ自分が必要としているものを手にする。うまく説明できないが、きっとそうなることが、フランシーンにはただわかった。

そして、この言葉からすべてが始まるはずだ。「わたしにはわからないわ、シャーロット。あんたはどう思う？」

シャーロットは無言で宙を見つめていたが、その目は何も見ていなかった。その中にヒントが隠れてるんじゃないの？」

「あんたは誰よりたくさんミステリ小説を読んできたじゃない。その中にヒントが隠れてるんじゃないの？」


シャーロットは死体を指差した。興奮で指先がぶるぶると震えている。

「そうだ。死体は凍ってたか、冷やされてたかしたんだ。それが室温に戻ったせいで、服が湿ったんだよ。つまりジェフ・クレイマーが死んだのはしばらく前ってことだよ。ひょっとしたらフリードリックと同じころに殺されてた可能性だってあるよ」

ジャドはかすかにわかるぐらいにうなずいた。フランシーンはそれを見逃さず、声をかけた。「ジャド、あなたはどう思う？」

「その可能性はありますね。しかし確かなことは検死官の意見を聞くまでわかりません。あなたがたをここに連れてくるんじゃなかった。こんな状況を見せてしまって申し訳なく思っています」

「まさか、来てよかったよ」とシャーロットが言った。「ラリーのためになったもん」

「僕の言いたいことがわかっていただけたんじゃなかったんですか？　言ったでしょう、あなたがたは思っていたほどラリーのことをわかっていないって」

「何言ってるのよ、ジャド！」とフランシーンが言った。「ラリーがこの新聞記者を殺したわけがないでしょ？　死体のひとつは自分のうちの物置に隠して、もうひとつは自分の賃貸物件の地下室に隠すだなんて、いくらなんでもあり得ないわ。しかも最初の殺人事件で警察に目を付けられてるのに」

「フランシーンの言うとおりだよ。この殺人犯は阿呆かもしれないが、ラリーはちっとも阿呆じゃないんだから」

「ラリーが犯人だとは言ってませんよ。それに同じ人物が両方の殺人を犯したとも断言できない」ジャドは腕組みをして死体を見つめた。「ふたつの事件がつながってるのは間違いないと思いますが」

ジャドはスマートフォンを取り出し、カウチや死体の写真を撮り始めた。

シャーロットは壁から離れ、フランシーンを手招きした。「警察が到着したら何があるかわかってるよね？」と声をひそめて訊いた。

「フリードリックの死体を見つけたとき、アリスの家で起きたのと同じこと？」

「そのとおり。ただここに空き部屋はない。てことは、あたしらは警察本部に追っ払われるよ」

「やれやれね」

「だからだよ、もし捜査するなら、今すぐ、警察が着く前にやっちまわないと」

シャーロットの言うとおりだった。ジャドがスマートフォンで写真を撮っているのを見て、フランシーンは自分もやってみようと思った。ジャドの目を盗んでスマートフォンを取り出し、部屋の写真を撮り始めた。

床もコンクリートの打ちっぱなしだった。徹底して装飾を排した部屋の中で、ラリーがひとつだけ譲歩したと思われるのは、ポーカーテーブルの下に敷かれた東洋風の大きなラグだった。かなり使いこまれているようなので、中古品を買ったのかもしれない。テーブルの上に、葉巻の吸い差しが残る灰皿がいくつかあった。最初に感じたにおいのもとだ。フランシーンは男たちがテーブルを囲んでチップを積んでいるところを思い浮かべた。テーブルに近づいて写真を撮る。

「じゃあ、ジョナサンも葉巻を吸うのかしら？　これまで一度もタバコのにおいを感じたことはなかったんだけど」

シャーロットはジョナサンをかばった。「きっとジョナサンは無関係なんだよ。もしここに来てたら、タバコを吸わなくても服ににおいがつくからね」

フランシーンは首を振った。「あの人の言ってたことを考えると、ここに来たことはあるんだと思うわ」

シャーロットは灰皿を取ろうと手を伸ばした。

しかしそれに指が触れないうちに、ジャドに叱られた。「触っちゃだめですよ」

シャーロットはさっと手を引っ込めた。「ここにはあんまりたくさん灰皿がないなって思ってただけだよ。それと、フリードリックはタバコを吸うのかなって」

フランシーンは彼の家に入りこんだときのことを思い返した。

「そう言えば、彼の家ではタバコのにおいを感じなかったわね。フリードリックはこの地下室のことを知ってたのかしら？　ジャド、それについて何か知ってる？」

ジャドは答えなかった。

「あんたまさか、あたしらがふたりのうちどっちかを殺したなんて疑ってやしないだろ？」とシャーロットが言った。「だったら教えてくれたっていいじゃないか。事件解決にあたしらの助けも必要だって言ってたよね？」

ジャドはうなずいた。「わかりました。しかし、あなたがたはこの話を僕から聞いたのではありませんからね。ラリーの話では、フリードリックが地下室の存在に気づくまでにそれほど時間はかからなかったそうです。そしてどうやって地下に下りるのか訊かれたけれど、教えなかったと言ってました。しかし私的なポーカーゲームをしていることを話し、それについて取り決めをしたそうです。ポーカーのある夜は事前にフリードリックに連絡をすること、その夜は作業場を使ってはいけないし、下で立てる音を詮索してもいけないということです。ラリーは地下室への階段のことは絶対にフリードリックに教えていない、ポーカーは月に一度だけだったと主張しています」

フランシーンはシャーロットをひじでつついた。「賭けてもいいけど、わたしたちがブリッジをするのと同じ晩よ」

「ラリーがここを買ったときにはもう地下室はあったのかい？」とシャーロットがジャドに訊いた。「それと、何でこんな階段を造ったのか理由は言ってた？」

「物件の歴史をさかのぼったところ、もともとこれとほぼ同じ広さの地下室はあったようです。完成させたのはラリーの前の所有者です。ラリーが買い取ったあと、外側の入り口を塞いで、秘密の階段を造ったと言っていました。その理由は〝秘密っぽいものが好きでたまらなかった〟からで、それ以外にはないそうです。子どものころ愛読していた少年探偵シリーズ『ハーディー・ボーイズ』の影響だとかで」

フランシーンは天井を見上げ、それからゆっくりとすべての方向に視線を走らせた。

「ここには監視カメラはなさそうね。もしあったら、上のコンピュータに映像が残ってるはずだものね」

ジャドもうなずいた。「誰が地下室に入りこんだかは不明ですね」

「フリードリックが地下室のことを知ってたんなら、どうにかしてここに下りてくる方法を見つけ出したんじゃないかね」とシャーロットが言った。「カメラがないから、ここで何してたかは神のみぞ知るだけど、何か殺された原因と関係があることかもしれないよ」

「それはちょっと飛躍しすぎじゃないですか?」とジャドが言った。

「あの冷蔵庫に何が入ってるのか気になるわ」フランシーンは部屋の反対の端にある古ぼけた冷蔵庫を指差した。冷凍室が一番上にある旧式のタイプだ。「もしくはかつて何がはいっていたか」

「ジェフ・クレイマーじゃ、ちょっとでかすぎて入らないかね」とシャーロットが言った。

「とは思うけど」椅子の背にかけてあったミニタオルをひょいと取り上げ、じっと考えながら部屋を突っ切る。「入ったとしても、ぎりぎりだろうね。だからもしあたしたちが扉を開けて、中がからっぽだったら……」指紋を残さないようタオルを手にかけて、扉のほうに伸ばす。

「触っちゃだめですよ」とジャドがすかさず警告した。

「どうしていけないの？」とフランシーンが訊いた。「シャーロットは指紋を残したりしないわよ。それに中は、どうせビールでいっぱいよ。犯人が死体を入れておいたのでない限りはね」

「昨日は間違いなくビールしか入ってませんでしたよ」とジャドは言った。

シャーロットはタオルを振ってみせた。「だからさ、今もそのまんまか確かめてみようよ」

ジャドは少し考えてから言った。「僕が開けます」彼は手を差し出して、シャーロットからタオルを受け取った。

ドアを開けると、中から明かりがこぼれ出た。三人は中をのぞきこんだ。

「ビールだ」シャーロットががっかりしたように言った。

ちょうどそのとき、救急隊員が到着するのが聞こえた。彼らは足音を響かせて階段を下りて来た。ジャドはシャーロットにタオルを返し、彼らに指示を出しに行った。救急隊員たちは死体を調べ始めた。ジャドの注意がそれているあいだに、フランシーンとシャーロットは急いで冷蔵庫の中を調べた。ビール瓶はだいたいきちんと並べられていて、銘柄はふだん周辺の男たちが飲んでいるものと同じだった。

シャーロットは扉を閉め、ポーカーテーブルに目を移した。

「空き瓶はどこだろうね？」

フランシーンは部屋の隅の暗がりに置かれたオレンジ色のゴミ箱を指差した。

「リサイクル用のゴミ箱の中でしょ？　どうして？」

「あたしが考えてたのはね」とシャーロットが言った。「どうして葉巻の吸い差しは置きっぱなしなのに、瓶だけ片づけてあるんだろうってこと。妙じゃない？」

「端的に言うなら、男だからってことになるでしょうね。でも鋭い観察だと思うわ」

ふたりはリサイクル用のゴミ箱まで、なるべく注意を引かないように近づいていった。何にも触らないようにしながら、中をのぞきこむ。

しばらく観察してから、シャーロットがひそひそ声で訊いた。

「モルソンを飲むやつ知ってる？」

フランシーンは感心して言った。「確かに一本だけモルソンの空き瓶が入ってるわね。他に輸入物のビールはない。冷蔵庫にもなかったわ」

「そのとおりだよ、ワトソン君。そしてあたしらの仲間内でモルソンを飲むやつなんて、ひとりも思いつかない」

「ポーカーのグループにわたしたちの知らないメンバーが加わることはありえるわね」とフランシーンは考えながら言った。「それでもモルソンの空き瓶が一本しかないのは変ね」

「死体を運びこんだやつが持ってきたのかな」

応援の警官と救急隊員が到着した。ジャドは警官たちに指示を出したあと、ふたりのところにやってきた。「これから署に移動して事情聴取です。僕もいっしょに行きますよ。何をったけどね」フランシーンが言った。「ちょっと珍しいビールでしょ。でも冷蔵庫にモルソンは一本もなかった。仲間内でモルソンを飲む人も思い当たらないし、妙だなと思っていたの」

「そうなんだよ」とシャーロットが言った。「あんたが昨日帰ってから、今日やってくるまでのあいだに、死体を運んできたやつがいるわけだろ。そいつがモルソンを持ちこんだ可能性はないかな?」

ジャドは納得していないようだった。「その人物がリサイクルに熱心なあまり、うっかり証拠を残していったということですか? それは不自然ですね」

「犯人が間抜けなやつかもって最初に言い出したのはあんただろ」

「覚えておきますよ。とにかくもうここを出ないと」

シャーロットは何か言いたいことがあるのを、ジャドや警官たちが近くにいるために、抑えているように見えた。階段の下まで来たとき、フランシーンは自分がシャーロットを介助して上ると言った。ふたりは下りてきたときと同じように、一度に一段ずつ、ゆっくりと階段を上っていった。半分ほど来たところで、フランシーンがささやいた。「何かひっかかることがあるのね」

シャーロットは誰にも聞かれていないことを確かめると、小声で言った。

「ジェイク・マーラーのホームページに宣伝用の写真が載ってただろ?」

「ええ」

「プールサイドで撮ったやつを覚えてる？　ビーチチェアにビーチタオルを敷いてくつろいでるやつ」

「なんとなくだけど」

「ビーチチェアの横にテーブルがあって、その上にビールが載ってた。そのビールのラベルが、モルソンみたいな青色だったんだよ。確かめてみたい。もちろんそれだけじゃ何の証拠にもならないよ、モルソンを飲むやつは他にもたくさんいるだろうからね。でもあたしはその偶然が気になる」

フランシーンはシャーロットの言葉にたじろいだ。「はっきりわかるまで、ジャドには何も言わないほうがいいと思うわ」

「了解。だけど怖気づいちゃだめだよ、フランシーン。事件の解決は確かに容易じゃない。でも、あたしたちならやれるよ」

25

　ふたりが警察署を出たのは、夕食の時間をはるかに過ぎたころだった。事情聴取が無事に終わって、フランシーンはほっとしていた。もちろん警察は、ふたりが殺人を犯したと本気で考えているわけではなかった。だが何らかの形で犯人とつながりがあるのではないかという疑いは残っていた。その点を明らかにするために留め置かれていたのだ。たくさんの質問に答えたあとで、ふたりはやっと解放された。

　フランシーンの車がフリードリックの作業場に置きっぱなしになっていたので、ジャドがふたりを連れて戻った。そこではまだ、マスコミが四台も車を連ねて待ち構えていた。ジャドはふたりを追い回すのをやめるよう彼らに大声で警告した。

「あたしらを追っかけ回させたかったんじゃないの？」とシャーロットが訊いた。

「そうです。追い払えば追い払うほど、彼らはむきになってあなたたちを追いかけてきますよ。ただしインタビューに応じてはだめですよ。何もしゃべらないでください、いいですね？」

　フランシーンはシャーロットを送り届けてから家に向かったが、家の前にまたマスコミが群れをなしているのに気づいた。急いでガレージに車を入れ、リポーターが近づいてくる前にシャッターを下ろした。

中で待っていたジョナサンが、彼女を抱きしめた。だがフランシーンは体を引いて、訊いた。「ラリーの秘密の地下室のこと、知ってたんでしょ？　あなたもこっそりポーカーをしてたのね？」

「ああ。だが秘密にしておこうと言い出したのはわたしじゃないよ」

「でも反対はしなかったんじゃないの。そしてずっとわたしに秘密にしてたんだわ」

「だけど高額の賭けをしてたわけじゃない。きみたちのブリッジクラブの男性版だよ。しかも同じ晩にやっていたんだから」

「じゃあ、隠す必要なんてなかったじゃないの」

「秘密にしようと言い出したのはラリーだ。そして全員がそれに乗ってしまったんだ。ラリーはもともと秘密というのにすごく惹かれるところがあるらしくてね。それに実際、あの地下室への階段は最高だった」

「その秘密のせいで、あの人は今大変な目に遭ってるんじゃないの」

「確かに間違いだったのは認めるよ。だがきみたちのブリッジクラブだって、何の秘密もないわけじゃないだろ？　きみたちはたしかパジャマパーティーをすると言ってたよね？　裸泳ぎパーティーじゃなくて」

「パジャマパーティーもまるっきり嘘じゃないわ。プールのあとは、そうする予定だったのよ。まさかプール小屋から死体が出てくるなんて思わなかったんだもの」

「わたしの言いたいことはわかるだろ？」

フランシーンはため息をついた。「お互いに小さな秘密があったということね」

「それについてはどちらも有罪だ」ジョナサンはフランシーンを抱きしめ、今度はフランシーンも逃げなかった。「それで今日は何があったんだい？」

フランシーンはジェフ・クレイマーの死体を発見したことと、警察で事情聴取を受けたことを話した。

「何だって、また死体を見つけたのか？」

「今回はジャドもいっしょだったのよ。わざわざ探しに行ったわけじゃない。そんな言い方しないでちょうだい！」

「悪かった。いろいろあったんだね」

フランシーンは彼の胸に頭をもたせかけた。「冷たく聞こえるかもしれないんだけど、ジェフ・クレイマーの死体を見たときは、フリードリックのときほど動揺しなかったの。こういうことに慣れてきてるんじゃないかと心配だわ」

「じゃあ、それほどひどい状態ではなかったんだね」

「眠ってるみたいだったわ。ただ顔が真っ白なの。フリードリックのときと同じで、血は一滴も流れてなかった。シャーロットは同じ手口で殺されたと思ってるわ」

「きみはどう思ってるの？」

「こんなことが続くのを、誰かが止めなくちゃならないと思ってる」彼女はシャーロットのことを考えながら言った。「あなたはどうだったの？　弁護士のところで何かわかった？」

「新しい情報はほとんどないんだ。ラリーはもっとわたしに話したがっているように見えたんだが、弁護士に止められていたんじゃないかな。今日聞いたのは、祖父母の遺言に書かれていたある条件のために、彼が何かをせざるを得なかったということだけだ。だがそれが何かは教えてくれなかった」

「アリスはラリーを家から追い出すべきか迷ってるの。そうすれば秘密を打ち明けてくれるんじゃないかと思ってるみたい」

「何かは知らないが、早くアリスに話せばいいんだよ。そうすれば良心の呵責（かしゃく）から解放されるだろうに」

そのときフランシーンのお腹が鳴った。「お腹すいてない？」

「実は飢え死にしそうだった。まだ夕飯を食べてないんだ。きみの帰りを待ちわびてたよ。外に食べにいくかい？」

フランシーンは首を振った。「マスコミが追いかけてくるかも」

「テイクアウトを買ってくるよ。メキシコ料理？　中華？　それともピザ？」

「中華がいいわ」

ジョナサンが出かけてから、フランシーンはグラスに白ワインを注いだ。中華料理には合わないが、ジョナサンが戻る前に飲み終えてしまうつもりだった。軽いジャズのCDをかけて、リクライニングチェアに背中を預けた。そのとき携帯電話が鳴った。画面を見ると、ジョイからだった。

「いいニュースよ。マーシーが『ザ・ビュー』の出演をキャンセルできたって。出たくないなら無理に出てもらわなくてもいいそうよ。だけどあんたが本気で嫌がってること、マーシーはどうもわかってないみたいなのよね。何かまた別の企画を探してくるかも。ところでフード・ネットワーク局はメアリー・ルースの起用に前向きになってきてるらしいわ」

「よかった、きっと喜ぶわね」

「メアリー・ルースはまだ聞いてないかもしれないけどね。それはそうと、あんたとシャーロットとジャドがまた死体を見つけたってニュースで見たんだけど」

「もうニュースに出たの？」しかしあのとき、リポーターたちは建物の外で待ち構えていた。救急隊員が死体を運び出すのを見てもおかしくない。「わたしはまだ見てないの。ついさっき帰ってきたばかりだから」

「テレビ局のホームページで見られるんじゃない？　十一時のニュースにも出ると思うわよ。ひょっとしたらトップニュースかも」

「録画しておくわ。たぶん寝てしまって、明日の新聞で読むことになりそうだから」

「死体の身元に心当たりはあるの？」

ここは警察の方針に従って、事実と確認できないことは言わないことにした。

「わからないわ」

「フリードリックを殺したのと同じ犯人がやったのかな?」

「その可能性は高いと思う。でも絶対にラリーじゃないわ」

「わたしもそう祈ってる。今日の午後、アリスと話した?」

ジョナサンといっしょにアリスとラリーの家に行ったことを、今詳しく話す元気はなかった。「今日の午後はちょっと忙しくて……」

「そうよね。あとで電話してみるわ。『ザ・ビュー』のことを知らせたかっただけなの、心配してるといけないと思って」

〝あら、心配なんてしてないわよ。絶対にやる気はなかったから〞と言いたいのを呑みこみ、代わりにこう言った。「ジョイ、あなたの望みが叶いかけてることは、わたしもすごく嬉しいわよ。でもみんなの望みは、それと少し違うかもしれないわ。ともかく明日また昼食会でね」

電話を切ったあと、フランシーンはまたリクライニングチェアに体を預けた。頭を整理しなくてはならない。まずフリードリックが殺されたところからだ。それはおそらく土曜の夜だ。殺害方法は、脳への血流を止めるために首の血管を押さえつけるというものだった。犯人は死体をアリスの家のプール小屋に隠した。なぜか?たぶんそこが一番近かったからだ。翌日の夜、フランシーンたちは裸で泳ぐためのパーティーを開いた。メアリー・ルースが異臭をかぎつけ、プール小屋までにおいをたどっていき、みんなで死体を発見した。

今はフリードリックがラリーに家賃を滞納していたことが明らかになっている。ラリーはフリードリックを追い出すと脅したが、実行はしなかった。なぜだろう？　寛大だったから？　それともフリードリックが、ラリーの欲しがるものを持っていたからか？　フリードリックは、ミジェットカーに関して何か貴重な技術を開発していた可能性がある。ジェイク・マーラーは、ミジェットカー・レースで自分の力を証明しようと、フリードリックを頼って戻ってきた。その技術を当てにしてのことだろうか？

だがジェフ・クレイマーの死は、そこにどう関係してくるのか？　フリードリックが殺された日、ラリーは誰かに会うために、ひそかにラスベガスから戻ってきていた。何か個人的な情報を伝えるためだと言うが、相手の名前を明かそうとしない。男だか女だかさえわからない。アリスは以前からラリーの行動に不審を抱いていて、彼がラスベガスに行くと聞いて、探偵を雇って尾行させた。だがラリーがとつぜん予定を変更して帰ってきたため、探偵は同じ飛行機に乗ることができなかった。そこでジェフ・クレイマーに連絡してラリーを追うよう頼んだが、クレイマーはふっつりと姿を消した。そして三日後、フリードリックがラリーから借りていた作業場の地下室で、死体となって発見された。クレイマーの死亡時刻はわからない。地下室のカウチに置かれるまで、冷蔵庫に入れられていた可能性もある。殺害方法はフリードリックと同じように見えた。ことによると、殺害時刻も同じぐらいだったかもしれない。

ラリーが犯人でないなら——ラリーは自分に不利な証拠をあちこちに残していくほど愚かな男じゃない——誰が犯人なんだろう？　ジェイク・マーラー？　彼はフリードリックが自

分の勝利をわざと妨げたのではないかと疑っていた。ふたりは和解を表明したが、ジェイクはまだフリードリックを恨んでいたのだろうか？　殺して、その技術を盗むほど？　でもかつて師と慕った相手にそこまでするだろうか？　もしフリードリックに裏切られたと思いこんでいたなら、するかもしれない。その過程で、ジェイクがフリードリックのいさかいについての記事を書いていた。クレイマーはジェイクとフリードリックを殺したいほど憎んでいたことを見抜いたのだろうか？　それで口封じのために殺された？

だがこのシナリオが正しいとして、ラリーがラスベガスから早く帰ってきたこととはどう関係しているのか？　クレイマーはラリーを追うようにという電話を受けた時点では生きていた。だがそのあと死体となって発見されるまで、彼に何が起きたか誰も知らない。ジェイクにもラリーにも、フリードリックが殺されたときのアリバイがない。クレイマーの死亡時刻が判明したとき、ラリーかジェイクにアリバイがあれば、容疑者が絞られるかもしれない。でもどちらにしても、ラリーが犯人だとはどうしても思えない。それなら犯人はジェイクなのか、それともまだ名前のあがっていないほかの誰かなのか？　ふたつの事件に関連がない可能性も消えたわけではない。だがジャドを含めた誰もが、ふたつの死には関連があると考えている。

またフランシーンの携帯電話が鳴った。今度はシャーロットからだ。まだ考えがまとまっていなかったので、留守番電話に任せて放っておこうかとも考えた。だがそのとき、フリードリックの地下室で感じた気持ちがまたよみがえってきた。シャーロットは大切な親友だ。

そして彼女には、この事件を解決することが必要なのだ。これまで口にしたことはなかったが、フランシーンは以前から、シャーロットには自由な発想と直感力があり、自分を含めた他のどの友人たちより本質を見抜くことに長けていると信じていた。そしてこれは、シャーロットのためだけでなく、ブリッジクラブのメンバーと〝死ぬまでにやりたいことリスト〟のためでもある。ふたつの殺人事件に遭遇して以来、彼女たちのあいだにははっきりと定義づけられない魔法のような力が働き始めていた。事件のためにもっとも傷ついているアリスでさえ、誰も彼女が持っていることさえ知らなかった強さを発揮し出しているように見える。理屈の通る説明はできないが、もしシャーロットが犯人を見つけ出すことができたら、ブリッジクラブのメンバーひとりひとりが、ほんの数日前――裸で泳ぐことをしりごみし、プール小屋から転がり出た死体に悲鳴を上げていた日――には想像もできなかった強さで、この体験を乗り越えられるのではないだろうか。

フランシーンは電話を取った。

「ずいぶん時間がかかったね」とシャーロットが言った。「あんたとジョナサンが何をやってたかは訊かないでおくよ。あたしの読んでるミステリだと、殺人事件が夫婦間の情熱をあおって、みんないろいろすごいことを――」

フランシーンは慌ててシャーロットの妄想を断ち切った。「ジョナサンは中華のテイクアウトを買いに出てるわ。わたしは……ちょっと取りこんでたの。何かあった?」

「ちょっと手伝ってもらえないかな。今フリードリックのバスルームから持ち出した雑誌を見てるんだよ。ほら、ページの角が折ってあるやつ。何かパターンがあるはずなんだけど、まだ見つからないんだ」

「だけどジャドがあんたの家に来てたとき、雑誌は返したって言ってたでしょ？」

「見損なっちゃ困るよ。家に帰ってすぐに、万一に備えて、問題のページをうちのプリンターでコピーしといたんだ。それぐらいやれなきゃ探偵とは言えないだろ。最新号はコピーするページが多すぎたから、ブレインフィールドの〈バーンズ&ノーブル〉で買ってきた」

「まったくあんたときたら、信じられない」

「で？　今から来られる？」

フランシーンは少し考えた。時計に目をやったが、時間の問題というより、さっきの自分の想像を信じてみたかった。

「今晩はあんたひとりでじっくり考えてみたらどう？　それで明日の朝に話さない？　わたしはこれからジョナサンと夕食だけど、食べ終わるころにはベッドにもぐりこむことしか考えられないと思うわ。明日また電話で話しましょう」

「了解」シャーロットはおやすみと言って電話を切った。

ジョナサンのピックアップトラックがガレージに入る音が聞こえた。フランシーンはリクライニングチェアから起き上がり、キッチンで彼を迎えた。

ジョナサンはテイクアウトの袋をカウンターに置いた。

「鶏肉の甘酢かけと牛肉とブロッコリーの炒め物だよ。それとチャーハン。どうしてにこにこしてるんだい？」

「どうしてかしらね？　ジェフ・クレイマーとフリードリック・グットマンのことは胸が痛むし、アリスとラリーも心配だわ。でも自分でも説明できないんだけど、きっと何もかも上手くいくような気がするの」

「そこがきみに恋をした理由のひとつだ。どんなに厳しい状況でも、きみは決して希望を捨てない」彼はフランシーンにキスした。「さあ、食べよう。もしわたしが箸の使い方が得意だったら、この料理が無事に家まで到着したかどうかわからないよ。残念ながらフォーチュンクッキーは生き残れなかったけどね」

フランシーンは袋の中をのぞきこみ、セロファンに包まれたクッキーがひとつ残っているのを見つけた。そして丸められたセロファンやクッキーくずに混じって、占いの紙切れが袋の底に張りついているのに気づいた。引っぱり出してみると、こう書いてあった。「友は近くに置け。敵はさらに近くに置け」

ジョナサンは取り分け用のスプーンをテイクアウトの容器に差しこみながら言った。

「敵が誰だかわかれば、有益なアドバイスだがね」

「これまで起きたことを考えると、敵はわたしたちが思っているより、ずっと近くにいるのかもしれないわ」

フランシーンは一瞬、自分の楽観的な見通しが揺らぐのを覚えた。

26

翌日、朝食を済ませたあとも、意外にもシャーロットからの電話はなかった。シャワーを浴びて着替えを終えても、まだ連絡は来ない。心配になったフランシーンは自分から電話をかけてみた。

電話に出たシャーロットの声には、疲れがにじみ出ていた。

「もしもし、フランシーン？　今何時？　いや、いい。眼鏡を探すからちょっと待って。リクライニングチェアで寝ちまったみたいだ」

もう九時だとシャーロットに教えた。「昼食会の準備のために、みんなあと一時間でここに来るのよ。その前に話す時間があるかと思ってたんだけど……」

「そうだった、思い出してきたよ。図書室の床いっぱいに資料を広げたから、あんたがこっちに来てくれなくちゃ。せっかく並べたのに動かしたくないもん」

「何かわかったの？」

「ああ。でもこれを見てもらって、あんたの意見を聞きたいんだ。あんたはいつだってあたしらの〝分別担当〟だからさ」

「もちろん構わないけど、その資料っていうのは、どうしてもこっちに持って来られないの？」

「無理」

「わかった。ジョナサンに話してから、そっちに行くわ」

ジョナサンに話すと、彼は首をひねって言った。「これから打ち合わせで事務所に行かなくちゃいけないんだ。そんなに遅くならずに帰ってくるつもりだけど、約束はできないからね。本当に昼食会の準備に間に合うよう帰って来られるかい？　みんな十時に来るならあと一時間しかないし、メアリー・ルースは早めに来るかもしれないよ」

フランシーンは何か手がないか考えた。「間に合わなかったときのために、ダーラに鍵を預けておいて、メアリー・ルースといっしょに中に入っててもらうわ。ダーラも昼食会に来るって言ってたし、親しくしておけば、この先わたしたちに対する風当たりが弱くなるかもしれないでしょ」

「楽天的だね」

フランシーンは彼に軽くキスした。「大丈夫、きっとうまくいく。マスコミを避けたいから車で出るわね。途中でダーラのところに寄っていくわ」

8チャンネルと59チャンネルが、家の前にニュース中継車を停めていた。そのほかに、昨日フランシーンをつけていた二台の黒い車もいた。ジャドとの約束を思い出して、フランシーンはバックで私道を出るとき、彼らに手を振った。そのあと数軒離れたダーラの家に着くと、私道に車を乗りいれた。

「どうして取り巻きを連れてきたのよ？」戸口に出てきたダーラが言った。

テレビ局のスタッフたちが、家の前の歩道に機材をセットしようとしていた。

「お友達になったの」とフランシーンが言った。

ダーラは笑顔を作って手を振ったが、フランシーンはその目に不安の色が浮かんでいるのに気づいた。

「これってアリスとラリーに警告を与えたことへの仕返しなの？　でもあれは住宅所有者組合の問題じゃないの。マスコミを巻きこむことはないでしょ？」

フランシーンは突然これを交渉の材料に使えることに気づいた。

「ただ警告を撤回してくれればいいのよ。そうしたら何も詮索されたりしないわ。ところで、もうひとつ頼みがあるんだけれど」フランシーンは事情を説明した。

「マスコミを連れて帰ってくれるなら、すぐにあなたの家に行って、あなたかジョナサンが帰ってくるまで留守番してるわよ」

フランシーンはダーラに鍵を預けて、車を出した。マスコミの一行もあとを追って、シャーロットの家までついてきた。家の前にはチャンネル13のニュース中継車が停まっていた。

フランシーンは私道に車を停めた。車のドアを閉めないうちに、リポーターたちがマイクを突き出しながら走ってきて、質問を浴びせかけた。

「あなたたちがジェフ・クレイマーの死体を発見したというのは事実ですか？」

「ふたつの殺人事件は関係があると思われますか？」

「死体をごらんになったんでしょ？　殺害方法はグットマンのときと同じでしたか？」

「殺しの背後にいる人物に心当たりは？」

「新たな殺人事件が起こる可能性はあると思われますか？」

「犯人はつかまっていませんが、不安はありますか？」

フランシーンはリポーターたちを手で制した。「ジェフ・クレイマーの死に関して何もコメントはありません。ただご遺族にお悔やみを申し上げるだけです。彼は立派な記者でした。わたしが個人的に不安を感じているかですか？　もちろん犯人が見つかるまで、安心して休むことはできません。ご理解いただけると思いますが。けれどブラウンズバーグ警察が、事件解決のためにあらゆる手を尽くしてくださっていると信じています」

フランシーンはくるりと踵（きびす）を返し、足早に入り口に向かった。ドアが細く開いているのが見えた。記者たちはさらに質問を叫びながら追いかけてくる。フランシーンはどんどん速度を上げていった。

シャーロットがドアをぐいと引きあけ、あわただしく彼女を中に引っぱりこんだ。リポーターたちの鼻先でばたんとドアを閉め、鍵をかけた。「なかなかの受け答えだったよ」

「ありがとう。〝内なるジョイ〟にチャンネルを合わせてみたの。チャンネル13は朝からここにいるの？」

「あいつらに気づいたのは、あんたに起こされたあとだけど」シャーロットは廊下を通って図書室に行くようフランシーンを促した。

フランシーンは図書室の散らかりように圧倒された。普段に輪をかけてひどい。床一面にコピーや雑誌の切抜きが置かれ、足の踏み場もない。その並べ方には何らかの規則性があるようだが、それがどんなものだかフランシーンには皆目わからなかった。ホワイトボードの載ったイーゼルが二台立ててある。シャーロットはホワイトボードに三色のペンでメモを書きこんでいたが、そのあちこちに黄色い付箋が貼りつけられていた。

「これが一体何だか説明してもらえる？」とフランシーンは訊いた。

「雑誌に写真が載ってたイベントの一覧を作ったんだよ。その一覧に、キャプションに出てきた名前をひとつ残らず書きこんだ。そしたらパターンが見つかったよ。サラ・バッゲセンが出場したレースのイベントには、必ずジェイクが出席してる。あんたもいっしょに見てよ、もう一度確認しよう」

「今はそれほど時間がないと思うわ。ふたりがいっしょに写ってる写真はないの？」

「ない。だけどそれは、逆にふたりが気をつけて行動してるせいかもしれないよ」

フランシーンはまだ納得できなかった。「ジェイクも同じレースを走ってた？」

「いくつかはね。だけどミジェットカー・レースには出てない。ジェイクは当時〈シルバー・クラウンシリーズ〉に出てたんだよ」

ふたりは書類をどかしてから、いつもの場所に座った。シャーロットはあんず色のリクライニングチェア、フランシーンはロッキングチェアだ。

「どうかしら？　決定的な証拠には見えないんだけれど」

「でもフリードリックはふたりが付き合ってると考えた。でなきゃ、なんで苦労して全部のページに折り目をつける？」

「二十三歳のジェイクが十六歳の子どもと付き合ってたって、本気で言ってるの？」

「自分を子どもだと思ってる十六の女の子がどこにいるのさ？　十六歳が子どもだって知ってるのは、あたしら頭の固い老人だけだよ。本人はそう思ってやしない。先入観を捨てて考えてみてよ。可能性はいくつもある。あの子がジェイクをストーカーしてた可能性だってあるんだ。ジェイクが参加するイベントを前もって調べて、そのレースを選んで出場してたのかもしれないよ」

フランシーンは目を見開いた。「それは思いつかなかったわ。ダーラの思いこみの強さが遺伝してる可能性はあるかもしれない」

家に戻らなくてはならない時間が迫っていたので、フランシーンは一番手近にあった記事を取り上げ、ジェイクの写っている写真を見つめた。彼は若い女性ファンに取り囲まれていたが、シャーロットの言ったとおり、その中にサラの姿はなかった。だが背景に見覚えのある顔を見つけた。「ねえ、これラリーじゃない？」フランシーンはシャーロットに記事を差し出した。

シャーロットはコーヒーテーブルの引き出しから拡大鏡を取り出し、たっぷり一分間かけて写真を眺めた。

「このコピーはあんまり精度がよくないからね。確かにあごひげはラリーに似てるかも。ジャドに頼んでもとの雑誌を見せてもらったほうがいいね」

「そうしたら理由を説明しなくちゃならなくなるわ。これが本当にラリーだったら、不利な証拠がひとつ増えるだけよ。どこかほかで雑誌を手に入れられないかしら？　ブラウンズバーグ図書館はどう？」

「あるかも。ただラリーもアリスもジェイクのファンなんだから、別にラリーがレース場にいたって驚くことじゃないんだよね」

フランシーンはキャプションをチェックした。「会場はフロリダだわ。あの人たちが最近フロリダに旅行した覚えはある？　去年までさかのぼっても思い出せないんだけど」

「ラリーはこの春、どっか南のほうにゴルフ旅行に行ってなかったかね？」

「確かに行ってたわ。納税シーズンだったから、ジョナサンは行かれなかったの。他に誰と行ったかはわからない。でもわたしの覚えている限りでは、フロリダじゃなかったわ」

「アリスに訊いてみてもいいけど、あの男がいつも奥さんに正直かどうか、どうも疑わしいからね」

フランシーンは大きくうなずいた。「実際は疑わしいどころじゃないのよ」

「そんなら、あのふたりについて知ってることを全部教えてよ」

フランシーンはまずシャーロットに誰にも言わないと誓わせた。それからラリーが祖父母から大金を相続したのに隠していたこと、そのことをアリスとジョナサンに謝罪したこと、遺産を海外口座に移したあげく、ほとんど使ってしまったことを話した。そしてアリスがラスベガスまでラリーを尾行させたこと、彼が早く帰ってきたと知っていたこと、ジェフ・クレイマーはラリーを尾行する役を任されていたことも話した。

シャーロットはあんぐりと口を開けた。それから口を閉じ、また開けた。グッピーみたいだとフランシーンは思った。

「そのことをジャドは知らないの？」

フランシーンは肩をすくめた。「警察に話すかどうか決めるのはアリスとラリーで、わたしじゃないもの」

「そりゃそうだ」シャーロットは椅子に座りなおしたが、まだ呆然としている。「ラリーはそのお金を何に使ったんだろう？」

「ラリーが言うには、まずその謎の人物に会って、言うべきことを伝えてからでないと、アリスに打ち明けられないんですって」

「その謎の人物とやらにいつ会うつもりか言ってた？」

「まだ決まってないようだし、いつごろ決めるのかも言わなかったわ」

暖炉の上の時計が時を告げ、フランシーンはそれに目をやって慌てた。

「もう行かなくちゃ」

シャーロットは拡大鏡を引き出しに戻し、フリードリックの黒いｉＰｏｄを引っぱり出した。「出る前に、こいつの電源をどうやって入れるかだけ教えてよ」

「フリードリックのｉＰｏｄを盗むだなんて、本当に信じられないわよ」フランシーンはｉｐｏｄをシャーロットから受け取り、電源のボタンを押した。「入らないわ。たぶんバッテリーが切れてるから、充電しないとだめね。覚えててくれたら、家に戻ってからわたしの充電器を貸してあげるわよ」

ふたりは別々に車を運転していくことになった。昼食会が終わるやいなや、フランシーンはメアリー・ルースを連れてジムに行かなくてはならないからだ――うまく事が運べばの話だが。家の前にはマスコミの車が一台だけ残っていた。リポーターがマイクを持って寄ってきたが、フランシーンは手を振って追い払い、自分の車に急いだ。リポーターはふたりの車を追ってついてきた。

家の外にもまだマスコミがいるのを見て、フランシーンは憂鬱な気分になった。これから昼食会があるのを知っているのだろうか？　メアリー・ルースのケータリングのバンの横をすり抜け、ガレージに車を入れる。シャーロットもフランシーンの車のすぐ後ろに駐車した。フランシーンはガレージのシャッターを下ろした。

「昼食会のお客さんたちが、リポーターを怖がって帰ってしまわないか心配だわ」とフランシーンはシャーロットに言った。

「まさか。やつらのおかげでお客さんたちはますます興奮するだけさ。思ってたより、たくさん情報が集まるかもしれないよ。覚えてるだろ、マスコミはあたしらの友達だよ」

「設定が意外すぎて、つい忘れてしまうのよね」

ふたりがガレージと母屋のあいだにある洗濯室に入ると、心配そうな顔をしたジョナサンが立っていた。

「何かあったの？」とフランシーンが訊いた。ジョナサンはただ首を振り、客間に入るドアを開けた。

一目見て、フランシーンは言葉を失った。シャーロットのところに行っていたほんの短いあいだに、部屋全体が変貌を遂げていた。フランシーンは片手でドアの枠につかまって体を支えた。「一体何が起きたの？」

「やっぱりきみも何も聞いてなかったのか。ジョイと例のマーシーとかいう女性が、室内装飾家を連れてきたとダーラが言ってた。あっと言う間にこれを仕上げていったらしい」

「ダーラはどこ？」

「家に帰ったよ。〝もっとふさわしい服〟に着替えてくると言ってた」

〝もっとふさわしい服〟がどんなものか、フランシーンには大方想像がついた。

フランシーンは室内装飾家の仕事ぶりを確認していった。客間はアーチ型の仕切りでふたつのスペースに分けられていたが、そのアーチの上には、インディカー・レースで使われる旗のレプリカが吊り下げられていた。ふたつのスペースのうち、広いほうには、十人が座れる長テーブルが二台置かれていた。狭いほうは、黒、白、チェックとモノトーンで統一したさまざまなオブジェで、芸術的に飾り付けられていた。仕上げに、見たことのない背の高い飾り棚が部屋の真ん中に鎮座していた。中にはホットロッド、ＮＡＳＣＡＲ（ナスカー）、ミジェットカーの記念品がぎっしり並べられていた。

「わたしが帰ってきたときには手遅れだったよ」とジョナサンが言った。「少なくともみんな退屈はしないだろうがね」

シャーロットがフランシーンの腰に手を回した。「大丈夫だよ、ほんとに」

「これが大丈夫に見えるの？」

「そうは言ってないよ。もし高速でスピードウェイ博物館に突っ込んだら、最後に見る光景はこんな感じだろうなと思うだけでさ。ただもうちょいカラフルだろうけどね。あたしが言ってんのは、昼食会が終わったらさっさとマーシーに片づけさせればいいってこと」

キッチンのほうで何かが割れる大きな音がした。それに続いて、わあわあと騒々しい声が聞こえてきた。「あっちでもひと騒動持ち上がってるようだ」ジョナサンはその声に負けないよう大声で言った。「見てきたほうがいいよ」

フランシーンは客間を突っ切ってキッチンに急いだ。シャーロットもあとに続いた。ジョイがスタジオ用の大型ビデオカメラを肩から提げて、戸口に立っていた。メアリー・ルースは、明るいピンク色の〈メアリー・ルース・ケータリング〉のエプロンをつけて、アイランド型の調理台に向かっていた。その前にはバスケットが置かれている。メアリー・ルースの隣には、背の低いヒスパニック系の青年がいた。油のしみが点々とついた〈エル・ブリート・ロコ〉の黒いエプロンをつけている。彼の前にも同じバスケットが置かれていた。マーシーがふたりの前に立って、メアリー・ルースには英語で、青年にはスペイン語で、流れを確認していた。

　フランシーンは足音高くマーシーの前に歩いていった。

「これは一体どういうことなの？」

「フード・ネットワーク局が二週間のうちに『チョップト』新シーズンの第一回を収録するんですって。ところが参加予定だったシェフのひとりが突然、出演をキャンセルしたらしくて、急きょメアリー・ルースに話が回ってきたわけなんです。まずはオーディションテープを出さなきゃならないんですが、一番効果的な映像は、実際に競争のステージに立つことだってひらめいたんですよ」

「彼は何者なの？」フランシーンは黒いエプロンをつけた青年を指差した。「本当にシェフなの？」

「ああ、急な話だったから、この人で手を打つしかなくて。ノースフィールド通りの〈コールズ〉の先にあるメキシコ料理レストランで働いてるそうですよ。名前はホセ。まあ、今のところ訊き出せたのはそれだけなんですけどね」

　フランシーンはメアリー・ルースからホセに視線を移した。最近は誰もが自分より若く見えるように感じるが、ホセはかろうじて免許がとれるぐらいの歳にしか見えなかった。シェフに見えないのは言うまでもない。

「こんにちは（オラ）」とフランシーンは話しかけた。「何歳ですか？（クアントス・アニョス・ティエネ）」

ホセは嬉しそうに笑って、スペイン語でべらべらしゃべり出した。その上フランシーンに流し目を送ってきた。

フランシーンは腰に手をあててマーシーを見た。「この人、二十五歳って言ってるわよ。あり得ないでしょう。でもあとは聞き取れなかったわ。何て言ってたの？」

マーシーは顔を赤らめた。「えーと、『グッド・モーニング・アメリカ』であなたが濡れたドレスを着てるところを見たんですって。それで……まあ、たいしたことじゃありませんから。さあさあ、こんなことをしてる暇はないわよ。昼食会の前に録画を撮り終えるなら急がなくちゃね」

フランシーンは開いた口がふさがらなかった。

「フランシーン、そこにいたんじゃ、じゃまになって撮れないわ」とジョイが言った。振り返ると、ジョイがのぞいている大型カメラのレンズは、まっすぐフランシーンに向けられていた。「そんなもの、いつ使い方を覚えたのよ？」

マーシーは静かにするよう手で制した。「オーケー、じゃあバスケットを開けて。今日の食材が何か見てください」

ふたりのシェフがバスケットを開けた。取り出したのは、マンゴー、チリペースト、そしていぼがついた大きな触手のようなものだ。

フランシーンはそんなものがバスケットに収まっていたことが信じられなかった。

「それイカに見えるんだけど！」

「イカよ」とメアリー・ルースがナイフケースから肉切り包丁を引き抜きながら言った。

「生のイカを料理するのは料理学校以来だけど、やり方は知ってるから大丈夫」

彼女はフランシーンの一番いいまな板にぴしゃりとイカの足を叩きつけ、さいの目に刻み始めた。見ているうちにフランシーンは気持ちが悪くなってきた。ホセのまな板を見る勇気はなかった。

マーシーは眉をひそめて、静かにするよう小声で注意した。

「突然の大声とかは編集段階で音消しできるけど、あなたがたもちょっとは気をつけてくださらなくちゃ」

それからジョイを指差して「そのまま回して」と指示し、深く息を吸った。「必要な材料があったら、フランシーンの食料品庫か冷蔵庫にあるものを何でも使ってかまいませんからね」

早速ホセが冷蔵庫に走っていってビールを出し、栓を抜いた。ごくごく飲んでげっぷをすると、ビール瓶を持ったまま持ち場に戻った。

フランシーンは呼吸困難に陥りそうだった。

シャーロットがフランシーンをキッチンから引っぱり出した。「勝手にやらせておいたほうがいいよ。あたしはこの番組よく見てるから知ってるけど、前菜の回は持ち時間が二十分しかないんだ。録画が終わったあとでも、メアリー・ルースが昼食会の料理を仕上げる時間はたっぷり残ってるよ。それより会場の準備をしておこう」

「マーシーが何を考えてるかわからないわ。わたしたちあの人を招待してもいなかったわよね？　ここで何をしようっていうのかしら？　昼食会の動画を撮りたいとでも？」

「メアリー・ルースの新しい前菜にみんなが感心する画がほしいのかも。それだと『チョップト』っていうより『カップケーキ対決』っぽいけどね。でもオーディション動画の役に立つのかもしれないよ」

客間とダイニングルームのあいだの曲がり角に、中サイズのビュッフェテーブルが配置してあったが、その上に置かれたメモにジョナサンが気づいた。「これはメアリー・ルースの指示書じゃないか？」彼はメモを手に取って言った。「これはわたしも手伝ったほうがよさそうだ。ダイニングルームの小さいテーブルはデザート用、中央のテーブルはビュッフェ台だ。フランシーン、ここにメニューがあるから、ビュッフェ台の準備にかかったらどうだい？　うちのダイニングテーブルを広げて、あと十人座れるようにしてほしいらしい。わたしがそっちをやるから、シャーロットはナイフやフォークをナプキンに包み始めてくれないか？」

フランシーンはすっと呼吸が楽になるのを覚えた。ジョナサンがいてくれれば大丈夫だ。彼が助けてくれたら、きっとやり抜ける。

シャーロットがナイフやフォークをどう包んだらいいかわからないようだったので、フランシーンはしばらくその作業を手伝った。そのあいだにも、キッチンからは食器がガチャガチャ鳴る音や、混乱した声が絶え間なく聞こえてきていた。しかしフランシーンは大丈夫だと自分に言い聞かせ、キッチンのことを意識から追い払った。

　ようやくシャーロットが慣れてきたのを見て、フランシーンはビュッフェのリストに目を通し、配膳用のトレイの配置を考え始めた。まず「チキンとごまのトルティーヤ」の配膳台がいる。「南部名物プルドポークのミニバーガー」の配膳台には、ポークのトレイとミニバンズのトレイを置かなくてはならない。メアリー・ルースは三種類のソースを用意しているから、その分のスペースも必要だ。あとは「杏と黒くるみの冷製チキンサラダ」と、メアリー・ルースお得意の「ぴりっとした南西部風ディップとスティックサラダ」のトレイがある。デザートのテーブルには、「ピーカンナッツ入りチョコレートファッジブラウニー」に「エンジェルケーキのクランベリーとオレンジピール入りアイシングがけ」が並ぶ予定だ。そのごちそうを思い浮かべただけで、口の中に自然に唾液が湧き出した。そしてほんの少しのあいだ、キッチンでくりひろげられている料理コンテストを忘れることができた。そのとき、加熱式トレイがどこにあるか、メアリー・ルースに訊かなくてはならないことに気づいた。ちょっと訊くだけなら、そんなに時間はかからないだろう。

キッチンに入ると、メアリー・ルースとホセが冷蔵庫の一番下の段にあるフリーザーから何か取り出そうと、お互いにひじで押しのけあっているところだった。メアリー・ルースが勝ち誇った顔で振り返り、冷凍パイシートの箱を高々と掲げた。フランシーンはそんなものがうちにあったことさえ忘れていた。ホセはオーブンに駆け寄り、メアリー・ルースが近づけないよう立ちはだかった。

　フランシーンは咳払いをしてみんなの注目を集めた。

「録画を止めて！」とマーシーが叫んだ。「あなた、ここで何してらっしゃるの？」

「加熱式トレイがどこにあるか訊きに来たの。ビュッフェのテーブルを準備してるところなんだけど」

メアリー・ルースは自分の調理台にパイシートの箱を置いた。「バンに載せてあるわ。鍵を渡すから待って」そう言って、バッグを取るためにかがみこんだ。

メアリー・ルースが顔を上げると、ホセがパイシートの箱をひったくるところだった。メアリー・ルースはフランシーンに鍵を放り投げ、箱の端をつかんだ。ふたりは一瞬綱引きの状態でにらみあった。だが腕力ではホセのほうが勝っていた。何かスペイン語でまくしたてると、ぐいと引っぱって箱を奪い取った。

「ちょっと、それはあたしのよ！」メアリー・ルースは鍋をつかむと、ホセの頭を殴りつけた。

ホセは目を白黒させて、箱を床に取り落とした。メアリー・ルースがそれを奪い返す前に、ホセは我に返り、スペイン語で何か毒づくと、肉切り包丁をつかんで振り回した。

メアリー・ルースはフライパンで防御の体勢をとった。

「カメラを回して！」とマーシーが叫ぶ。

「そうじゃないでしょ！」フランシーンは足音高くマーシーの前に進み出た。「わたしの家でこんな行いは許さないわ。この男をすぐにここから追い出して」

ホセはフランシーンを眺め、スペイン語で何か言った。

フランシーンはその一部分だけを聞き取り、不快感をあらわに目を細めた。

「今、まさかと思うことが聞こえたんだけど、わたしの聞き間違いかしら？」

「えっと、どうだったかしら」マーシーはしどろもどろになった。

「わかった、わたしが殴ってやるわ」

「もう遅い」メアリー・ルースが手首のスナップを利かせて、フライパンをホセの頭に振り下ろした。一撃はさっきと同じ場所に命中し、ホセは倒れこんだ。同時に包丁が音をたてて床に落ちた。

「これで人のレシピを盗んだらどうなるか思い知ったでしょ」意識のない相手を見下ろしながら、メアリー・ルースが言い放った。「こいつはあたしの料理をそっくり真似してたのよ」

「それはどうかしら」とマーシーが言った。「ホセが作ってたカラマリ用のビール風味の生地は、なかなか良さそうに見えましたよ。ウォッカを加えたら手違いで引火したのはまずかったけど」

「火事を起こしたの？」とフランシーンが驚いて訊いた。

「あら、ほんのボヤですよ。すぐ消火器で消せたし」

フランシーンはカウンターに寄りかかって体を支えた。

「そこもちゃんと録ってました？」とマーシーが訊いた。

ジョイは慌てて答えた。「カメラは一度も止めてないわ」

ホセが唐突に立ち上がり、しばらくふらついていたかと思うと、スペイン語でべらべらしやべり始めた。

マーシーが何か言い返した。ホセの目から生気が消えていき、メアリー・ルースの上にふたたびどさりと倒れこんだ。まったく無防備な状態だったメアリー・ルースは、重みを受けとめきれず、ふたりで冷蔵庫に向かって倒れていった。冷蔵庫は押されて壁にぶつかり、ドシンと大きな音をたてた。

「この男を引き離して！」とメアリー・ルースが叫んだ。

ジョナサンがキッチンに駆けこんできた。苦労してホセを抱え上げ、床に横たえた。

「脳震盪を起こしてるかも」とマーシーが他人事のように言った。「あなたがたがいい保険に入ってるといいんですけどねえ」

フランシーンがとがめるような視線を向けた。

マーシーは少し考えてから言った。「そうね、わたしが救急外来に連れていったほうがいいかしら」

「それはいい考えだ」とジョナサンが言った。「きみの車で行ってくれ。運ぶのを手伝おう」

ジョナサンはホセのわきの下に手をさしこみ、キッチンの床の上を引きずっていった。マーシーが先に立ってドアを手で押さえた。

「このまま外に出たらパパラッチが小躍りするだろうね」とシャーロットが言った。

フランシーンは窓から外を見て、ため息をついた。「ガレージのプリウスを使ったほうがいいわ。乗せてるところがあの人たちに見えないように」

ジョナサンはマーシーをきっとにらんだ。「きみは後部座席に座って、この男が倒れないよう支えるんだ。意識がないのがばれないように」

マーシーは肩をすくめた。

「あたしはカラマリの仕上げを進めててもいい？」とメアリー・ルースが訊いた。「これも前菜として出さないと、品数が足りなくなるわ。もともとホセとあたしがバトルで作ったものを前菜に回す計画だったから。ホセ考案のビール風味の生地もなかなか使えそうだわ」

「録画しておいてくださいね」とマーシーがジョイに念を押した。

「フード・ネットワーク局の番組より、今日のほうがずっと面白かったよ」とシャーロットが言った。「『アイアン・シェフ』もこういうのを取り入れるべきだね。キッチン・スタジアムの料理バトルと武術の組み合わせは、受けること間違いなしだよ」

27

ホセをフランシーンのプリウスに積み終えると、ジョナサンとマーシーも乗りこんだ。リポーターの集中砲火の中を車が走り去ったあと、ほっと一息つく間もなく、昼食会の準備が再開された。準備のための時間はあまり残されていなかった。メアリー・ルースは「カラマリのパイ皮包みマンゴーチリソース添え」を仕上げ、ジョイはその過程をビデオに収めた。それが終わると、カラマリのビール風味バージョンに取りかかった。

客間では、フランシーンがビュッフェの支度を終えて、テーブルセッティングを手伝っていた。

「さっきあんたが言ってた武術のことをずっと考えてたの」とフランシーンはシャーロットに言った。

「『アイアン・シェフ』に取り入れるべきだって話？　いい考えだと思わない？　そうなったらあたしはモリモトシェフにかけるよ。たぶん空手を心得てるだろ」シャーロットは三つのテーブルに何人分の席をセットしたか、数え始めた。

「その話じゃなくて、フリードリックの殺害方法を考えてたのよ。血流を止めて殺すなんてやり方、そんなにたくさんの人が知ってると思えない。武術に詳しい人間じゃないかしら」

「そうとも限らないよ。血流止めはプロレスの〝スリーパー・ホールド〟っていう技と原理は同じなんだ。だからプロレスファンなら誰でも――プロレス好きじゃないやつなんている？――やり方を知ってるはずだよ」

「ほんとうに？　だけど大の男の首を締め上げて、息の根を止めるまでその姿勢をキープするなんて、たとえやり方を知ってたって簡単にできることじゃないわよ」

「確かにそうだね」

「わたしたちのご近所にそんなことをできそうな人がいるかしら？」

シャーロットは考えた。「うーん、考えれば考えるほど、ご近所の誰かにできるわけがない気がしてくるよ」

「ジェイク・マーラーは高校でレスリングをやってなかったのかしら？」

「だけどレスリングとプロレスじゃ大違いだよ」

フランシーンは目を閉じて、一番上の息子のクレイグがレスリングをやっていたころを思い出してみた。

「そんなに違うのかしら？　〝クレイドル・ホールド〟はプロレスの技に似てる気がするわよ。〝スリーパー・ホールド〟みたいな危険な技は禁止されていたけど、男の子たちが遊びでかけ合ったりするのはありそうだわ」

シャーロットはフランシーンを引き寄せた。「ところで、ジェイクのトレーナーとの約束のこと、メアリー・アリスにはもう話したの？　それとも急に打ち明けるつもりかい？」

「サプライズでいくつもり。たぶんそのほうがうまくいくわ。というより、ほかの方法を思いつかないもの」

「まあ、あたしら全員ここに揃ってるわけだから、手助けできるよ。ブレイディに会ったら、ジェイクが〝スリーパー・ホールド〟のやり方を知ってるかどうか、うまいこと聞きだしておくれよ」

「いかにも日常会話に出そうな話題だこと」

ジョナサンとマーシーは、お客が到着する直前に戻ってきた。頭をミイラのようにぐるぐる巻きにされ、まだぼうっとしているホセもいっしょだった。ジョナサンがホセをカウチに座らせた。フランシーンは驚いて訊いた。

「どうして彼がまだここにいるの？」

「どうやらコンテストに参加するなら昼食を食べていってもいいと、〝誰かが〟約束したようだ」

「ホセが訴えないと言ってくれたことを喜ぶべきですよ」とマーシーは力説した。「やったのはメアリー・ルースだけど、ここはあなたの家で、凶器はあなたのフライパンなんですからね。訴訟沙汰に巻きこまれてたっておかしくないところだわ」

メアリー・ルースがキッチンから出てきて、カウチのクッションにもたれかかったホセに目をとめた。

「ホセ!」とメアリー・ルースは嬉しげに声をかけたが、ホセは身を守ろうとするように、さっとクッションを盾にした。「大丈夫、あんたを傷つけるつもりはないわ。すべて水に流してあげる! あんたの作ったビール風味のカラマリが最高に美味だったのよ。味見してみる?」メアリー・ルースは優しく彼を支えて立ち上がらせ、キッチンに連れていった。ホセはのろのろとしか歩けなかったが、何とかキッチンにたどりついた。メアリー・ルースは他のみんなにも声をかけた。「みんなも、こっちに来て、ぜひ試食してみてよ」

ジョイはビデオカメラをどこかに置いて、手袋をした手でステンレスのボウルに入ったキャベツ、赤キャベツ、にんじんをかきまぜ、コールスローサラダを作っていた。

「カラマリはほんと絶品よ。みんな食べてみなきゃだめよ」

「あたしはブラウニーが気に入った」シャーロットはすでにいくつもつまんでいた。

「みんなもブラウニーは気に入るはずよ。だけどあんた、ブラウニーの山を指でつついてたでしょ。ちゃんと手を洗った?」メアリー・ルースはビール風味の衣がついたカラマリをマンゴー・チリソースにひたし、ホセに手渡した。

シャーロットはポケットに入れた消毒剤のボトルを見せびらかした。

「洗いましたとも。取り調べに備えて、ちょいと糖分を補給しといたのさ。ご近所さんたちがやってきたら、かなりエネルギーを消耗するだろうからね」

「取り調べというのが適切な表現とは思えませんが」という声がした。みんながいっせいに振り返ると、ジャドが腕組みをしてキッチンの入り口に立っていた。「ジョナサンに入れてもらいました」

　チョコレートで汚れたシャーロットの顔に、大きな笑みが広がった。

「ジャドじゃないか！　捜査に何か進展はあった？」

「お知らせできる範囲では何も」

「ずいぶんと挑戦的な言い方だね」

　フランシーンはシャーロットの腕を取った。「ちょっと、ジャドを質問攻めにするために呼んだわけじゃないでしょ。気づかれないようにご近所さんたちを探るための昼食会じゃないの」

「よかったら試食してみてよ」とメアリー・ルースが声をかけた。

「ありがとうございます。でも昼食会が始まってから少しいただきます。体重に気をつけるよう、妻にいつも言われているので」

　その言葉は本音ではなく、社交辞令だろうとフランシーンは思った。制服姿を見ても、ジャドが今もスポーツマン体型を保っていることは明らかだった。ジャドはことさら権威を誇示しているわけではなかったが、自然な自信にあふれていた。そのせいで、刑事という立場でも、彼は誰のことも緊張させずにみんなの輪に溶けこんでいた。しかしホセは別だった。ジャドを一目見たとたん、こっそりキッチンを抜け出していった。

「頭に包帯を巻いたあの男は誰ですか？」ジャドがフランシーンに訊いた。

　フランシーンはため息をついた。「話せば長いんだけれど、そんなに長居はしないと思うわ。食事が終わるころには帰るでしょ」

「ところで今朝はマスコミをうまくあしらってましたね。ここに来る前にニュースで見ました」

ドアベルが鳴った。フランシーンは玄関に向かう途中、ホセがまたカウチの上で半分昏睡状態になっているのを見た。玄関に着く前にドアが開き、アリスが入ってきた。

「わたしひとりよ」

「来てくれて嬉しいわ」フランシーンはアリスをハグしながら言った。「やっぱり来ないことにしたのかと思ってたところよ」

「ラリーがあんまり沈んでるものだから、これ以上そばにいるのが耐えられなくなったの。こっちのほうがはるかに楽しいでしょうからね」アリスはカウチに座っているホセをまじまじと見た。「あれは誰？」

「はるかに楽しいもののひとつよ」

アリスはわけがわからないという顔をしたが、フランシーンはそれ以上説明しなかった。

ジョナサンが玄関での出迎え役を引き受けてくれたので、フランシーンはお客たちとゆっくり話すことができた。近所の人たちがどんどん集まってきた。しかし一番のサプライズはダーラだった。〈フーターズ〉のウェイトレス並みに気前よく肌を見せた格好で、前夫のヴィンスとともにやってきたのだ。ジョナサンはふたりと握手を交わし、フランシーンを呼んだ。

「ご迷惑でないといいけど」とダーラは言った。

「ヴィンスがぜひ来たいと言ったの。新聞でニュースをずっと目にしてて、あなたがたみんなにもう一度会いたくなったんですって」

「会えて嬉しいわ」

ふたりはヴィンスと握手を交わした。ダーラとヴィンスが離婚してから、十年以上になる。それ以来、ダーラはヴィンスと引き換えのように、とっかえひっかえボーイフレンドを作っていた。だがヴィンスの外見は、離婚当時からほとんど変わりなく見えた。髪の生え際は多少後退したかもしれないが、黒い髪も、笑ったときのきれいな歯並びも、魅惑的な瞳も昔のままだ。ダーラが彼と離婚したときには、一体何を考えているのかと近所の女たちは大いに不思議がったものだった。

家のあちこちでにぎやかな会話の輪が広がっていた。出席を約束していた二十五人の近所の人々が全員到着し、ヴィンスのような予定外のお客も数人加わった。アリスは、今日はおしゃべりに参加するよりキッチンで裏方に徹していたい、みんなはお客様と話してきて、と言った。

フランシーンは何とか十五人ぐらいのお客と話をして回ったが、その大部分がすでにシャーロットの尋問を受けていた。しかも気がつくと、情報を得るより裸泳ぎについての質問をはぐらかすのに忙しいという有様だった。ふと部屋の隅を見ると、シャーロットがヴィンスを追い詰め、何か話しているのが見えた。

「あんたがダーラにいろいろ文句があるとしてもさ」前菜のカラマリの前でばったり出会っ

たとき、シャーロットがフランシーンに言った。「あの女は男の選び方だけは知ってるよ。ヴィンスはいまだにいい男だからね」

フランシーンは首をかしげた。「そのあとのボーイフレンドたちは、みんなヴィンスより格下よ」

「そうでもないさ。ダーラは見た目の悪い男とは絶対にデートしないからね。他のボーイフレンドたちだって、たくましさには欠けるけど、みんな垢抜けてたよ。それに年上で」

「それにお金があって」

シャーロットは笑い、それからまじめな顔になった。「あんた〈エクスキャリバー・レーシング〉で、ヴィンスとフリードリックが同僚だったたって知ってた？」

「知らなかったわ」

「だけど、フリードリックと仕事以外の付き合いはないって。ほかのこともあんまり教えてくれなかったよ。サラやボーイフレンドの話題もふってみたんだけど、それで怒らせたみたいだ。娘はまだ誰かと真剣に付き合うような歳じゃないって言って、ほかの人と話しに行っちまった」

「わたしも収穫なしよ。もし犯人が近所にいるとしても、怪しく見える人がひとりもいないのよ。みんな本当に何も知らないように見える」

それからふたりはまた二手に分かれた。フランシーンはアリスとラリーの家の裏手に住む夫婦に集中することにした。お客たちはさりげなくシャーロットを避けるようになっていた。

みんなすでに尋問されたか、尋問された人に忠告を受けたかのどちらかだろうとフランシーンは思った。しかし三人だけ例外がいた――胸元が大きく開いたVネックのカットソーを着たダーラ・バッゲセンと、フランシーンがかつて看護師だったことを知っていて、いつも自分たちの最新の病気について語ろうと手ぐすね引いている高齢の夫婦だ。

シャーロットがダーラを引きずってきて、その後ろから高齢夫婦がついてきたとき、フランシーンは逃げ出そうと思ったが遅かった。

「ねえ、あんたもちょっと聞いてよ」とシャーロットが言った。

夫の首は完全にダーラのほうに向いていた。その目はダーラの豊かな胸の谷間に釘付けになっている。

「聞くって何を？」とフランシーンは逃げたい気持ちを隠して、愛想よく答えた。

「警察は全然見当違いな捜査をしてるってダーラは言うのさ。フリードリックが隠してたものにこだわりすぎてるんだって」

ダーラが言った。「わたしの推測だけど、フリードリックはラリーについて何か知ってたんじゃないかと思うのよね。ラリーが誰にも知られたくない秘密についてよ。だってフリードリックは家賃を滞納してて、半年も前から追い出すって脅されてたんでしょ？　なのに追い出されなかった。きっとラリーはフリードリックの仕返しを警戒したんじゃないかと思うわけ。じゃあ、何をそんなに恐れてたのかって話よ」

「なかなかの観察眼じゃないか？」とシャーロットが言った。

フランシーンが答える前に、高齢夫が口を開いた。「そいつは本物なんかね？」

三人の女たちが夫を見た。彼はダーラの胸を食い入るように見つめていたので、何につい
て質問しているかは明らかだった。

ダーラはふっと笑って胸をゆすって見せた。「知りたい？」とウィンクする。

高齢夫は妻に引きずられてビュッフェテーブルのほうに行ってしまった。

フランシーンは去っていく夫婦のほうを見ながら首を振った。

「ラリーはこの景気で新しい借り手が見つからないことを心配して、何とかフリードリック
とうまくやる方法を探ってたと聞いているわ」

「あら、そうなの」ダーラはいかにも疑わしそうに言った。「ま、飛び交ってる噂から推測
して、ラリーは苦もなく嘘をつけるようだものね。アリスにまでね。だから警察も、フリー
ドリックがどんな秘密を握ったのかを重点的に調べれば――家賃を払わずに部屋を使い続け
られたんだもの、きっと大きな秘密よ――もっと事件解決に近づけるんじゃないかしら？」

「ラリーが犯人だという結論に近づくってこと？」フランシーンは唇をぎゅっと引き結んだ。

「あなたは本気でそう思ってるの？」

「だってラリーにはフリードリックが殺された夜のアリバイがないんでしょ？　よく言うじ
ゃない、アヒルみたいに見えてアヒルみたいに鳴くなら、それはアヒルだって。要は見かけ
より行動で判断せよってこと……」そう言いながら、ダーラは行ってしまった。

谷間を見せつける相手を探しに行くんでしょ、とフランシーンは思った。

「フリードリックが家賃を払ってなかったこと、ダーラは何でわかったんだろうね？」とシャーロットが訊いた。

「ダーラに何がわかってるっていうのよ？」

「思うに、あの女はゴシップ吸引装置だね。自分で頑張らなくても、ゴシップも男もひとりでに引き寄せられてくるんじゃないのかね」

ダーラはカウチに座ったホセに近づいていくところだった。ダーラのそばにいると、ホセはダーラを見て立ち上がった――ふらつきながら、それでも立った。ダーラのそばにいると、ホセがとても折り目正しい好青年に見えた。「どうかしらね」とフランシーンは言った。「かなり頑張ってるように見えるけれど。ホセはダーラのことを知ってるのかしら？」

「ダーラが〈エル・ブリート・ロコ〉の常連なんじゃないの？　それかパーティー料理のケータリングに使ったのかも。メキシコ料理だけでいいなら、メアリー・ルースのとこより安上がりだからね」

「ダーラの説をどう思う？」

「何とも言えないね。あの女はジェイク・マーラーのことも疑ってるよ」

「そこはわたしたちと同じね」

「それで思い出した。ジェイクのホームページをチェックして、あの写真に写ってたビールがモルソンだったか確かめなきゃ」

そのときヒュッと高い口笛の音が聞こえた。みんな驚いて、いっせいにキッチンに通じるドアのほうに目をやった。

ジョイが踏み台の上に立ち、オーケストラの指揮者のように両腕を広げていた。

「口笛なんか吹いてごめんなさい。でもあまりににぎやかで、皆さんの注意を引くのが難しかったんです。今日はお集まりいただいて、ありがとうございました。ご承知かとは思いますが、今日はフランシーン・マクナマラが、我々の良き友人であるメアリー・ルース・バロウズのために、この試食会を開いてくれました。メアリー・ルースの名前をご存じない方もいらっしゃるかもしれませんが、彼女はすばらしいシェフであり、レース業界でもきっと皆さんのお役に立てると確信しています。メアリー・ルースがこの業界でもっと活躍できるよう、皆さんの温かいサポートをいただければ幸いです。さあ、どうぞ召し上がってください！」

みんなビュッフェに群がった。

「さきにお手洗いに行きましょう」フランシーンはシャーロットを連れ出した。「二階のを使うわよ」

「二階だって？」シャーロットは杖を振ってみせた。

「理由があるのよ。それにあんたがその杖を使うのは自分に都合のいいときだけで、膝のためじゃないでしょ。みんな知ってるわよ」

シャーロットの目がいたずらっぽく光ったが、口に出しては認めなかった。

「わかったよ、行くよ。だけどほんとに手を洗うだけだからね。トイレならもう行った。さつきアンドリュー・スターリングが大きなおならをして、それを奥さんがやったみたいな顔でごまかしたもんだから、奥さんが怒って平手打ちを食らわしたんだ。あたしは笑いをこらえるのに必死で、パンツの中にもらしそうになって、あわてて女性用トイレに駆けこんだってわけさ」

二階に上がると、フランシーンはジョナサンの仕事部屋に向かった。

「なるほど。秘めたる動機があったってわけか」

「そのとおり。ジェイクのホームページを見たいって言ってたでしょ。みんながビュッフェの列に並んでるあいだに、すませたほうがいいと思ったの」

フランシーンはコンピュータでジェイクのホームページを開き、ビール瓶の写っている海辺の写真を呼び出した。それからラベルの部分をどんどん拡大していったが、最後は写真がぼやけてしまい、文字が判別できるまでにはならなかった。

「ラベルがこっちを向いてたら、もうちょっと何とかなったかもしれないけど、残念だったね」とシャーロットが言った。「だけどこれ十分モルソンに見えないかね？」

「それは難しいわ。これだけ写真がぼやけてると、はっきりそうとは言い切れない」

「そうじゃなければいいって口ぶりじゃないか。あたしたちはラリー以外の容疑者を見つける必要があるんだよ、覚えてる？」

「もちろん覚えてるわよ。ただこれでは証拠にならないと言ってるだけよ」

「ジェイクがあの作業場に行ったことはわかってるじゃないか。自分の車を取りにいったときだよ。モルソンの瓶は、ジェイクが秘密の地下室に行ったことを示してる。地下室のことはフリードリックから聞いたに違いないよ。てことは、フリードリックも地下室を使ってたということさ」

「なんのために？」

シャーロットは指を上げた。「だからそれをジェイク・マーラーに訊かなくちゃ」

「そこまでの道のりは長いわ。何とかメアリー・ルースをジムに引っぱっていけたとして、ブレイディ・プレイザーから何か少しでも聞き出せたらラッキーなんだけど」フランシーンは時計に目をやった。「それで思い出したわ、もう下に戻らなくちゃ」

階下に下りると、ジャドが一番端のテーブルに座っていて、近所の人たちが予備の椅子を引っぱり出して、彼を取り囲んでいた。ジャドは明らかに今日の呼び物のひとつになっているようだ。ジョナサンとヴィンスは、同じテーブルの反対端に座っていた。真ん中のテーブルには、ダーラと数人のゴシップ好きの女たちが、年配の日本人夫婦といっしょに座っている。その夫婦はこのあたりでは新顔で、英語の聞き取りに若干難があるようだった。ダーラはふたりに日本語を使って大声で話しかけていた。

「日本語を話せることを自慢したくてしょうがないのよね」椅子のあいだを通り抜けながら、フランシーンは小声で言った。ダーラの両親は日本の会社で英語教師として働いていたことがあり、ダーラ自身も中学生のころに日本で暮らしていたのだ。

「あの女の日本語はもうお腹一杯だよ」とシャーロットが言った。「一番奥のテーブルに行こうよ。デザートのビュッフェに一番近いとこ」

ダーラの声は、他のすべての音を飛び越してふたりの耳に入ってきた。今はサラのレースのことを話しているようだ。シャーロットが「ピーカン入りチョコレートブラウニー」にかぶりついているあいだに、フランシーンは耳をそばだてていた。

「ねえ、サラのレースの腕前って本当のところはどれぐらい？　ジェイクにとって危険な存在なの？」フランシーンは声をひそめて訊いた。

シャーロットは指についたブラウニーを舐め取った。「ジェイクを誘惑しようとしたら危険かも。あの子の夢はレースドライバーじゃなくって、モデルになることなんだよ」

「それどこで聞いてきたの？」

「聞いたんじゃなくて、読んだんだ。もしくは行間を読んだ。フリードリックが持ってた《スプリンティング・ミジェット》とかいう雑誌の中でね」

「今朝はそんなこと言ってなかったじゃないの」

シャーロットは「チキンとごまのトルティーヤ」を取った。

「話そうとしてるのに、あんたが早く行こう早く行こうって急かすからだよ。あの子は美人レーサーのダニカ・パトリックより、スーパーモデルのシエリル・ティーグスになりたがってる。スポンサーの名前が入ったTシャツを着てたし、キャプションはあの子が契約をほしがってることをほのめかしてたよ」シャーロットはトルティーヤを口に入れた。「こいつもいけるね。だけどあのエンジェルケーキをもう一切れ食べなくちゃ。まだ時間はある？」

フランシーンは時計を見て、パニックになりかけた。「急いで先に進めないと間に合わない。ジャドはまだ『近隣見守りプログラム』の説明もしてないわ。それが終わり次第、お客様に帰ってもらって、メアリー・ルースをジムに連れていく準備をしなくちゃ」

「落ち着かないと心臓発作を起こすよ。あたしに任せて」シャーロットはよっこらしょと立ち上がり、ジョイに手を振った。ジョイが目を向けると、シャーロットは時計を指差し、若干大きすぎる声で言った。「そろそろ先に進めないと時間がないよ」

フランシーンは片手を額に当て、目をそらした。

ジョイは慌てて踏み台に上った。「みなさんお食事を楽しんでらっしゃることと思います。ここで今日の昼食のお礼に、メアリー・ルースのために拍手をお願いできますか？」

フランシーンはうまく注意がそれたことに感謝しながら、大きく手を叩いた。シャーロットが「ウーフー！」と声を上げた。

「デザートを召し上がっていただくあいだに、ブラウンズバーグ警察署のブレント・ジャドソン刑事から、『犯罪防止のための近隣見守りプログラム』についてお話を伺いたいと思います。みなさん、ジャドソン刑事に拍手を」

ジャドがとても堂々として、ハンサムで、あまりに笑顔が輝いているので、フランシーンはいつか彼は選挙に出るべきだと思った。講演が終わったあと、日を改めて話し合いの集会を持つことになった。フランシーンは内心胸をなでおろした。この場で議論が続いたら困ると心配していたのだ。ジャドが「近隣見守りプログラム」の成功例のパンフレットを配り、次回の話し合いのために具体的なアイデアを準備してくるよう提案して、昼食会は終わった。それからお客が全員帰るまで、永遠とも感じられるほど時間がかかったように思われた。みんないつまでもぐずぐずと居残って、ゴシップを交換し合っていた。特にアリスが腕いっぱいにごみを抱えてキッチンに消えたとたん、あちこちでひそひそ話が始まった。

しかしついに最後のお客も帰っていった。フランシーンはシャーロットの手をつかんだ。

「もう二時十五分よ。すぐにメアリー・ルースを連れて出ないと！　きっと目一杯抵抗するわよ。でもノーと言わせるわけにはいかないわ。こんな機会、二度とあるかわからないもの」

「大丈夫。あたしらみんなで説得して、ここから引きずり出そう。これがどんなに大事なことか、あんたが道中で説明できるだろ」

シャーロットはジョイとアリスを呼び、四人でメアリー・ルースを客間で待ち伏せた。予想通り、メアリー・ルースはジムに行くという話を聞いて真っ青になった。

「絶対、絶対いや！　ジムになんて行かないからね」四人がドリルを持った歯科医であるかのように、メアリー・ルースはあとずさった。

「ねえお願いよ、もしブレイディにうまく話を聞き出す方法が他にあったら、こんなこと頼まないわ」とフランシーンが言った。

「そんなのいくらだって方法はあるでしょ」

シャーロットがメアリー・ルースの前に立ちはだかった。

「何も取って食われるわけじゃないだろ？　あたしだってリハビリや何やで、これまで百回はジムに行ってる。そんな悪いもんじゃないよ」

「それとこれとは話が別よ。あんたはリハビリが必要なもっとお年寄りの人たちと行くんでしょ」

「そうでもないよ。若いのだって何人かいたよ」

「若かろうと年寄りだろうと、みんなリハビリが必要な人たちじゃない。あんたたちはあたしを、健康的にやせた人たちがいっぱいのジムに放りこもうとしてるのよ。そういう人たちがあたしを見て、どう感じると思うのよ？」

「ものすごく勇敢な女性だと思うわよ」フランシーンがメアリー・ルースの背後を固め、四人がかりでガレージに続く洗濯室のほうに追い立てていった。「あんたが自分の生活を管理しようとしてることに、みんな感心するわ。それにこれはジェイクのトレーナーのブレイディ・プレイザーから情報を引き出すためなのよ。ブレイディも素敵な人よ、だけどもしあんたが気に入らないなら、次は行かなくてもいいから」

「そうそう、ブレイディから情報を引き出したらやめていいんだよ」とシャーロットが付け加えた。「何回か通わなくちゃいけないかもしれないけど」

「シャーロット、助けになってない！」とフランシーンが言った。

「何回か通うですって！」メアリー・ルースはかかとに全体重をかけて、梃子でも動かないという決意を見せた。

「そう。たぶん主治医からのメモがいるよ」

「主治医はいつもわたしに運動しろってうるさいのよ。もうおしまいだわ!」

ジョイが背中でメアリー・ルースを押し、洗濯室に押しこんだ。

「おしまいじゃないわ、きっと始まりよ」

「ジョイ! あんたまでグルなの?」

「わたしたち今回はみんなグルなの。もっと前に話そうと思ってたんだけど、時間がなかったのよ」

シャーロットが時計を指差した。「今も時間はないよ。メアリー・ルース、アリスとラリーの運命はあんたにかかってるんだよ。やってやらなきゃ」

メアリー・ルースはドアの枠をつかんだ。「でも何を着たらいいの?」

ジョイがメアリー・ルースの指を一本ずつ枠から引きはがしながら言った。

「心配ないわよ。ジョナサンのTシャツを一枚借りてあるから。アリスからスウェットパンツも何枚か借りて、まとめてフランシーンの車に載せてあるわ。それに足元はスニーカーだし、問題ないわよ」

メアリー・アリスはまだぐずぐずしていた。ドアから手を離し、フランシーンにすがりついた。

「あたしをひとりにしない?」

フランシーンはメアリー・アリスの腕をぎゅっとにぎった。

「当たり前じゃないの。ずっとそばについてるわ。あんたはただわたしのあとについて、ブレイディの言うとおりに動いて、そのあいだに質問すればいいの。それに今日はたぶんカウンセリングだけよ」

「そうそう」とシャーロットがまた口を挟んだ。「ブレイディはあんたに〝脂肪を燃やせ!〟なんて言わないよ。今日のところはね」

メアリー・ルースはまた戸口の柱にしがみついた。「脂肪を燃やせですって!」

「シャーロット! ちょっと黙ってて!」フランシーンはメアリー・ルースの手を押さえながら言った。「さ、行きましょう」

メアリー・ルースはフランシーンにしがみついた。四人はぎこちないダンスのように、メアリー・ルースを押したり引っぱったりしながら、何とか車まで連れていった。ジョイが窓から手を入れてシートベルトを締めたとき、メアリー・ルースは骨折した馬のような哀れっぽい泣き声をあげた。フランシーンは運転席に乗りこみ、片目で車の時計をチェックし、〈ブラウンズバーグ・フィットネスクラブ〉に向かって車を発進させた。

28

「わかった、あのトレーナーがいい男だっていうのは認めるわ。だけどもしメジャーを持ってやってきたら、悪いけどタマを蹴り上げてやるからね」メアリー・ルースはフランシーンにささやいた。

フランシーンはため息をついた。「サイズは測るわよ、それは間違いない。でも絶対にあんたに不愉快な思いをさせたりしないわ。そんなことをしたらトレーナー失格だもの」

ふたりは二階のウェイトトレーニングのエリアで、ブレイディが若い女性にトレーニングの指導をするのを見ていた。女は傾斜のついた台に横になり、腹筋運動で上半身を伸ばすときに、ブレイディから投げられた小さなメディシンボールを受け止め、起き上がるときに投げ返すという動作を繰り返していた。

「ね、あれサラ・バッゲセンじゃない？」とメアリー・ルースが訊いた。

フランシーンは目を細めて若い女の顔をよく見た。「あんたの言うとおりだと思うわ」

「あの子たしか十六よね？　あれは二十五歳でも通るわよ。あんた十六のときにあんなおっぱいしてた？　ダーラがお金を出してやって豊胸手術でもしたのかしらね？　もちろんダーラの娘なら生まれつきでもおかしくないけど。まあダーラの胸だって生まれつきかどうかわかんないわね」

サラが着ている黒とライムグリーンのタンクトップは、胸の部分がはちきれそうで、二サイズ分は小さすぎるように見えた。だがフランシーンが感嘆したのは、サラの引き締まった腕だった。ブレイディにボールを投げ返すとき、上腕三頭筋が動くのが見えた。

「まだ若くて、二の腕が波打たなかったころを覚えてる？」とフランシーンは訊いた。

「あたしに訊かないでよね。覚えてるもなにも、二の腕が引き締まってたことなんて一度もないんだから」メアリー・ルースは爪先立ってフランシーンの耳元にささやいた。「それにしてもあんなタトゥーをしてたら、あたしなら外を歩けないわね」

「あんな何ですって？」フランシーンはメアリー・ルースの言葉を確かめようと首を伸ばした。

「腕じゃないわよ、くるぶしのすぐ上。どうして気がつかないのよ？」

どれほど目を凝らしても、フランシーンには見つけられなかった。メアリー・ルースはもっとよく見える場所にフランシーンを引きずっていった。

「フランシーン、じろじろ見すぎ！　口が開いてる！」メアリー・ルースが押し殺した声で言った。「もう、写真でも撮っときなさいよ」

フランシーンはそのタトゥーをじっくり観察してみたかった。なんとなく日本の文字のようにも見える。フランシーンはトレーニング用のパンツからスマートフォンを取り出し、カメラのアプリを開いた。親指をボタンに乗せたまま、てのひらで隠す。

「何してんの?」

「しーっ」

サラとブレイディはトレーニングを終えた。サラは出口に向かう途中でふたりに気づき、無表情に頭を下げた。

〝愛想のいいこと〟とフランシーンは思ったが、笑顔を返した。サラが通り過ぎたとき、ふくらはぎを狙ってスマートフォンを向け、数回続けてボタンを押した。うまく撮れていることを祈ったが、確かめている時間はなかった。ブレイディは「じゃあまた」とサラに声をかけ、それからふたりのほうを向いた。

「こんにちは、フランシーン。ご友人を連れてきてくださったんですね」メアリー・ルースに手を差し出して挨拶する。「ブレイディ・プレイザーです」

メアリー・ルースは握手しながらくすくす笑った。

「こんにちは。メアリー・ルース・バロウズです」

「どうぞよろしくお願いします」

フランシーンはスマートフォンをこっそりポケットに戻した。

メアリー・ルースはまたくすくす笑って「こちらこそよろしく」と答えた。

「まず座ってお話ししましょうか」ブレイディはふたりを折りたたみ椅子と大型スクリーンのテレビがあるエリアに連れていき、小さなテーブルを囲んで座った。

ブレイディはテーブルに両腕をついたが、そのがっしりした腕はテーブルの大部分を覆ってしまった。今日は体にぴったりしたダークブルーのポリエステルのTシャツを着ている。メアリー・ルースの呼吸は速くなっていたが、それは不安ではなく、ひょっとしてときめきのせいではないかとフランシーンは怪しんだ。

「では、まずあなたの目標を教えていただけますか？」

「太りすぎてることにほとほとうんざりしてきたの。やせなきゃってわかってるんだけど、ケータリングの仕事をしてると難しくてね。しょっちゅう試食しなくちゃならないもんだから」

ブレイディの目がとつぜん輝いた。「メアリー・ルース・ケータリング！　あなたがあのお店をやってるんですね！」

「あのお店って？」

「あのすばらしい〝小麦粉なしのチョコレートケーキ〟を作ってるのはあなたでしょう？」

メアリー・ルースは真っ赤になった。「ええ、まああれはなかなか評判いいのよね」

「僕がパーソナルトレーナーになったのはすべてあなたの責任ですよ」

「あたしの？」

「母があなたのレシピを手に入れて、しょっちゅう作ってくれたんです。それはもうおいしくて、家族全員太ってしまいました」

メアリー・ルースはがっかりした顔をした。「それはあまりいい話じゃないってことよね？」

「そのことでメアリー・ルースを責めるのは筋違いというものよ」フランシーンはメアリー・ルースをかばった。「それにメアリー・ルースは自分のレシピが流出しないよう、とても注意深く管理してるのよ。あなたのお母様が彼女からレシピを手に入れたはずはないわ」

「いや、僕が太ったことで彼女を責めたりしていませんよ。我々が何を食べ、どう運動するかは、すべて自分の責任です。でももし僕があのケーキのおかげで脂肪を身につけていなかったら、自分の容姿にあんなに悩むことはなかったかもしれません。僕がスポーツに目を向けたのはそのおかげです。僕はそこで自分の天職を見つけたんです」

メアリー・ルースの顔が少し明るくなった。「じゃあ、それは良かったってこと？」

「ええ、いいことです。そう思います」とブレイディは笑った。「では立ってください」

メアリー・ルースがよいしょと立ち上がった。ブレイディがその周りを一周し、顔をしかめた。その様子は食肉工場の検査官のように見えなくもなかった。

「これはかなりの努力が必要になりますね。しかもそのほとんどが、ご本人の努力ということになります」とブレイディは言った。「僕に手伝えるのは、あなた用のプログラムを組んで、それをやり遂げられるよう、この場で助けるところまでです。しかし今回の場合、何より大事なのは食生活の管理ということになってきます。僕が毎日あなたのキッチンに立って、正しい食事をしているかチェックすることはできない。それはあなた自身が管理しなくてはならないことです。確かにケータリング業を営んでおられると、食事管理の面では難しい部分があるかもしれませんね。もしあなたの武器庫にあのチョコレートケーキ並みの武器が他にも備えてあるとしたら、なおさらです」

今度はフランシーンが笑う番だった。「ええ、確かに武器はいろいろ取り揃えてあるわね」

「あのケーキには中毒性がありますよね。秘密の材料は何ですか？　まさかコカインとか？」

メアリー・ルースはぎょっとして後ずさった。「うちは自然素材しか使ってないわ。本当の食べ物だけよ！」

「いや、本気で言ったわけじゃないんです。人の体はそれぞれの食材に違った反応をするものです。あなたのケーキの中には、どうやらうちの家族の遺伝子が引きつけられる何かが入ってるのかもしれませんね」ブレイディはジムの隅に置いてある体重計を指差した。「では体重を測ってみましょうか」

「どうしても測らなきゃだめ？」

「あなたをサポートするためには、出発点を知っておく必要があるんですよ」ブレイディはメアリー・ルースの腕を取って、体重計の前に連れていった。「大丈夫、痛くないですよ」

メアリー・ルースは神経質に笑った。「体重計のほうが痛いかも」

「あなたよりよっぽど重いものを乗せたことだってありますから」

メアリー・ルースは体重計に乗った。ブレイディは目盛を調整し、表情を変えずに数値を書きとめた。

「下りて結構です」ブレイディはポケットからメジャーを取り出した。「では腕を真横に伸ばしてください」

メアリー・ルースはためらった。

「約束します、メジャーも痛くありませんよ」

「あたしの心が痛みそう」

「あなたが我々の考えたプランにちゃんと従って、運動と特に食事の両面に気をつければ、今の数値はすぐにも改善し始めますよ」

メアリー・ルースの計測を進めているブレイディにフランシーンが声をかけた。

「わたしたちの前にいたのはサラ・バッゲセンじゃなかった？」

ブレイディはうなずいた。

「あの子はケーキ中毒みたいなこととは無縁そうね」

「とても熱心に取り組んでいますよ。プランをきっちり守っています」

「そのうち、どれぐらいが母親の意向だと思う？」

「どういう意味ですか？」

メアリー・ルースはフランシーンの考えをくみとった。

「あたしたちみんなダーラをよく知ってんの。子離れできない過保護な〝ヘリコプター・ペアレント〟っていうのは彼女のためにある言葉よ」

「僕の立場では何とも言えませんね」ブレイディはメアリー・ルースの首回りを測りはじめた。首にメジャーを巻かれているあいだ、メアリー・ルースは静かになった。

フランシーンは話を続けた。「サラがレースをやめたいと言っても、ダーラは許さないでしょうね。たとえサラが別の道に進みたいと思ったとしてもね。たとえばモデルとか。あなたはどう思う？」

ブレイディは計測の数値を書きとめながら、あいまいな返事をした。「さあ、そこまで言えるかどうか」彼はまたメジャーを取りあげた。「でもサラをレースドライバーにしたいという熱意は、本人と同じくらい、ひょっとしたら本人より強いんじゃないかとは思います」

「あの子がまだ十六歳だなんて信じられないわ。とても大人っぽく見えるもの」

「すでに仕事をしていますからね」ブレイディは両手の指を組んで、後頭部に当てた。「両手をこんなふうに組んで、頭の後ろに当ててください」メアリー・ルースがその動きを真似ると、ブレイディは上腕二頭筋の周りを測った。

フランシーンはブレイディがその数値を記録するのを見ながら訊いた。

「サラはとてもきれいな子よね？　レースドライバーをやりながらモデルになることだってできそう。ダニカ・パトリックみたいに。そう思わない？」

「おそらく」

メアリー・ルースの両腕が下がり始めた。

「もう少しその姿勢を保っていてください」

「ごめん」

ブレイディはバストのまわりを測りだした。メアリー・ルースの姿勢がこわばった。

「体の力を抜いて」

「言うほうは簡単よね」

「あと二、三カ所で計測は終わりますから」

フランシーンはそれを聞いて焦った。そんなに早く計測が終わるとは。まだジェイク・マーラーの話題にたどりついてすらいない。「あなたはレースドライバーの指導をすることも多いんでしょ?」

「もう腕を下ろしてもいいですよ」ブレイディはかがんで、ふくらはぎを測り始めた。「何人か指導しています」

「そう。たしかジェイク・マーラーも指導していたわよね?」

「ジェイクも大事なクライアントのひとりです」

「このところジェイクの記事をあちこちで目にするのよね。フリードリック・グットマンが亡くなったでしょ。最後のレースのあと、フリードリックとジェイクの関係があまりよくなかったとか何とか」

ブレイディは横目でちらりとフランシーンを見た。

「くだらん記事です。ジェイクは動揺していたんです。それで言うべきじゃないことを言ってしまった。それを延々と垂れ流す記者を殺してやりたいぐらいです」

「あなたの言うとおり、ジェイクは動揺していただけだと思うわ」ブレイディが〝殺す〟という言葉を使ったことに内心どきっとしながら言った。「とは言っても、どうしてジェイクがそんなに過剰反応したのか不思議に思ってる人も多いのよ。どうしてレースを妨害したなんて言ってフリードリックを責めたのか、あなたは何か知ってる?」

ブレイディはいぶかしげにフランシーンに目をやった。

「ただちょっと興味があってね。ほら、あたしたちがあの死体を見つけたでしょ?」メアリー・ルースが言った。

ブレイディは立ち上がった。「あなたがたは何のつもりでここに来てるんですか? ただジェイクとサラについて訊くためですか? それとも本気で体重を減らす気持ちがあるんですか?」

ふたりはびくっとして顔を見合わせた。だがメアリー・ルースがまっすぐブレイディを見て答えた。

「実を言うと両方よ。もしあんたがほんとに手伝ってくれるんなら、あたしはやってみるわ」

「もしあなたがやるなら、体重を減らせるよう全力でお手伝いします。でも質問のほうは悪いけど助けになれません。ジェイクに直接訊いてみたらいい」

「そうは言っても、連絡を取る方法がないもの」とフランシーンが言った。

「あなたがたと話をするよう、僕がジェイクに頼みます」

フランシーンは意外すぎて笑いそうになるのをこらえた。

「そんなに簡単な話なの?」

ブレイディは胸の前で腕を組んだ。「僕はあなたとお友達のシャーロットのことを知っています。母がよくあなたたちのことを話しているから。もしジェイクが質問に答える時間を作れるなら、そのほうがあいつは楽になれる気がするんです」

シャーロットがここにいたら、何か気の利いた返しをしただろう。しかしフランシーンは何も言うことができなかった。

29

神経のすり減るふたつの面談――最初はブレイディ・プレイザーと、次にはジェイク・マーラーと――のあいだに、フランシーンはメアリー・ルースを乗せていったん家に戻った。メアリー・ルースの調理器具と車が置きっぱなしだったからだ。マスコミのトラックがまだ二台残っていた。フランシーンは彼らに手をふりながら車をガレージに入れ、シャッターを下ろした。不意を突かれた彼らが、車を降りてこなかったことにほっとした。家に入ると、中はちりひとつなくきれいになっていた。すべてが元に戻され、メアリー・ルースの荷物もバンに積みこんである。マーシーからメアリー・ルースに宛てたメモが冷蔵庫に貼ってあった。フランシーンはそれを取ってメアリー・ルースに渡した。

読み始めたとたん、メアリー・ルースは叫んだ。「大変！　聞いて聞いて！」

「どうしたの？」

「マーシーがオーディション用のテープを編集してるんだって。でもニュースはそこじゃないの。明日の〈スピードフェスト〉でケータリングの仕事が入ったのよ！　最後の最後ですべりこみよ！　FOXスポーツが明日の中継を決めて、クルーを送りこんでくることになったんだって。きっとフリードリックが殺害されたことと、ジェイクのレース参加が話題になると見込んだのね。で、そのためのケータリングをあたしにもやらせてくれって、マーシーがFOXにねじこんだの。大口注文ってわけじゃないけど、全国放送よ！ ひょっとしたらやっと大ブレイクのチャンスが巡ってきたのかも。マーシーは願いを叶えてくれる魔法使いみたいだわ」

グループのなかでそう思っていないのは、自分だけなのだろうか？ いや、アリスもそうかもしれない。でもメアリー・ルースが喜んでいるのは嬉しかった。「マーシーはFOXにコネでもあるのかしら？」

「そうかもしれないし、〝ノーは聞かない〟ってゴリ押ししたのかも」

「間違いなく後者ね」

メアリー・ルースはメモを下まで読んでいった。「へえ、明日はジョイもFOXのスタッフに加わって働くんだって。FOXがオーディション代わりにジョイにいくつかインタビューを任せるらしいわよ！」

「ジョイはABCでもオーディションを受けてたんじゃない？ CBSだったかしら？ まったくどうなっちゃってるのかしらね」

フランシーンは首を振った。無名の素人をテレビに出す権利をめぐって、テレビ局同士が張り合っている。その事態がフランシーンには異常に思えた。しかしこれがインターネットの力なのだ――ユーチューブはまるでウィルスみたいにあっという間に広がって、一夜で即席のスターを作り上げる。だがフランシーンはそんなものになるのはまっぴらだったし、友人たちがそのために傷つけられないか心配だった。フランシーンは改めて、フリードリックの死の謎を解き明かさなければと決意を固めた——シャーロットを中心にして進めるのだ。いつもどおりの生活を取り戻すために。

「こうしちゃいられない！」とメアリー・ルースが言った。「すぐに帰らなくちゃ。食材をチェックして、足りない分を今日中に届けてもらえるか業者に訊いてみないと。たぶん〈ゴードン・フードサービス〉にひとっ走り行ってこなきゃだめね」

フランシーンはリポーターたちに芝生に入らないよう注意しながら、バンまでメアリー・ルースを送っていった。リポーターたちは芝生からは出たが、フランシーンがメアリー・ルースに別れを告げるまでカメラを回しつづけていた。フランシーンは小さな声でまったくもうとぶつぶつ文句を言った。

メアリー・ルースは笑って言った。「みんなあんたのせいだからね。あたしをだましてジムに送りこんだりしてなきゃ、あたしは今ごろ家で明日の準備をしてたし、あんたは窓にシェードを下ろして家にこもっていられたんだから」

「ブレイディのこと、怒ってないわよね？　不意打ちだったのは悪かったけど、前もって話してたら行ってくれなかったでしょ？　もしあんたが行ってくれなかったら、ジェイク・マーラーと話す約束は取り付けられなかったわよ」

「まあ、うまく運んでよかったってことね」

ジェイク・マーラーが五時からのトレーニングに入る前に、話を聞く時間を取ってくれたと告げると、シャーロットは相当びっくりしていた。フランシーンの運転で、ふたりは時間よりかなり早く、〈ブラウンズバーグ・フィットネスクラブ〉に到着した。かつての教会のエントランスホールで、今は受付になっているエリアで、ふたりはジェイクを待つことにした。受付にはやせたブロンドの受付嬢以外は誰もいなかった。シャーロットはプラスチックの型抜きの椅子に腰かけて、杖に寄りかかっていた。フランシーンはうろうろと落ち着きなく歩き回り、ときどき立ち止まっては、アーチ形の扉についたガラス窓から外をのぞいた。

「やめておくれよ、フランシーン。あたしまで緊張してくるじゃないか」

「やめるって何を？」フランシーンは言われるまで、自分が何をしているか気づいていなかった。シャーロットの隣の椅子に腰を下ろして、謝った。「ごめんね」

二分後にジェイクが扉を開けて入ってきた。引き締まった体にぴったり張り付く白いタンクトップを着ている。彼は自分の魅力を最大限に活用している、とフランシーンは思った。ダニカ・パトリックにも負けていない。フランシーンは急いで立ち上がり、自己紹介した。ジェイクが到着した時点から、ふたりに許された時間は最長でも十分間しかなかった。

「俺、あんたを知ってるよ」とジェイクは言った。「ここで昨日カーディオトレーニングをやったとき、ジムのテレビ全部に、あんたとブリッジクラブのメンバーが映ってたから。それに外にリポーターがいるよ」

フランシーンは外に目をやった。見逃していたのだろうか、それとも記者が到着したばかりなのか？　どちらにしても地方紙の女性記者がひとり、カメラを構えて建物の正面を撮っていた。

「わたしたち、もうああいうのにうんざりしてるの」とフランシーンは言った。

シャーロットが椅子から立ち上がった。「あたしはそうでもないよ」と言って、ジェイクの手を握って自己紹介した。

「さっさと済ませよう」とジェイクが言った。「そもそもあんたたちと話す意味がわからないよ。ブレイディに頼まれたから来ただけなんだ」

「お時間を取ってくださってありがとう」とフランシーンが言った。「ここに来たのは、フリードリックの死体を発見したのがわたしたちだからよ。これが一体どういうことなのか、はっきりさせたいと思ってるの」

「警察がはっきりさせられないのに、あんたたちにできるのか？」

「まず座らない？」フランシーンとシャーロットはさっきと同じ椅子に座り、ジェイクは別のプラスチックの椅子を引き寄せて、ふたりに向かい合うように置いた。

ジェイクは座って足を伸ばした。わざと関心のない振りをしているみたい、とフランシーンは思った。「訊きたいことがあるなら訊けば？」

シャーロットは、来る途中で質問を書きとめておいたノートを見ながら訊いた。

「あんた今はＮＡＳＣＡＲ（ナスカー）のドライバーだよね。なんでまたこういうミジェットカーのレースに出ようとしてるんだい？」

「おいおい、あんただって新聞を読んでるだろ。俺がＮＡＳＣＡＲのシリーズで勝ててないってことは知ってるんじゃないのか？」

「そのせいでスポンサーを失いかけてる？」

ジェイクは首を振った。「スポンサーは多くないけど、辛抱強く支えてくれてるよ」

「本当かい？　あんたが資金不足に陥ってるって聞いたけど」

ジェイクはどう答えるか決めかねているように、しばらく黙っていた。

「俺が失ったのはパトロンだ。スポンサーじゃない。そいつの我慢が尽きたのか金が尽きたのか、俺にはわからない。わかってるのは、そのために必要な練習時間が取れなくなってるってことだ」

「どうしてそのパトロンは、あんたを応援するのをやめたんだい？」

「わからない。名前も知らないんだ」

フランシーンは驚いて口を挟んだ。「その人はずっとあなたに資金を提供してきたのに、会ったこともないの？　それは妙な話ね。理由はわかる？」

「いいや。その人はこれまでに二回、俺に会おうと連絡してきた。でも気が変わったに違いないんだ。どっちのときも、俺が待ち合わせ場所に行ったら誰も来なかった。二回目はフリードリックが死んだ夜だよ」

シャーロットの目がきらりと光った。「だからあんたにあの晩のアリバイがないんだね。あんたはひとりで行って、相手が現れなかった」

ジェイクはかすかに首を振った。フランシーンはそれを〝アリバイがない理由はそれじゃない〟という意味に解釈した。しかしジェイクはそのことについてはそれ以上話そうとしなかった。「そのパトロンが消えて、俺にはふたつのものが必要になった。ひとつは資金のある別のスポンサーだ」

「そしてもうひとつは勝利ってことだね？」とシャーロットがたたみかけた。「NASCARで勝てないから、ミジェットに戻ってきたのかい？」

「俺に腹の中をぶちまけてほしいのか？」ジェイクはシャーロットをにらみつけた。「いいさ、俺はフリードリックと組んでもう一度勝つためにここに戻ってきた。消えちまった力をもう一度この手に取り戻すためだ。どうだ、これで満足か？」

フランシーンはあいだに入ったほうがいいと判断した。「話を戻して、あなたとフリードリックの関係について聞かせてもらえるかしら？　フリードリックはあなたにとって父親のような人だったの？」

「そうだったし、それ以上だった。お袋とばあちゃんが死んだあと、あの人は俺にとってたったひとりの家族だった。俺にレースを教えてくれただけじゃない、人生についても教えてくれたんだ」ジェイクは強くつばを飲みこんだ。

フランシーンはできれば次の質問をしたくなかった。だがどうしても訊かなければならないことだった。

「フリードリックはいつもあなたに誠実だったのね。でも彼がレースを妨害したと責めたでしょ？　何か証拠があったの？」

ジェイクは足を投げ出すのをやめ、まっすぐに座りなおした。

「ひとつはっきりさせておきたいんだ。俺の言ったことはただのはずみで、本心じゃない。ついかっとしちまったんだ。フリードリックとは、何日かあとにまたいっしょにやり始めたよ。それが証明になるだろ？　フリードリックはわかってくれた。他のやつらにもわかってもらいたい」

「フリードリックにはほかに近い関係の人はいなかったのかい？」とシャーロットが訊いた。

「誰かほかの弟子を引き受ける準備をしてたんじゃないの？　それをあんたが戻ってきて追い出したとか？」

「あんた心当たりがあるみたいな言い方だな」

シャーロットは助けを求めてフランシーンのほうを見た。

「わたしたち、フリードリックがサラ・バッゲセンに興味を持ってたんじゃないかと思ってるの」とフランシーンが言った。

ジェイクは一瞬呆然としたように見えた。「なんでそんなふうに思うんだ？」

「フリードリックは誰かを追いかけてるみたいに、レース雑誌のページにしるしをつけてたの。サラもそのひとりよ」

ジェイクは椅子にもたれかかって天を仰いだ。「知ってたんだ」

「知ってたって何を?」

「何でもない」

「そう突っぱねるもんじゃないよ」とシャーロットが言った。「あんたに秘密があることはわかってる。それが何かわかるまで、あたしらはしつこく追っかけるよ。ブレイディが言ったとおりさ——あたしらに協力したほうが楽になるってね」

ジェイクは少しのあいだ考えていた。「俺はあんたたちにも警察にも、自分のことを説明する気はない。これはフリードリックが殺されたこととはまったく関係ない話だからだ」

「なんでわかるのさ?」

ジェイクはかたくなな態度で言った。「次の質問は?」

フランシーンはあといくつ質問ができるだろうと考え、別の方面から攻めてみることにした。「フリードリックについてもう少し聞かせてちょうだい。腕のいいメカニックだったんでしょ? それなのに、どうしてNASCARに進出したとき彼から離れたの?」

「理由はふたつある。ひとつは、俺を雇ったオーナーが専属のメカニックを持ってたからだ。ふたつめは、フリードリックの専門がミジェットカーだったことだよ。あの人はそれにかけては本当にピカ一だったんだ」

「どんなふうに? 新しい技術を開発するのが得意だったの?」

「開発じゃない」ジェイクは椅子の上で落ち着きなく体をひねった。「改造するのが得意だったんだ。規則の網の目をすり抜けるやり方を心得てたんだよ」彼は言葉を切った。「あのな、俺の言ってることは秘密でも何でもない。ここがミジェットカーの面白いとこだ。そして正直言って、俺が未練のあるとこでもある。あんな面白さは他にないんだよ。車の組み立て方については、協会がかなり厳しい規則を課してる。だからミジェットを走らす段階になると、ドライバーの腕でしか差がつかないことが多いんだ」

「多い？」とフランシーンが言った。「つまり、いつもではないってこと？」

「そのとおり。規則をうまくすり抜ける方法はある。一番うまい方法は、完璧に違反なしでやることだ。そのうち協会が気づいて規則を書き換えるまではな。フリードリックはそれにかけては達人だった。あんたたち、ほんとにこういうことを知らなかったのか？」

ふたりとも首を振った。「具体的にどういうことか教えてくれないかしら？」とフランシーンが訊いた。

「いいよ。たとえばショック・アブソーバーだ。ショック・アブソーバーが何かは知ってるよな？」

フランシーンは「ええ」と言い、シャーロットは「いいや」と言った。ジェイクはため息をつき、受付から紙とペンを借りてきた。ミジェットカーの前部の図を描き、ふたりが見られる向きに置いた。

「協会は決まったショック・アブソーバーを使うように言ってる。まあ悪くないレベルだが、すばらしいってほどじゃない。だがもし衝撃を吸収するロッドを取りはずして、もっとレベルの高いショック・アブソーバーのロッドと付け替えたらどうなる?」ショック・アブソーバーのなかでロッドが置かれている場所を丸で囲う。「ある意味、より良い技術を借りてくるんだよ。これが違反かと言ったら、まあグレーゾーンだろ? 協会の決めたショック・アブソーバーを使ってはいるが、部分的に修正してるだけだ。内部の部品だから誰にも見えない」

「それでも違反じゃないとは言えない気がするんだけど」

「イエスでもありノーでもある」とジェイクは片手をひらひらと左右に回転させた。「見つかるまでは違反じゃない」

「それぐらいのことで大きな差が出るものなのかしら?」

「ショック・アブソーバーに限って言えば、出るね。これを例に挙げたのは、数年前に見つかって、その結果、新しい規則ができたからだ」

「そんなケースはよくあるの?」

「ああ、いろいろあるよ。たとえば、エンジンに標準より大型の燃料噴射装置を取り付ける方法を考え出したやつもいる。あれは賢かったよ。燃料ポンプを燃料タンクの中に入れこんで、効率的に冷却するって手を使ったのもいた」ジェイクは肩をすくめた。「規制の網の目をくぐる方法はいくらだってあるんだよ。必要なのは独創的な発想だ。フリードリックにはそれがあった。もちろん金も必要だけど」

「お金の話に戻ろうか」とシャーロットが言った。「あんたはすごく男前だよね……シャツレースを走れてモデル並みに男前なんだから、金には不自由しないんじゃないの？」

ジェイクは少し肩の力を抜いて、笑った。「お褒めに預かってどうも。だけど顔も体も、ARのドライバーに踏みとどまりたい気持ちもある。それでもこの先一生、貧乏なままでいるのはまっぴらなんだ」ジェイクはあごを上げてきっぱりと言った。「幸い業界にはいくらでもコネがある。どこの会社でも営業担当として雇ってもらえるだろう」

意外な言葉だったが、たしかにジェイクには営業の素質がありそうだった。

「勝つことだけが全てではないと言うのね？　だけど〈インディ500〉前夜祭のレースで負けたときには、そうは見えなかったわよ」

「あれはあまりにも惜しかったからだ。車の問題がなければ勝てたレースだったんだ」

シャーロットが言った。「それでまたお金の話なんだけど、なんでフリードリックは破産したんだい？」

ジェイクは驚いた顔をした。「フリードリックが破産？　誰がそんなこと言ったんだ？」

「聞いたわけじゃないけど、そうに違いないよ。あたしらの友達のラリーって男が、フリードリックに貸しがあったんだ。作業場の家賃を長いこと払ってもらってなかったんだって」

「それは金の問題じゃなかったのかもしれない」

その言葉にふたりは驚いた。「それじゃあ、何の問題だというの？」とフランシーンが訊いた。

「さっきフリードリックには他に近い関係の人がいるかって訊いてたよな。ひとりいる」

「それは誰？」

「俺は知らないんだ」

シャーロットは顔をしかめた。「意味がわからないよ」

「複雑な関係みたいだった。フリードリックはその女を愛してたけど、女も愛してくれてるか、自信がなかったんだと思う。フリードリックは俺にははっきり言わないで、いつもちょっとほのめかすぐらいだったから、相手が誰だか本当に知らないんだよ。ただフリードリックは、その女に簡単に捨てられないための保険として、隠しカメラを使ってるって言ってた」

フィットネスクラブの扉が開いて、女性記者が入ってきた。フランシーンはジェイクを手招きし、声をひそめて訊いた。「そのことは警察に話した？」

ジェイクはフランシーンの耳元でささやき返した。「警察は知ってる。いまそのビデオを探してるところだ。俺はすぐ正直に言うべきだった。だけど第一容疑者にされそうになってからやっと話したんだ。警察の目をほかに向けさせたくて」

「あなたにはアリバイがないから？」

ジェイクは首を振った。「違う。アリバイがあることを言えないからだ」

30

ジェイクはそこで話を切り上げた。

「しゃべりすぎたみたいだ。もうトレーニングに行かなきゃ」

「忙しいのに、時間をとってくれてありがとう」フランシーンがいっしょに立ち上がりながら言った。

「明日のレースは勝ちに行かなきゃならないからな」ジェイクは大きく歯を見せて笑った。

記者が写真を撮った。

「インタビューはなしだ」とジェイクは言った。メンバーのバッジをさっと見せて受付を通り、ジムエリアに入っていった。

記者はフランシーンにカメラを向けた。フランシーンは顔の前に手をかざし、シャーロットの腕を取って足早に記者の前を通り過ぎた。

シャーロットはしっかりとカメラに笑顔を向けた。「ジェイクの言ってたこと、どう思う?」車に乗りこんだあとでシャーロットが訊いた。

「まだわからないわ。よく考えてみないと」

「あんたらふたり、最後に何をひそひそ話してたのさ？」

「家についてから話すわ。今は後ろにリポーターがいるから、目を離したくないの」マスコミの車が二台、家までずっとついてきて、家の前に駐車した。

無事に家の中にはいると、フランシーンは夕食を食べていくようシャーロットを誘った。ジョナサンに頼んで外のグリルを温めてもらうあいだに、ハンバーガーのたねを丸めた。

「ジェイクはふたつのことを言ってたの」とフランシーンは言った。シャーロットは聞きながら冷蔵庫を開け、昼食会の残りのブラウニーを引っぱり出した。「ひとつは、フリードリックの秘密のビデオについて、警察に話したということ。もうひとつは、フリードリックが死んだ夜のアリバイがあるのに、それを明らかにできないということよ」

「その秘密のビデオとやらに何が映ってるか知りたいね」

「警察も同じよ。いま探してるところだってジェイクが言ってたわ」

シャーロットはアイランド型の調理台の前に座り、ブラウニーに向かってフォークを構えた。「それにしても、なんでジェイクはアリバイを明かせないのかね？」

「何にしても、きっと深刻な理由があるんでしょうね」

「あんたならよく知ってるだろうけど、あたしは全然思いやりのあるタイプじゃないだろ？でもね、ジェイクと話してて思ったよ。あの子はこれまで相当きつい人生を送ってきたんだ。父親なしで育って、十代で母親もおばあさんも亡くした。フリードリックに出会ったときは、父親と指導者を同時に見つけたと思ったことだろうね。フリードリックのおかげで才能を花開かせて、ついにはNASCAR(ナスカー)にまで進出した。でも結果はついてこなかった。夢破れて故郷に戻ってきたら、なんと敬愛する父親兼指導者までが自分を見捨てたと思いこんだ」

フランシーンは四枚目のハンバーガーのパテをお皿に打ちつけて空気を抜くと、流しに行って手を洗いながら言った。

「何だか安手のミステリ小説のプロットみたいね」

「安手のミステリ小説なら、ジェイクはぶちっと切れてフリードリックを殺し、話を聞こうとしつこく追いかけてくるクレイマーを殺すって展開だよ。でも実際はもっと複雑だって気がするんだよね。ジェイクがあの夜のしっかりしたアリバイを持ってるって話、あんたは信じる？」

フランシーンはキッチンタオルで手を拭くと、元通りハンガーにかけた。

「ジェイクはあの晩、何をしてたか教えてくれなかったけれど、どうしてわたしたちにほんとはアリバイがあるなんて嘘をつく必要がある？　わたしたちにはなんの力もないじゃない？」

「ジェイクにアリバイがあるって仮定してみよう。そしたらあの子は容疑者リストから消える。先にラリーの名前も消してる。そうなると、あたしらの容疑者リストは白紙になっちまう」

フランシーンはブロッコリー・コールスローミックスの袋を冷蔵庫から取り出した。シャーロットは感心しない様子でそれを眺めた。野菜が大嫌いなのだ。

「大丈夫、コールスローにしたらおいしいわよ。容疑者Xの話に戻りましょう」

「いいね、その呼び方。容疑者Xか」

「わたしたちが彼について知っていることは？」

「土曜の夜遅くにフリードリックを殺して、死体をアリスとラリーの家のプール小屋に捨てたこと」とシャーロットが言った。食べかけのブラウニーを飲みこむためにちょっと間があいた。「ラリーにその晩のアリバイがないことを、容疑者Xは知っていた。それでラリーに疑いの目が向けられるように工作したんだ。たぶん同じ夜にジェフ・クレイマーも殺してる。クレイマーはラリーを追っていたと考えられてる人物だ」

「じゃあ、クレイマーは容疑者Xがフリードリックを殺したことを知って、口封じのために殺されたのかしら？」

ジョナサンがパティオから戻ってきた。「容疑者Xだって？」

「これは探偵活動なの」とシャーロットが言った。「あんたに理解してもらおうとは思ってないよ」

ジョナサンは目玉をぐるりと回して見せた。シャーロットの前からブラウニーの皿をさっと取り上げ、冷蔵庫に戻した。「夕食が入らなくなるよ、シャーロット」

「ふんだ」

「外は気持ちがいいよ」とジョナサンは続けた。「パティオで食べよう。わたしがテーブルを片づけるよ」返事を待たず、シンク下の戸棚からスプレー式のクリーナーを取り出し、ペーパータオルを一巻き分取って外に出ていった。

フランシーンはオイルと砂糖とビネガーを量ってボウルに入れ、かき混ぜ始めた。

「クレイマーはフリードリックを殺した犯人を知っていて、そのために殺されたという線はいいと思うわ。でもクレイマーが殺人を目撃したのは、ラリーを追っている最中だったと仮定してみましょうよ。そうすると、ラリーも誰がフリードリックを殺したのか知ってるってことにならない？」

「もし知ってたら、ラリーは間違いなく警察に話してるよ。だけどその前に、もうひとつ疑問がある。ラリーはどこで誰と会おうとしていたのかってことだ。その相手を容疑者Yと呼ぼう。まだ誰だかわからないからね」

フランシーンは御影石のカウンターに泡立て器を置いた。ラリーがその相手とフリードリックの作業場の駐車場で会う予定になっていたことを、フランシーンは知っていた。だがシャーロットには言えなかった。言えば、自分とジョナサンがひそかにアリスとラリーに会っていた話をしなくてはならなくなる。フランシーンは別の質問をすることにした。

「容疑者Xと容疑者Yが同じ人物ってことはあると思う？」

「それだと、ラリーが人目を忍んでこっそり会おうとしてたのは、フリードリックを殺したうえに、口封じにクレイマーを殺した人物ってことになるよ。そいつはあんまり外聞が悪いじゃないか」

フランシーンはドレッシングのボウルを冷蔵庫に入れると、別のボウルを出してサラダの材料をまぜ始めた。「ラリーがそんな人たちと付き合うなんてことがあるかしら？」

「もしラリーが秘密の海外口座を持ってて、アリスにも金の使い途を言わないなら、ギャングとつながりがあってもおかしくないかもね」

「何だかわたしたちの知ってるラリーの話じゃないみたいだわ」

「あたしらの知ってるラリーが存在するのか、もうわからなくなってきたよ」

ジョナサンが入ってきて、パティオのテーブルを拭いたペーパータオルをゴミ箱に捨てた。

フランシーンはバーガーの載ったお皿を手渡して言った。

「これを焼き始めててくれる？　もうすぐ準備ができるわ」ジョナサンは手を洗い、お皿を受け取って外に出ていった。

フランシーンはサラダのボウルにひまわりの種と砕いたヌードルを入れた。

「フリードリックには愛人がいるけど、彼女のほうは彼を愛してないっていうジェイクの話、あれはどう思った？」

「それについては何とも言えないよ。フリードリックのことをそんなによく知ってるわけじゃないもん」

「フリードリックが保険のつもりで隠し撮りしていたっていうビデオがあるのよね？　それについてジャドに訊いてみましょうか」

シャーロットは鼻を鳴らした。「あの男がほいほいしゃべるとでも思ってんの？」

「訊いてみなくちゃわからないでしょ」

「まあ確かに。夕食のあとで電話してみるよ」

フランシーンはカシューナッツを砕いてひまわりの種の上に散らした。

「じゃあ、その謎の愛人というのが容疑者Xで、秘密のビデオを手に入れるために彼を殺したという可能性はある?」

「その愛人がまさかサラ・バッゲセンのわけないよね? それはちょっと不気味すぎる。あの子はまだ十六だし、フリードリックは五十五なんだよ」シャーロットはまずい食べ物を口にしたような顔で言った。

「まさか」とフランシーンは答え、それから深く考えずに付け加えた。「ダーラに殺されるわよ」

ふたりは思わず顔を見合わせた。それから同時に首を振った。

「ありえないさ」とシャーロットは言った。「ダーラはいつだって抜かりなく娘を監視してる」

「そうよね。不気味かどうかは別として、サラがフリードリックと長い時間いっしょにいられるわけがないわ」

「だけどフリードリックがサラを追いかけてたことは確かだよ。サラとジェイクのふたりだけど。もしふたりが関係を持って、フリードリックがそれを知って、許さなかったとしたら?」

「同じことよ。本当に付き合っていたなら、ダーラの目を逃れるわけがないし、とっくにジェイクは殺されてるわ」

ジョナサンがパティオからガラス戸を開けて呼んだ。「あと五分だよ」

フランシーンはチーズの薄切りのパックを手渡した。

「わたしはチーズは載せないけど、あなたは載せたいでしょ」

「あたしもチーズ大好きだよ」とシャーロットが言った。「二切れ頼むよ、ハンバーガーの上と下に」

「そんなふうには焼けないよ。でもパンに一枚はさんであげよう」とジョナサンは言って、チーズを持ってパティオに戻った。

「サラといえばね、あの子、足首に変わったタトゥーを入れてるのよ」フランシーンは果物の入ったボウルを冷蔵庫から出して、テーブルに運んだ。「今日あの子がトレーニングしていたときに、メアリー・ルースが見つけたの。中国か日本の文字みたい。スマートフォンで写真を撮ったわ」

「見てもいい？」

「もちろん」フランシーンはスマートフォンの写真を開き、シャーロットに手渡した。「こんな感じなの」

「こういうの前に見たことがある気がする。あたしにもコピーをくれない？」

フランシーンはスマートフォンを操作した。「はい。今メールで送ったわ」

「つまり、こういうことだよね」とシャーロットが言った。「ラリーとジェイクを勘定に入れないなら、容疑者はふたりだよ。容疑者X、すなわち謎の愛人、容疑者Y、すなわちラリーが会おうとしていた人物だ」

「あんたが読んでる小説では、こんな場合に探偵はどうするの？」

「コージーミステリだったら、探偵は噂を流すね」

「どんな噂？」

「こんな感じだよ。フリードリックの愛人が映った秘密のビデオを、ジェイクが発見した。おそらくその女がフリードリック殺しの犯人だ。ジェイクは明日のレースで勝利を収めたあとで、警察にビデオを渡すらしい。レースの前には渡さない。なぜなら勝利のニュースがかすんでしまうかもしれないし、警察に時間を取られてレースに出場できなくなるかもしれないからだ」

「その噂を流して謎の愛人をおびきよせ、ビデオ探しをさせるつもりなのね。でも容疑者Yのほうはどうするの？」

「二番目の噂を流す」シャーロットは空中の一点を見据えたが、その目には何も映っていなかった。頭の中のシナリオをたどるために、完璧に集中しているのだ。「ラリーにはアリバイがあることがわかったと言う。どんなアリバイかは具体的に言わなくてもいい。ただこう付け加える。警察はラリーの会おうとしていた相手、つまり容疑者Yについての手がかりをつかんで、全力で追っているところだってね。ラリーが容疑者リストから外れれば、容疑者Yは有力な候補として浮かび上がってくることになるよ」

「容疑者Yは噂を聞いてどう反応するかしら？」

「普通に考えれば、警察に見つかる前にここを離れようとするだろうね。あたしらはずっと、フリードリックを殺した犯人はこの界隈の住民だって考えてた。だから噂を流したあとは、この界隈で誰が姿を消すのか、しっかり見張らなきゃならないよ」

フランシーンは顔をしかめた。「今話したようなことを、どうやって実行するつもりなの？」

「もちろんあたしらで力を合わせてやるのさ。あたしは秘密のビデオの噂を広める。あんたは容疑者Yの噂を広めてよ」

「広めるって、誰にどうやって？」

「あんたは機転が利くじゃないか、フランシーン。考えるんだよ。そしたら答えが降りてくる」

フランシーンは腕を組んだ。「あんたはどうやって広めるつもり？　それにそんな噂を流して、ジェイクの身を危険にさらすことになったらどうするのよ？」

「心配しすぎだよ。謎の愛人がフリードリックを殺したかもっていうのは、ただの仮説だよ。たとえそんな女がいるとしたって、あんただってシャツを脱いだジェイクを見てるだろ？　それにジェイクはレスリングをやってたって言ってたじゃないか。たとえスリーパー・ホールドをかけられたって、ジェイクなら自分の身を守れるよ」

「でも犯人が違う方法を使うかもしれないでしょ。その計画は、ちょっと無謀すぎやしないかしら？」

「いいかい、ジェイクは明日一日中レース会場にいるんだよ。ひとりきりになる時間なんてひと時もないよ。それに会場にはいっぱい警備員がいるはずだ。そうだ、あたしらもレースに行こうよ。あたしらは噂の真相を知ってるわけだし、ジェイクに危険が迫らないか見張ってればいい」

フランシーンはキッチンに置いてあるボーズのスピーカーにｉＰｏｄをセットして、フランク・シナトラをかけ始めた。

シャーロットがｉＰｏｄに気づいて言った。「そうだ、あたしの新しいｉＰｏｄに燃料補給しなくちゃ。充電器を貸してくれるって言ってたよね？」

「あんたの新しいｉＰｏｄ？」

「ずっと言ってるだろ、フランシーン。フリードリックは探したりしないよ」

フランシーンはため息をついた。「はい、これ充電器。こっちの端をｉＰｏｄに差しこんで、こっちの端は壁のソケットに差して。それで充電されるから」

「ありがと。今度返すよ」

「ｉＰｏｄを警察に返してくれたほうがいいんだけど。それか少なくともフリードリックの家に」

「あたしがまたフリードリックの家に入りこんだら、ジャドが心臓発作を起こすよ」

電話が鳴り、フランシーンが取った。

「いい知らせよ！」ジョイが電話口で叫んだ。「マーシーがあんたたち全員に明日のレースの無料チケットを取ってくれたわよ」

「ほんとに？　すごいわ！」フランシーンはそのメッセージをシャーロットに伝え、シャーロットは歓声を上げた。「ちょっと待って、嫌な予感がする。わたしたち何かのインタビューを受けるって話になってるんじゃないの？」

ジョイはチッチッと舌を鳴らした。「どうしてあんたはいつもそうネガティブなほうに考えるのよ？」それから一呼吸おいて続けた。「だけどまあ、結論から言うと、あんたの言うとおりよ。あんたとシャーロットとわたしで、ローカルテレビ局からインタビューを受ける予定なの。メアリー・ルースはケータリングで忙しいだろうから、今回は抜きよ。でもわたしがFOXスポーツでリポートをやるときに、メアリー・ルースをインタビューするかもしれない。あんたたちにもインタビューすることになってるのよ。でも今回のは難しいことはないの、ただセレブっぽく華やかにしててくれればいいだけ」

「わたしはセレブでも何でもないし、華やかになんてなれないわ」

「何言ってるの、その逆よ。最近ツイッターを見てないの？　あんたは今話題の人なのよ。さっきチェックしたらランキングの三位だったわ。ハッシュタグは〝#濡れたサンドレス〟よ。昨日の朝の番組であんたがメアリー・ルースを助けたあと、ABCが広めたの」

フランシーンは恐れをなして言った。「悪いけど、わたしは行くのをやめるわ」

「待った待った待った」と横で聞いていたシャーロットが声を上げた。「だめだよ、行かなきゃ。さっき決めたばかりじゃないか、噂の効果を確かめるためにジェイクを見張るんだろ」

「シャーロットは何を言ってるの？　噂って？」

「明日話すわ。何時ごろ着くようにすればいいの？」

「わたしは一時には着いてなくちゃいけないんだけど、よかったらあんたとシャーロットとわたしで、〈ボブ・エヴァンズ〉で早めのランチを食べない？　十一時ぐらいでどう？」

シャーロットが隣で熱烈に賛成を訴えていた。

「行けると思うわ」とフランシーンが言った。

「よかった！　じゃあ明日ね」

フランシーンは電話を切った。「ジョイはどうしてわたしたちをランチに誘ったのかしら？」

「マーシーもいっしょに来るのか、あんた確認しなかったね？」

フランシーンは青くなった。「そうね、訊いておくべきだった」

「絶対来るとは限らないけど、最近どこにでも出没してるからね。次はあたしらを『ジェリー・スプリンガー・ショー』に出そうとしてるのかもよ」

「あの番組だけは死んでも出たくないわ」

「あたしもだね。だけど観客席に座るのは面白そうだよ」シャーロットは観客の掛け声をまねし始めた。「ジェー・リー！　ジェー・リー！　ジェー・リー！」

ジョナサンがハンバーガーの皿とグリルのトングを手にしながらドアを開けようと苦戦していたが、歌っているシャーロットと目が合った。シャーロットは静かになり、ジョナサンは皿をテーブルに置いた。「何の話をしてたのかは訊かないでおくよ」

フランシーンはジョナサンの手からトングを受け取って、流しに置いた。

「訊かないほうがいいわ、ほんとよ」

31

　夕食のあと、フランシーンはシャーロットを家に送っていった。入り口の前で降ろして、ブランデーを飲もうという誘いがあっても避けるつもりだった。だが見慣れない黒のセダンが隣の家の前に停まっているのを見て、いっしょに中まで入ることにした。帰るにしても、友人の安全を見届けてからにしたいと思ったのだ。

「ナイトキャップはどう？」シャーロットは足を引きずりながらホールを抜けて図書室のほうに歩いていった。

「いいえ、結構よ。まだ七時半だもの、ナイトキャップにはちょっと早いわ」フランシーンは居間、台所、寝室と順に視線を送りながら通り過ぎた。

「何か探してるの？」

「何も。ただ誰もいないか確認してるだけよ」

「家の中でそんな心配しなくちゃならないとはね。考えるだけで薄気味悪いよ」

「そうね。でも現実問題として、用心するに越したことはないわ」

　シャーロットは自分の杖をもてあそびながら言った。「秘密のビデオと謎の容疑者Yについて、早く噂を広めないとね」

「言っておくけど、噂を広める件については、一度もやると言った覚えはないわよ」

「全部あたしに任せるつもりかい？」

「そこはお願いするわ。でもどうやって広めるつもりかは言わなくていいから」フランシーンは明日迎えに来る時間を確認し、シャーロットの家を出た。

フランシーンがまだプリウスのシートベルトも締めないうちに、電話が鳴った。

「もしもし？」

「しーっ！　メアリー・ルースだけど」

「どうして声をひそめてるの？」フランシーンも小さな声で訊いた。

「アリスに聞かれたくないの。ねえ、あんた今から来られない？」

「どうして？　アリスがあんたの家で何してるの？」

「ラリーが出ていったんだって。アリスが最後通牒をつきつけたら、ほんとに出ていっちゃったらしいのよ。彼女ひどく取り乱してて、手に負えないの。あたしは明日の準備でてんやわんやなのに！」

「わかった、すぐに行くわ」

フランシーンはジョナサンに電話して、帰りが遅くなるわけを説明した。それから急いでメアリー・ルースの家に向かった。ドアベルを鳴らすと、アリスがドアを開けた。フランシーンが見たことのない、そして今後もぜひはいてほしくない花柄のパンツをはいている。ピンク色の〈メアリー・ルース・ケータリング〉のエプロンをかけているが、その下の黒いポロシャツの襟にはチョコチップクッキーのたねがこびりついている。そして驚いたことに、いつも必ずつけている十字架のペンダントがなかった。

「わたしね、メアリー・ルースのビジネスに投資することに決めたの」アリスは少し呂律の回らない口調で宣言した。

「そうなの？　どうして？」フランシーンは慎重に言葉を選びながら、家に足を踏み入れた。

「いいでしょ？　ラリーは自分の信託資金を、どこかのいかがわしい海外口座に隠してたんだもの。だからせめてわたしたちのお金は、ここアメリカで、友達のビジネスのために使いたいのよ」

　メアリー・ルースの家はコロニアル様式の二階建てだったが、全体的にこぢんまりとしていた。家の中はいっそう手狭に感じられた。というのも、あとから増設した商業用の大型キッチンが、かつて食堂だった場所の大部分を占めているからだ。だがメアリー・ルースの家には、いつもおいしそうなにおいが満ちていた。今もオーブンの中でケーキが焼けるにおいがただよっている。けれどアリスはアルコールのにおいをぷんぷんただよわせていた。片手にマンハッタンのグラスを持っているが、それが今夜の一杯目でないことは明らかだった。

「メアリー・ルースのビジネスに投資するのは、悪い考えじゃないと思うわよ」とフランシーンは言った。「だけどどうかしら、投資についてはまずラリーとよく相談してからにするべきなんじゃない？」

「相談なんて必要ない。わたしは怒ってるの。もうかんかんなの。祖父母から相続した信託資金を何に使ったのか、ラリーはいまだに言おうとしないのよ。あの頭のおかしい年寄りども、きっとわたしが信託資金に手をつけられないような条項を遺言に付け加えたのよ。あいつら最初からわたしのことが気に入らなかったんだから」

フランシーンは不意に不安に襲われた。自分とシャーロットが考えた容疑者像は、ラリーをそこから外したい一心で、いびつに歪んでしまっているのだろうか？　ラリーには確かに秘密が多すぎる。フリードリックはその秘密のひとつを知っていたのだろうか？　ラリーはそれを隠すために殺人を犯したのか？　そしてまさか、疑いの目を逸らすために、自分がわなにはめられていると見せかけたのだろうか？

「どうしてラリーが言おうとしないのか、心当たりはないの？」

「まったくないわ。秘密がばれるのがどれほど怖いか知らないけれど、今の状況よりましだと思わないのかしらね？　わたしはもうあの人のことが何ひとつ信じられないっていうのに」アリスはぐいっとマンハッタンをあおった。「何か飲む？」

「そうね、ワイングらいなら」

「あんたの好きなシャルドネがあるわよ」メアリー・ルースがキッチンから声をかけた。

その言葉がアリスを現実に引き戻したようだった。「あら、わたしったら。お手伝いの途中だったのを忘れてたわ」

メアリー・ルースのキッチンは戦闘モードに入っていた。汚れた食器が業務用サイズの食器洗い機の横に山と積まれ、カップケーキはアイシングを待ってトレイに列をなし、御影石の調理台には作りかけの料理が何種類も並んでいた。メアリー・ルースはミキサーの脇に立って、汁気のあるものと乾いたものを交互に入れているところだった。「フランシーン、あんたも手伝ってくれる？　一晩かけても間に合うかどうかわかんないわ」

メアリー・ルースの指示のもと、アリスはふたたび〝南西部風コブサラダ〟用の野菜を刻む作業にとりかかった。フランシーンもピンクのエプロンをつけ、冷ましてあったキャロットカップケーキの上にクリームチーズ味のアイシングを絞り出す作業を始めた。

アリスは野菜を刻みながらも、自分の苦境についてノンストップでしゃべり続けた。

「それでわたしラリーに言ったの。出ていってちょうだいって。そしたらあの人ほんとに出ていっちゃったの」

フランシーンはカップケーキの列から顔を上げた。「そんなにあっさりと？　ラリーは何も言わなかったの？」

「ええ。だからって、平気な顔してたわけじゃないのよ。ちょっと泣いて、すまないすまないって言い続けて、いつかわたしにもわかってほしいって言うの。でもわたしに打ち明ける前にしなくちゃならないことがあるんですって」

「そのしなくちゃならないことをいつするのか、何か言ってなかった？」フランシーンは何か手がかりがないかと思って訊いてみた。

「何をしようとしてるのか知らないけれど、ここ二、三日のうちにという口ぶりだったわ。

だから何もかも話せるようになったら、家に帰ってきてと伝えたの」

〝ここ二、三日〟とフランシーンは思った。ここ二、三日のうちに、ジェイクは自分の運を変える大勝利を手に入れようとしているし、シャーロットは犯人を陥れる噂を流そうとしているし、ジョイはキー局の特派員という地位を手に入れようとしている。考えてみれば、こんな短い時間枠のなかで、ずいぶんたくさんのことが起きようとしている。

「それで寂しさから逃げたくて、ここに来たというわけなのね？」

「寂しさと、怒りと、ダーラ・バッゲセンからね。ジョイにも電話したんだけど、出なかったの」

ジョイはどうしてアリスの電話に出てあげなかったんだろう？　この事件があって、マーシーを広報コンサルタントに雇う前は、ふたりは親友と呼べる間柄だったのに。この狂騒状態が一刻も早く終わって、以前の生活に戻れることをフランシーンは願った。

メアリー・ルースがミキサーを止めて、会話に入ってきた。「ダーラがどうしたって？　別の死体がないかプール小屋をのぞきにでも来たの？」

「ある意味ではそう。目新しい情報はないかとのぞきに来たのよ。あの女、もう何度うちに来たかわからないわ。フリードリックの事件の捜査はどうなってるとか、ラリーの疑いはまだ晴れてないのかとか。どうしてあの女がそんなにラリーのことを気にするのよ？　疑いが晴れたら、住宅所有者組合がパーティーでも開いてくれるっていうの？　お祝いに規則違反の馬鹿げた警告を取り下げてくれるならいいけどね」

「ダーラのゴシップ好きは、あんただって知ってるでしょ。ラリーの無罪を願ってるんじゃなくて、ただ情報をあさってるだけよ」とメアリー・アリスが言った。

そのコメントで、フランシーンはダーラの言葉を思い出した。サラはジェイクの大ファンだとダーラは言っていた。そういうことなら、ダーラはただサラを安心させるための情報を探しているのかもしれない。でも、もしそうではないとしたら？　フリードリックはサラの写真を追い続けていたが、サラにも秘密があったのかもしれない。フリードリックが何か知っていると考えて、ダーラはそれが何か調べていたのだろうか？　その秘密がもれるのを恐れて、ダメージをくいとめるために？　ダーラとサラは複雑な母娘関係にあるようだ。サラはレースドライバーよりモデルになりたがっているが、ダーラは娘の手綱をしっかり握って離さない。父親のヴィンスは親権奪還を申し立てているし、サラも親権の変更を求めているらしいとアリスが言っていた。

これらの事実が、事件にどれほど関係しているのだろう？

フランシーンはカップケーキにアイシングを絞り出す作業を続けた。「わたしたちが裸泳ぎのパーティーをしていたときには、ラリーはラスベガスから戻ってきてたんでしょ？　それには秘密の銀行口座のことも関係してたと思う？」

アリスはまな板をがんがん叩いて、気の毒な野菜を攻撃していたが、答えるあいだいったん手を止めた。

「たぶんね。秘密の銀行口座が何のためのものか、わかるといいんだけれど」

昼食会のときに聞いたダーラの意見は、フリードリックは何かラリーの秘密を握っていたが、警察はその秘密が何か探ろうとしていないというものだった。「ラリーが誰かに会うために早く帰ってくることを、犯人は知っていたのかしら？　もしそうなら、銀行口座のことも知っていたのかもしれないわね。ひょっとしてフリードリックが知っていた秘密というのはそれだったのかしら」

「わたしが秘密の銀行口座のことを知らないのに、フリードリックや犯人がどうやって知ったんだかわからないわ」とアリスが言った。

メアリー・ルースは作ったばかりの生地をトレイに並べたペーパーカップに流し入れた。「犯人がこの近所に住んでるかもしれないと思うと、やっぱり気味が悪いわね」

「でもそう考えるほうが筋が通ってるのよ」とフランシーンが言った。「だって犯人はラリーが何をしてるかうすうす知っていて、その行動を把握してたんだもの」

アリスは包丁を置いた。「わたしは何を見てたのかしら。ラリーを尾行させるというのも土壇場で決めたことだったの。もっと早く気づいていたら、もっと早く手が打てたかもしれない。うちの近くに住んでいる犯人が気づいていたことなのに……」アリスは自分の思いに沈んでいった。

「手を止めないで、アリス」とメアリー・ルースの注意が飛んだ。「明日のケータリングに間に合わせるためには、こつこつやり続けるほかないのよ」

アリスはあわてて野菜を刻み始めた。「これじゃ、ビジネスパートナー失格ね。ごめんなさい」

メアリー・ルースがすぐには否定しなかったので、フランシーンは急いでその沈黙を埋めた。「一番最初の疑問を、シャーロットは忘れたわけではないわよね？　フリードリックの死体はなぜアリスとラリーのプール小屋に置かれていたのかっていう」

「そう言えばシャーロットは最初っから、〝もし犯人を見つけたかったらその疑問に答える必要がある〟って言ってたわね」とメアリー・ルースも言った。

「ほんの数日前のことなのに、すごく昔みたいな気がしない？」とフランシーンが言った。「あれからいろんなことが起こりすぎて、わたしたちの焦点もぼやけてしまったのよ。でも結局、一番最初の疑問はまだ解決できていない。もう一度それに焦点をあてて考えるべきなんじゃないかしら？」

タイマーが鳴り出したのを、メアリー・ルースが止めた。「フランシーン、そのカップケーキをオーブンから出してくれる？　もう少しでこっちの生地の準備ができるから」

フランシーンはオーブンのところへ行った。その横に、アリスが一度もはずしたことのなかった十字架のネックレスが置かれていた。アリスの〝死ぬまでにやりたいことリスト〟の一番目が刻まれている十字架だ。〝たぶん神様のご意志か大量のアルコール以外に、アリスがそれを外す手立てはない〟とフランシーンが冗談を言ったのは、つい昨日のことだった。その十字架が、いま外されてここにある。フランシーンはアリスから見えないようにそれをひっくり返した。裏には文字が刻まれていた。〝創世記十八章十二―十四節〟。フランシーンはそれを暗記し、ネックレスを元に戻した。

アリスは無事にブロッコリーとカリフラワーを刻み終わり、ズッキーニとカボチャの薄切りにうつった。

メアリー・ルースはボウルの縁を指でぬぐい、カップケーキの生地を味見した。

「うーん、おいしい。自分で言うのもなんだけど」

「それは何のカップケーキなの？」

「バナナクリームパイよ。バニラのウエハースを砕いてバナナ味の生地に混ぜてあるの。フロスティングはホイップクリームにするつもり。ダーラからの特別リクエストよ」

「ダーラですって？」フランシーンは驚いて訊き返した。「ダーラのためにカップケーキを作るなんて、どうしてまた？」

「だってあの人がケータリングの仕事を世話してくれたんだもの。明日はサラのレーシングチームのためにもカップケーキを作るって約束したのよ」

「ちょっと待って！　サラはジェイクと同じレースに出るの？」

フリードリックの家から持ち出した雑誌をシャーロットが調べた限りでは、ふたりは同じイベントに出席していても、同じレースで戦ったことはなかったはずだ。もしふたりが付き合っているなら、なぜサラは今になって突然ジェイクと戦うのだろう？　ふたりは付き合っているのか、いないのか？　それとも、もっと複雑な関係なのだろうか？

「ふたりは同じレースに出るわよ。それは別に秘密ではないと思うけど」とアリスが言った。

「ダーラがうちに何度も来てたときに、そのことを少なくとも二度は言ってたもの」アリスはメアリー・ルースが生地を味見しているところに行って、へらを指差した。「これ舐めてみてもいい？」

「あんたったら今日はシャーロット並みに行儀が悪いわよ。だめだからね」とメアリー・ルースは言った。「ねえフランシーン、あたしが生地をちょっと味見しただけで、あとはがまんしてるって気がついた？」

「ブレイディが聞いたらほめてくれるわよ」

アリスはさっとへらを取って、生地を舐めた。「うーん。このカップケーキを食べるのが待ちきれないわ」

メアリー・ルースは取り散らかったキッチンを見渡した。

「明日ね、アリス。今夜は準備を終わるか死ぬかよ」

〝終わるか死ぬか〟。そんなことが、たとえ今夜だろうと明日だろうと起こりませんようにとフランシーンは祈った。

32

家に戻ると、フランシーンはすぐに創世記の一節を調べた。それは高齢の夫婦だったアブラハムとサラのもとに神が現れ、サラが息子を授かるだろうと告げる物語だった。サラはそれを聞いて不可能だと笑うが、神は「主に起こせない奇跡はない」と告げ、サラは息子を授かることになるのだった。

アリスの気持ちを思い、フランシーンの胸は痛んだ。アリスのリストの一番目は、子どもを持つことだったのだ。七十代になった今も、そんな気持ちを引きずったまま生きるのは、きっと辛いことに違いない。アリスとラリーは遅い結婚だった。子どもを持つには遅すぎた。養子を迎えるタイミングも逸してしまったのだろう。アリスの秘密を知ってしまったものの、フランシーンはどうしたらいいのかわからなかった。ジョイになら話してもいいだろうか？十字架に刻まれた言葉が鍵になると教えてくれたのは、ジョイだったのだから。でも言わないほうがいいのかもしれない。この叶う当てのない願いのことは、アリス自身が話す決心がつくまで、秘密にしておくほうがいいような気がした。

その夜、フランシーンはあまりよく眠ることができなかった。

翌日は、シャーロットの家の前に十時四十五分に乗りつけた。テレビ局のバンに乗ったリポーターがふたり、家の前からフランシーンをつけてきていた。シャーロットを拾うと、〈ボブ・エヴァンズ〉に向けて出発した。

シャーロットは車に乗りこむ前にバンに手を振った。「ああ、お腹減った。今朝はずっとあそこのビスケットの夢を見てたよ」

「わたしの夢よりずっとましね。フリードリックの死体がアリスの家のプール小屋から飛び出してきたんだけど、目はバニラウエハースで、口はバナナ、髪の毛はホイップクリームだったわ」

「うまそうじゃないか。寝る前にバナナクリームパイでも食べたのかい？」

フランシーンはバックで私道から車を出した。

「まあね。昨日あんたの家を出たあと、結局メアリー・ルースとアリスを手伝って、今日のケータリング準備の手伝いをすることになったの。メアリー・ルースがバナナクリームのカップケーキを作ってたのよ」

シャーロットはシートベルトを締めた。「あんたが手伝えてよかったよ。あたしが行ってもメアリー・ルースは喜ばないからね。あのめちゃくちゃ神経質な衛生指導員のベティの前で、あたしがチョコチップクッキーのたねに指を突っ込んで舐めたこと、まだ許してくれてないんだろ？　ほかのみんなはもう忘れてると思うんだけどね」

「あんたが二度としないってことがメアリー・ルースに伝われば、そのうち忘れてくれるわよ。だってあのときは一カ月近く営業停止になったんだもの」

「さすがベティ・パースローだよ。あの女、いったん敵に回すとほんと執念深いんだから。そもそもが三十年前だよ。ふたりともヘンドリックス郡庭園協会の秘書に応募して、あたしが勝ったもんだから、それ以来ずっと根に持ってんのさ」

「そうかもしれないけれど、あんたにもちょっと人を怒らせるところがあるんじゃないの？」

シャーロットは右側に体を寄せて、助手席側のサイドミラーをのぞきこんだ。「あのパパラッチはどれぐらいついて来てるんだい？」

「今朝わたしが起きたときにはカーブのところで待ってたわ。今朝はほんとにひどかったのよ。ドアをノックして、ドアベルを鳴らして、呼びかけるんだもの。ジョナサンが追い払おうとしたけど、何か変なことをしつこく訊いてたわ。ラヴェルの『ボレロ』がどうとか」

「それってソンブレロ帽みたいなもの？」

フランシーンは思わず笑ってしまった。「ラヴェルは作曲家よ。『ボレロ』は彼の有名なバレエ音楽。確か映画のサウンドトラックに入ってたような気がするけど、どの映画だったか思い出せないわ。あとで調べてみよう」

「なんでパパラッチはそんなことを訊いてたのかね？」

「さっぱりわからない。ともかく早くこの事件が片づいて、あの連中に消えてほしいわ」

シャーロットは腕組みをした。「それが妙なんだよね。あんたが拾いに来てくれるまで、あたしは今日ただのひとりも連中を見なかったよ」

「それは確かに変ね。マーシーはわたしたちをローカルなマイナー有名人に仕立てあげるために、あらゆる手を尽くして頑張ってるわよ。やめさせるにはジョイを通すしかないはずよ」

「そりゃ見込み薄だね。だけど何であんたが不平たらしいことを言ってんだかわからないよ。その気になったら『ザ・ビュー』にだって出られたのに。あたしなら『マカロニ野郎のニュージャージー・ライフ』にカメオ出演がいいとこだよ」

フランシーンは『マカロニ野郎』というのが何か知らなかったが、もしシャーロットさえそれに出たくないのなら、推して知るべしだろう。

シャーロットはフリードリックのｉＰｏｄをバッグから取り出した。「ゆうべこれを充電したよ。だけど今度はパスワードがわからないんだよ」

「そうなの？　あんたがパスワードの存在を知ってるとは思わなかったわ」

「何か思い当たるものはない？」

「Ｐ―Ｏ―Ｌ―Ｉ―Ｃ―Ｅはどう？」

「なんでフリードリックが〝警察〟なんてパスワードを使うのさ？」

つまらない冗談だとは思ったが、フランシーンは笑ってしまった。「鈍いふりをしないでちょうだい。言いたいことはわかるでしょ？」

「わかるさ。あたしがこれを警察に渡すつもりがないこともわかってるだろ？　何度も言うけど、警察はフリードリックの音楽の趣味になんか興味はないよ」

「ｉＰｏｄには音楽以外のものも保存できるのよ」

「たとえばどんな？」

「動画とか」その言葉が口から出た瞬間、フランシーンははっとした。シャーロットの顔を見て、彼女も同じことを考えたとわかった。「フリードリックが秘密の愛人の動画を保存してるかもしれないわ」

シャーロットは手の中のｉＰｏｄを見つめた。「あり得る話だ」

パパラッチは〈ボブ・エヴァンズ〉の駐車場までふたりを追ってきた。

「これはこのまま警察に渡すべきじゃないかしら」フランシーンは駐車スペースを探しながら言った。

「それはどうかね？　警察はフリードリックのパソコンを押収してるんだろ？　動画みたいなのは、きっとｉＰｏｄじゃなくてパソコンのほうに入ってるよ。それか、きっと両方に同じものがあるんじゃないの？」

「新しい機種のｉＰｏｄにはカメラが付いてるの。わたしのには付いてない。だからその可能性を思いつかなかったのよ。フリードリックはカメラじゃなくｉＰｏｄに直接録画して、動画をパソコンに転送したかもしれないわね」フランシーンは車を停めた。

「だけど、それだとジェイクの話と食い違うね。フリードリックは隠しカメラで録画したってジェイクに言ったんだろ？」

フランシーンは視線を上げた。ニュース中継のバンから、カメラマンと女性リポーターが降りてくるのが見えた。「iPodをバッグにしまって、急いで中に入るのよ。リポーターがこっちにやってくるわ」

シャーロットはiPodをバッグに放りこんだ。フランシーンは車のドアを開け、「ノーコメント」と言った。

シャーロットは大きくドアを開け、杖をつきながら外に降り立ち、手を振った。

「一応教えとくと、これから卵料理とビスケットを食べるところだよ」

リポーターはユーチューブのことについて何かまくし立てていたが、フランシーンはできる限り無視して、足早に〈ボブ・エヴァンズ〉の入り口に向かった。中はいつになく混んでいたが、ジョイとマーシーはもう席で待っていた。リポーターとカメラマンをロビーに残し、ふたりはすぐ席に通された。

「もう、やれやれだわ」フランシーンはレストランの入り口を振り返って言い、マーシーのほうに向き直った。「この馬鹿馬鹿しい騒ぎは、そもそもあなたのせいよ」

「そうじゃないの」とジョイが口を挟んだ。「わたしのせいなのよ。だから今日来てもらったの。話しておかなくちゃと思って」ジョイはRTV6放送のポロシャツを着ていたが、見るからにサイズが大きすぎた。生地がすぐ胸の前でたるんでしまうので、始終後ろに引っぱり上げなくてはならなかった。「マーシーを雇ったときは、こんな事態になるなんて思ってもみなかった。でもこの人はただ、わたしの希望を叶えるために動いただけなのよ」

マーシーはスマートフォンのメニューを開き、何度か画面をタップした。

「ジョイにフォーカスするだけじゃインパクトが足りないってことは、最初からわかってました。だってジョイの最終的な希望は、メディアで仕事をすることだったんですもの。そう簡単にはいきませんよ。それであなたがた全員にスポットライトを当てる戦略を取ったわけです。結果的にはうまくいったでしょ。特に『グッド・モーニング・アメリカ』のインタビューは最高でしたよ。フランシーンの救助の一幕なんてお見事の一言。原稿があったらとてもあんなふうにはやれなかったでしょうね」

ウェイトレスがコーヒーポットを手にやってきて、ジョイとマーシーのカップにお代わりを注いでから訊いた。「ご注文は?」

「もう少し待ってもらえる?」とジョイが答えた。ウェイトレスが行ってしまうと、ジョイは申し訳なさそうな顔でシャーロットに謝った。「あんたが道化役みたいになってしまったのは、ほんとに悪かったと思ってるわ、シャーロット」

「わたしもあそこまで期待してたわけじゃないんですよ」とマーシーが付け加えた。「まあ、それはそれとして、もし嘔吐は乳糖不耐症のためだったってことにしてもいいなら、〈ラクト・アウェイ〉のコマーシャル出演を交渉できるかも。小さな会社だし、あまり資金力はないけど、なかなかいい話ですよ」

「どうかね」とシャーロットは言った。「もうちょっとこう……派手なのが来るまで待ってみたい気もするけどね」

マーシーの顔から微笑が消えた。「それは難しいですね。黙ってましたけど、実は悪い知らせがあるんです。フランシーンと、あとジョイはまあ及第点として、残りのメンバーはもう飽きられてきてるんですよ」

シャーロットはちょっと考えた。「今朝リポーターたちが消えてたのはそのせいかね?」

「そういうことです。フード・ネットワーク局はメアリー・ルースの出演を断ってきたし、アリスのことは誰も気に留めてない。そしてFOXスポーツはジョイをオーディションするというオファーを取り下げてきた。ただメアリー・ルースがFOXスポーツにケータリングをする話は残ってます。幸い『グッド・モーニング・アメリカ』は、今のところジョイをシニア問題の特派員候補から外してませんけどね」

ジョイは洟をすすった。「わたしはローカルテレビ局の遊軍リポーターに格下げよ。撮影も自前のカメラを使わなくちゃならないのよ」

「でもフランシーン、あなたはまだまだ話題の人なんです」マーシーが続けた。「『ドクター・オズ・ショー』の出演が取れました」

フランシーンが文句を言おうとするのを、マーシーが手で制した。

「もう断るには遅すぎます。収録は火曜日で、あなたは月曜にインディアナポリスから飛行機で向かうってことで話はついてますから。番組では〝七十代でも美しいスタイルを崩さずに、水泳の技術を維持する秘訣〟について話していただきます」

「遅すぎることなんかないわ。わたしは行きませんからね」

マーシーは頭を抱えてしまった。「お願いだからそんなこと言わないで。あなたは唯一の頼みの綱なんですよ。もちろんジョイのほかにってことですけど」顔を上げたとき、その目には涙が光っていた。

フランシーンは人に泣かれるのが耐えられないたちだった。

「あなたなら何か他の手を思いつくわよ。どうしてFOXスポーツはジョイを候補から外したの？」

「わかってないんですね。メディアは移り気なんです。何かを手にいれたら、なくさないうちに目一杯利用しなくちゃいけないんですよ。カーダシアン一家がいい例です。性転換するわ、さっさと離婚するわ、子どもを産むわ、次々に話題を提供してるでしょ。そうしないと、あっと言う間に飽きられちゃうからですよ。でもフランシーン、あなた自身は今のところ飽きられていません。今やユーチューブで話題沸騰ですよ。だからこそ、今のうちに『ドクター・オズ』と出演契約を結ばなくちゃならなかったんです。番組はもうあなたの出演を宣伝し始めてますよ」マーシーはフランシーンにスマートフォンを渡した。

画面にはユーチューブの動画が流れていた。『グッド・モーニング・アメリカ』からの映像だ。メアリー・ルースが片手をプールサイドにかけ、片手で階段の手すりをつかみ、怯えて目を見開いている。動きはすべてスローモーションだ。フランシーンがメアリー・ルースの隣でゆっくりと水から上がる。ぶるんと頭を振ると、髪の毛から水滴が左右に飛び散る。両手で階段の手すりをつかみ、体を引き上げる。階段を上ると、濡れたサンドレスがスローモーションで体にまとわりつく。フランシーンのスタイルが崩れていないことは、ぴったりと張りついたドレスを見れば明らかだった。この動画は何かの映画のワンシーンを思い出させたが、それが何か思い出せなかった。そのときフランシーンは背景に流れている音楽に気がついた。もし午前中にその話をしていなければ、恐らく気づかなかっただろう。

「これ『ボレロ』だわ！」それでわかった。「この動画は『テン』のボー・デレクのパロディじゃないの！」フランシーンはショックのあまり言葉を失ったまま呆然と座っていた。

シャーロットがスマートフォンを引ったくったとき、番組宣伝のセリフが流れた。

「フランシーン・マクナマラ、友人の命を救った、ユーチューブで話題の七十代の星。彼女がスタイルを保っている秘訣を学びましょう。火曜日の『ドクター・オズ・ショー』で」

「コマーシャルの最後はあなたの静止画像ですよ。『テン』のテーマミュージックは『ボレロ』じゃなかったと思うけど、この際、関係ありません。これはパロディなんかじゃありませんよ、フランシーン。あなたはほんとに素敵ですよ。ドクター・オズがあなたを番組に呼びたがるのもわかります」

フランシーンの顔は真っ赤になった。「あなた一体……」自分がマーシーに怒鳴っていることに気づき、何とか声を落とした。「どうしてわたしの代わりに契約書にサインなんてできるのよ？　わたしはあなたを広報コンサルタントに雇った覚えはないわ」

「あなたにはね。でもジョイに雇われてます。そしてジョイとの契約では〝目的を達成するためにあらゆる手を尽くすこと〟が求められてるんです。あなたを売りこむのもそのひとつです。こんなことは言いたくないけど、もしわたしを訴えるっていうなら、わたしはジョイを法廷に引きずり出しますよ。そしたらあなたは友達を訴えることになる。そんなことしたくないでしょ？　ただ行ってインタビューを受けてくるだけのほうが、ずっと簡単ですもの。番組はわたしにも同行するよう言ってきてます。だからインタビューの切り抜け方はちゃんと教えますから、大丈夫ですよ」

フランシーンはジョイに視線を向けた。その目はフランシーンに同意してくれと懇願していた。

「これはある意味、あんたに対する大きな賛辞なのよ」とジョイは言った。「それに思い出してよ。あんたの〝死ぬまでにやりたいこと六十個のリスト〟の十番め。〝同年代の人たちに運動を勧める〟っていうの、あれを達成できるじゃないの」

シャーロットはフランシーンの体に腕を回した。「これは一本取られたんじゃないの？　確かにそれはあんたのリストにある。そいであんたは『ドクター・オズ』に出るだけで、一発場外ホームランさ」

フランシーンは悔しそうに歯がみした。「それはメアリー・ルースがブレイディとトレーニングを始めたら消そうと思ってたのよ」

「あそこのテーブルを見て」隅に座っている家族連れをマーシーがこっそり指差した。「あの中のひとりがスマートフォンを出しましたよ」

フランシーンは言われたほうに目をやった。たしかに若い母親が、彼女たちのやり取りを録画している。「みんなで手を振ってやりましょう」

全員が家族連れのテーブルに向かって手を振った。母親はばつが悪そうに手を振り返し、スマートフォンを下ろした。

シャーロットが言った。「まじめな話さ、やるべきだよ、フランシーン。こんなチャンスにめぐまれる人がどれだけいると思ってんの？ ジョナサンだってきっと応援してくれる。あんたを自慢に思うに決まってるよ」

「注文をお願い」とマーシーがウェイトレスを呼んだ。

マーシーは衝突を避けようとしているだけだ、とフランシーンは思った。

「あのコマーシャルは放送中止にして、もう少し品のあるものに変えてもらいたいわ」

「できるだけやってみる。でも保証はできないわよ」

マーシーはサンドイッチ、フランシーンはサラダ、シャーロットは卵とビスケットのほかにパンケーキまで注文した。ほとんどものを食べているところを見たことがないジョイは、トーストを頼んだ。ウェイトレスは注文票をポケットにしまい、ジョイのコーヒーを注ぎ足していった。

シャーロットがフロアの反対側にいる誰かに手を振りながら言った。「あれってメアリー・ルースの孫のトービーじゃないかね？」

「わたしたちに気づかない振りをしようとがんばってる、あの男の子？」とフランシーンが訊いた。

「トービー！」とシャーロットが大声で呼んだ。

「しっ」フランシーンは慌てて、テーブルにあった三角形のデザートメニューでシャーロットを叩いた。「みんな見てるじゃない」

「あたしらがここに着いたときから、みんな見てるって」

トービーが大きな図体を縮こまらせるようにして、おとなしくやってきた。

「こんにちは、ラインハルトさん」彼はマーシーとフランシーンにも頭を下げた。

「顔色が悪いんじゃないの、トービー？　その〝警備(セキュリティ)〟って書いてある派手な黄色のシャツに比べるとさ。あっちでいっしょにいた女の子は誰だい？」

「友達です」

「お友達に名前はあるの？　この辺の子じゃないんだろ？　見たことないもん」

「アシュレイって言います。経済のクラスがいっしょなんです」

「ふうん、経済ね。需要と供給か。あの子が必要としてるものをあんたはちゃんと供給できてるかい？」

トービーが赤くなった。フランシーンはまたメニューでシャーロットをはたいた。「もう、困らせてるじゃないの」

シャーロットはトービーにウィンクしてみせた。「そりゃ失礼。ところで、あんたどっかで警備の仕事をしてるの？　メアリー・ルースはあんたが職に就いてるとは言ってなかったけど」

「今週は〈スピードフェスト〉で警備をやってるんです。アシュレイの親父さんが警備会社で働いてて、ちょうど大柄な男が足りないってことで、雇ってもらいました」

体格とタトゥーだけ見れば、確かにトービーは警備員に見えた。だがこの無気力さでは、コネがなければ雇ってもらえなかっただろう。

「いい彼女を持ったみたいね、トービー」とフランシーンは言った。

「俺たちただの友達です、マクナマラさん」トービーはアシュレイのほうを振り返った。

「それで俺、もうあっちに戻らなくちゃならないんで。これで失礼します」

すぐそばにいたシャーロットが、トービーの太い腕をつかんだ。

「まあちょっとお待ちよ。あんた今〈スピードフェスト〉で警備やってるって言ったよね？」

トービーはうなずいた。「なんで、早く昼飯を済ましちまわないといけないんです。一時にはあっちに着いてないといけないんで」

「あんたどこに配置されるか、もう知ってんの？」

「トラックの内側だと思いますけど、たぶん」

「じゃあ助けが必要になったら、あんたを探せばいいね」

トービーは怪訝そうに鼻にしわを寄せた。「助け？」

「マスコミとかあんまり、たちのよろしくない人たちさ。わかるだろ」まるでそんなことは日常茶飯事に過ぎないとでも言うように、シャーロットはさらりと言った。「そうだ、あんたビデオゲームとかその手のことは得意だったよね？ あたしのｉＰｏｄのパスワードをリセットする方法を知らない？ ちょっと困ってるんだよ」シャーロットはｉＰｏｄをトービーに手渡した。

トービーは手の中でそれをひっくり返した。「ええまあ。どうしたんですか？　パスワードを忘れちまったんですか？」

「まあそんなとこ」

「何とかできるとは思いますけど」

「ありがとさん」

トービーは自分のテーブルに戻っていった。

トービーが話が聞こえない距離まで離れてから、フランシーンが口を開いた。

「ちょっとシャーロット、どういうつもりなの？」

「ああ、ただちょっとからかってやろうと思っただけだよ。アリスの家でふたりでずっとツアーをまわしてたのに、ガールフレンドのことなんてひとつことも言わないんだからね」

「そのことじゃないわよ。フリードリックのｉＰｏｄを盗み見るのに、たった今トービーを巻きこんだでしょ。自分でトラブルに飛びこむのと、若者を巻きこむのは別よ」

ジョイは驚いて口を開いた。「フリードリックのｉＰｏｄを持ってるの？」

「いや、今は持ってないよ。持ってるのはトービー」

「はぐらかさないで。どこで手に入れたのよ？」

「フリードリックのコルベットから持ち出したの」とフランシーンが言った。

「あたしらがフリードリックの家に忍びこんだときだよ」シャーロットが言い訳するように

言った。「ちょっとした冒険だよ。ニュースにも出たじゃないか」

「iPodのことはどこにも出てなかったわよ」とジョイが言った。「あんたがそれを持ってること、ジャドは知ってるの？」

「いいや。だってあたしらは……帝国軍とのごたごたを望まない」ジョイは『スター・ウォーズ』のオビ＝ワン・ケノービをまねて言った。

「ほお、つまり厄介事だな？」とジョイがハン・ソロで応じた。

「『スター・ウォーズ』ごっこはそのへんにして」とフランシーンが割って入った。「フリードリックには秘密の愛人がいたってジェイクが言ってたの。そしてどうやら、その愛人に捨てられそうになったときのために、脅迫用のビデオを作ってたらしいの。もしそのビデオが本当にあるなら、iPodに保存してあるかもしれないと考えたわけ」

「そしてその秘密の愛人こそが殺人犯かもしれない」とシャーロットが付け加えた。

「まさか」

フランシーンがうなずいた。「そのまさかかも」

ジョイがテーブルにぐいと椅子を引き寄せた。「なんだかわくわくしてきちゃう」

そのときウェイトレスが注文を持って戻ってきた。ウェイトレスはそれぞれの注文を配り、コーヒーを注ぎ足し、去っていった。

シャーロットはバターをパンケーキの上にたっぷり塗り広げた。

「それでゆうべ、あたしは噂を流したんだ。ジェイクがそのビデオのコピーを持ってて、今日のレースのあと警察に渡そうと考えてるってね」

「一体何のために？」

「犯人の目をラリーから逸らして、行動を起こさせるためさ」

「何人にしゃべったの？」

シャーロットはちょっとの間考えた。

「ゆうべフランシーンは、あたしがどうやって噂を広めるか知りたくないって言ってたよね？　ここはその考えに従っておくよ。だってあたしは、犯人が誰か心当たりができちゃったんだ」

「誰よ？」全員がいっせいに声を上げた。

シャーロットはからかうようににやっと笑った。「すべてはジェイクがミジェットカー・レースへ復帰したことから始まったとだけ言っておこうかね。今日何かが起こるよ。あたしらはジェイクをしっかりと見張ってなきゃならない。それとサラ・バッゲセンもね。フリードリックはサラの動きを追ってたようなんだ」

ジョイが顔をしかめた。「いやだ、ストーカーみたいに？」

「いや、そういうんじゃない。だけどフリードリックは、ミジェットカーの雑誌に載ってたサラの写真全部にしるしをつけてた。何か理由があるはずだ。そしてその何かがフリードリックの死に関係してるとあたしは踏んでる」

「ねえ、これはおいしい話かもしれませんよ」マーシーが身を乗り出した。「もし犯人が姿を現して、ジョイがその場面を映像に収めたら、すごい特ダネですよ。本当に『グッド・モーニング・アメリカ』の仕事が来るかも」

「ジョイ」とシャーロットが言った。「あんたは今日ただの競技場のリポーターじゃない。覆面ジャーナリストでもあるんだよ」

ふたりは目を見合わせた。ジョイの顔がぱっと明るくなった。

「いいわ、シャーロット。あんたは殺人事件を解決する。わたしは自分がジャーナリストであることを証明する。やってのけましょ」

フランシーンがシャーロットをじっと見つめた。「あんたの考えてる犯人が誰か、わたしには教えておいてよ」

シャーロットはパンケーキにたっぷりのメープルシロップをかけた。

「あんたの考えてることはわかってるよ、フランシーン」

「そうかしら?」

「あたしが大きな間違いを犯してると思ってるんだろ。レース場に行く前にたらふく食べたりして、このあいだのインタビューみたいなことになったらどうするんだって。でも幸いこいつは、あの最悪な豆腐ソーセージじゃないし、人工シロップでもない」

「そうじゃないわ。あんたの推理をわたしに教えないなんて、大きな間違いだって思ってるところよ」

「そんならずっとあたしのそばについててくれればいいじゃないか」

「いいわよ、そのパンケーキにかかったシロップみたいにべったりとね」
「よし、やっと意見が一致した」

33

〈ルーカス・オイル・レースウェイ〉に着くころには、シャーロットには秘密の計画があるらしいと、フランシーンは確信していた。シャーロットはジョイと打ち合わせがあるからと、レース場までジョイの車に乗っていってしまったのだ。フランシーンの車には、代わりにマーシーが送りこまれた。フランシーンはマーシーと缶詰にされて不機嫌になり、ほとんど口を利かずに車を運転していた。しかしマーシーのほうは、フランシーンの機嫌などお構いなしに、ルーカス・オイルについてべらべらとしゃべり続けていた。そこはスピードウェイの町から三十キロほど離れた場所にある大規模なレース場で、専用の直線コースで大きなドラッグレースを主催し、小さいサーキットのほうで全米自動車レースクラブのイベントを数多く開催している。

到着すると、ジョイはローカルテレビ局のクルーたちに挨拶するためにプレスエリアに行ってしまい、マーシーはふたりと残った。マーシーが無料チケットをふたりに渡し、三人で第一入場門まで歩いていった。フランシーンはうまくマーシーから離れる口実はないかと考えたが、何も思い浮かばなかった。

右手には、スタンド席を支える巨大なコンクリートの壁がそびえていた。練習走行が始まろうとしていたが、スタンド席はまだがらがらだった。

シャーロットはほとんど誰もいない客席を見て言った。「これが普通なのかね？　もう一時になるよ。あたしは〈インディ500〉みたいなのを想像してたよ、レースが始まるずっと前にお客が集まるやつ」

フランシーンは、数年前にジョナサンといっしょに〈スピードフェスト〉に行ったとき、同じように感じたことを思い出した。まだジェイクがNASCAR（ナスカー）に進出する前のことだ。

「そうよ、こんな感じなの。いまは練習走行とタイム計測の準備をしてるところよ。決勝レースの顔ぶれが決まる前に、たくさん予選レースがあるわよ。決勝はたぶん三時ぐらいに始まるんじゃないかしら。それまでにはどんどん席が埋まってくるはず。でも本当の呼び物はミジェットカー・レースじゃなくて、そのあとに始まるシルバークラウン・シリーズのレースなの。そのころにはスタンドは満席になるわ」

シャーロットは階段を一段一段上り、観覧席の最前列に座ってふたりを呼んだ。シャーロットは座席の上に大きな紙を広げたが、そこには〈ルーカス・オイル・レースウェイ〉の見取り図が手描きされていた。マーシーとフランシーンは紙が風でめくれないように端を押さえた。

フランシーンはレース場の配置を知っていた。楕円形（オーバル）のトラックはミジェットカー・レースが行われるところだ。楕円の短い辺はそれぞれ南と北に向いている。楕円の北西の辺に沿ったトラックの内側に、シャーロットは〝ピット〟と書かれた小さな長方形を描きこんでいた。楕円の中央から東側に延びる広いエリアには〝サポート車〟と書いてある。

「これがレース場の見取り図だよ」とシャーロットが言った。「ゆうべフランシーンが帰ったあと、ちょっと調べたんだ。それから今朝アリスに電話していろいろ訊いた。アリスはレースファンで、このレース場のことなら自分のてのひらみたいによく知ってるからね。大事なのは、各レーサーのピットがどこになるか見つけることだ。ジェイクとサラには特に注意を払わなきゃならないよ。もしあの子たちが何か関係を持ってるなら、それが何なのか突き止めるんだ」

「メアリー・ルースはどこに配置されてるの？」とフランシーンが訊いた。

「おっと、そうだった。あたしらの大事なスパイだよ。メアリー・ルースとアリスはこの〝サポート車〟のエリアにいる。食べ物を出す場所に近いところにいなきゃならないからね。何か怪しいものがないか目を光らせておくよう言っといた。もし気になることがあったら、あたしらの携帯電話にかけてくることになってる」

「こんなところで、一体どんな怪しいことを聞く可能性があるっていうんです？」マーシーが興味津々の様子で訊いてきた。

「何か状況ががらっと変わるような噂話とかね。今のところはあたしも直感で動くしかないけど、もっと役に立つ情報が集まったら、犯人（ホシ）を追い詰められるかもしれない」

フランシーンはシャーロットの物言いにひそかに笑いをかみ殺した。そのとき何かよく聞き取れないアナウンスが流れ、一台目のミジェットカーがトラックに出てきた。

「わお、すごい音だね」とシャーロットが声を張り上げた。

フランシーンはシャーロットに耳栓を渡した。「これでまだ一台だけよ。レースが始まってマシンがもっと増えたら、それはすごい騒音になるわよ。そのときはこれが必要になるから」

「耳が悪いほうがいいこともあるんだね」

ドライバーはタイム計測の途中でリタイアを決めたらしく、サーキットは少しのあいだ静かになった。

シャーロットはマーシーのほうを見て言った。「ねえ、誰かここに待機して、入り口から入ってくるやつを見張る人が必要なんだけどさ」

「悪いけどわたしを追い払うことはできませんよ」とマーシーが言い返した。「あなたたちが飛び回って事件を捜査してるあいだに、わたしひとりここで待たされて、退屈しのぎに親指回しをしてるなんてあり得ない」

「あたしらが三人いるっていう利点を有効に利用しなくちゃ」とシャーロットが説得にかかった。「レーシングチームのメンバーじゃないやつが、フィールドに入ろうと思ったら、この場所を通るしかない。容疑者の誰かが入りこんだと先にわかってれば、すごく助かるんだよ」

マーシーは疑わしげにシャーロットを見た。「容疑者はみんなレーシングチーム内にいるんじゃないんですか？」

シャーロットは首をふった。「そうでもない。たとえばラリーとか」

フランシーンは目をみはった。「ラリーですって？　あの人もここに来るの？　ラリーは犯人じゃないっていうのがわたしたちの前提じゃなかった？」

「そうは言っても、やっぱりラリーを完全には除外できないんだよ。それにジョイの話によると、ラリーも来るってアリスが言ってたらしいよ」

マーシーは腕組みして言った。「どう言ってもむだですよ。わたしもあなたたちと行きますからね」

こほん、と咳払いが聞こえた。振り返ると、ジャドが後ろに立っていた。今日は警察の制服を着ている。

「やあ、ジャドじゃないか」とシャーロットが言った。

「マスコミ関係のご友人たちはどこに？」

「そのうち着くと思うわよ」とフランシーンが答えた。

「今はまだ人が少ないから、姿が見えるんじゃないかと思ったんですが」ジャドは三人の後ろの列に座った。

マーシーが鼻を鳴らした。「今はマスコミもそんなにつきまとってないんです」

「そうらしいですね」とジャドが言った。二番目のレーサーがトラックに出てきて、また周囲が騒がしくなり始めた。ジャドは声を張り上げて訊いた。「フランシーン、ちょっと話せますか?」彼は観覧席の後方を指差した。

ジャドがわたしから何を訊くことがあるんだろう? フランシーンはとまどったが、うなずいた。シャーロットが早速ついてこようとしたのを、ジャドは顔をしかめて席に戻らせた。

「一体何?」ミジェットカーの騒音はまだ続いていたが、フランシーンはシャーロットに聞こえないところまで離れたことを確かめてから、口を開いた。

「あなたとシャーロットのことが心配なんです」

「どうして?」

ジャドはポケットに両手を突っ込み、ばつが悪そうな顔で言った。

「僕はマスコミを追い払うことで、もっとあなたがたを追いかけさせるつもりでした。でもそれが裏目に出てしまった。今あなたがたを追っているマスコミはほとんどありません。そしてレースが始まってしまえば、ふたりをトラブルから守るために人員を割くことができないんです」

「どうしてわたしたちがトラブルに巻きこまれると思うの?」

「シャーロットは自分からトラブルを引き寄せるし、あなたも何かシャーロットに頼まれていますね? あなたたちの計画を話してください」

「わたしの知ってる限りでは、計画と言っても、ジェイクとサラ・バッゲセンの動きを見張ることだけよ。シャーロットは犯人の目星がついたって言うの。でもそれが誰かは教えてくれない」

フランシーンはフリードリックのｉＰｏｄについて話すべきかどうか迷った。でも厳密に言えば今は持っていないのだからと自分に言い訳し、言わないことに決めた。もし話せば、シャーロットがいかれていると思われるのが落ちだ。それに今日すべての謎が解決されるというシャーロットの考えが正しければ、ｉＰｏｄは犯人には関係ないのかもしれない。

ジャドはそれを聞いてほっとしたようだった。「それぐらいなら特に危険はなさそうですね。ただふたりが離れないようにすると約束してください」

フランシーンはうなずいた。「でもわたしは質問に答えたんだから、あなたもお返しに質問に答えてくれるというのはどう？」

「お話しできる範囲のことなら、いいですよ」

「警察は本気でラリーを疑ってるの？」

「殺人を犯したとは考えていません。しかしラリーには何か隠していることがある」

「法に触れることじゃないかもしれないけれどね。ジェイクはどう？　あなたは彼を疑ってる？　彼はアリバイがあるってわたしたちに言ってたのよ」

「ええ、承知しています。ただし、ひとりの証言しかありません。ジェイクがすぐにそれを明かさなかった理由も我々は理解しています。ただそれだけでジェイクがシロだと断定はできません」

フランシーンはちょっと考えた。「ジェイクが言ってたんだけど、フリードリックの能力は〝規則の網の目をすり抜けて改造する〟ことだったんですって。ジェイクはフリードリックの作業場から車を一台を持っていったでしょ。でも二台目の車はどこに消えたのかしら？　あの何のマークもついてなかったほうの車よ。ジェイクがそっちも持っていったなんてことはあるかしら？　ジェイクの車に、何かフリードリックが考え出した新しい仕掛けが組みこまれてたかは調べたの？」

「我々もそれは考えました。ジェイクのメインの車も予備の車も、どちらも調べてあります。変わったところは特に見つかりませんでした」

「誰が検査をしたか訊いてもいい？　つまり、いわゆる目利きの人たちでも、これまでそういう改造を見逃してきたわけでしょ？」

「〈エクスキャリバー・レーシング〉に頼みました。あっちから協力を申し出てきたんです。フリードリックはそこで働いていましたから」

フランシーンはヴィンス・バッゲセンも〈エクスキャリバー〉で働いていることを思い出した。「でも〈エクスキャリバー〉の誰が調べたの？」

「それはメモを確認しないとわかりません。熟練したメカニックのひとりだとは思いますが。僕が話したのはチーフメカニックの代理で、実際に検査をした人ではなかったんです」

「できれば、ぜひ知りたいんだけど」

ジャドは鋭い目でフランシーンを見た。「なぜです？」

フランシーンは本当のことを言うべきかどうか迷った。「シャーロットが知りたがると思って」

ジャドはごまかされなかった。「もしその名前を教えたら、わけを話してくれますか？」

ミジェットカーがトラックの端に寄って停まり、とつぜん騒音がやんだ。続いて計測タイムがアナウンスされた。フランシーンは一瞬トラックのほうに気を取られていたが、振り返ったとき、ジャドがまだ答えを待っていることに気づいた。「いいわ。答えても特に何も変わらないと思うけど、了解よ。ちゃんと話します」

そのときジャドの携帯電話が鳴った。ジャドは表示された番号を見て、フランシーンから離れて話し始めた。自分の質問を覚えていてくれればいいが、とフランシーンは思った。

フランシーンが席に戻ろうと歩き出すと、シャーロットが観覧席の端に腰かけ、彼女のほうをじっと見つめていた。「ジャドは何だって？」

「わたしたちがもうマスコミに追われてないからって、心配してたの。ジャドはマスコミを使ってわたしたちの警護をしようとしてたでしょ？　わたしたちが自ら進んでトラブルに飛びこもうとしてると思ってるのよ」

「ふん、じゃあ期待を裏切っちゃいけないね。行くよ、マーシー」

マーシーとシャーロットのあいだではどうやら話がついたらしく、ふたりは友好的に振舞っていた。

「行くってどこに？」

「フィールドの中だよ。ジェイクとサラのピットがどこにあるか、調べないと」

三人はフィールドに出る地下通路を進んでいった。歩いている途中で、ジョイが歯切れのいい声で誰かをインタビューしているのが拡声器から聞こえてきた。質問と答えは自然な感じで進んでいった。

「あれ聞こえますか？」マーシーが誇らしげに言った。「見事にやりこなしてます」

フランシーンも認めざるを得なかった。シャーロットは考え事をしているようで、何も言わなかった。地下通路を抜けると、ピットに沿っていくらも歩かないうちにジョイに出くわした。

ジョイは背後に従えた、ビデオカメラをかついだ男を指差した。

「見て！　ローカルテレビ局がカメラマンを割り当ててくれたの」

マーシーはガッツポーズをとった。「やった！」

「わたしたち、サラ・バッゲセンのピットに向かってるところよ。サラはこのあと計測なの」

「ジェイクのピットはどこだい？」とシャーロットが訊いた。

「ずっと向こうのほうよ」ジョイが反対方向を指差しながら言った。「わたしたちの目的からすると、あまり都合が良くないわね、シャーロット」

「まったくだよ」シャーロットは残念そうに言った。

ふたりが意味ありげな視線を交わしたのを見て、フランシーンは心配になった。

「目的って何？　あなたたち何を企んでるの？」

「何でもないよ、フランシーン。あんたはただそばについててよ」

ジョイとカメラマンのあとについて、三人もサラのピットに向かった。途中でシャーロットが見取り図を引っぱり出し、ジョイがサラのピットの場所を示した。それは北側の一番端で、車がピットに入ってくるところだった。ジェイクのピットは南西の角で、車がピットを出てトラックに入っていくところにあった。

「たぶん序列の問題だと思うわよ」とジョイが言った。「ジェイクはベテランだからね」

「メアリー・ルースのバンはここから見てどっち側にあるんだい？」シャーロットはサングラスとつばの広い帽子を装着していたが、さらに目の上に手をかざしながら訊いた。

フランシーンはジェイクのピットがあるほうを指差した。「観覧席にいたとき見えなかった？　フィールドの奥のほうに、ケータリングのトラックが集まってた場所があったでしょ？　メアリー・ルースのピンクのバンは、ジェイクのピットからまあまあ近いところにあるわよ」

「無料の試食品がほしかったら、はるばるあそこまで歩かなくちゃならないわけか」とシャーロットが言った。

ジョイが誰かの話を聞いているように、片手を丸めて耳に当てた。そのときフランシーンは、ジョイがイヤホンをつけていることに初めて気がついた。ジョイがカメラマンに言った。

「スタンバイしてちょうだい。サラがタイム計測の準備ができたそうよ」

「いいときに来たね」とシャーロットが言った。

サーキットの騒音は、観覧席にいたときよりいっそう大きくなった。

サラの車がトラックに出ていった。ジョイのカメラマンがピットに駆けつけて機材を組み立て始め、ジョイを手招きした。残る三人はそのままトラックを見ていた。

サラは練習走行を一周済ませた。アナウンサーが記録を発表し、今日の最速タイムだと告げた。そのあとサラは一回目の計測走行を行ったが、練習のときよりもずっと遅くなっていた。「ねえ、いまスピードをゆるめたように見えなかった?」とフランシーンが訊いた。

シャーロットもうなずいた。「確かに。わざとって感じがしたよ」

サラの二回目の計測タイムは少し速くなったものの、練習で出した最速タイムにははるかに及ばなかった。アナウンサーは「サラ・バッゲセンのラップタイムが現在のところトップです」と告げた。

観客がサラに大声援を送った。「あの子のファンが大勢来てるみたいですね」とマーシーが言った。サラはピットに入り、準備を終えたジョイとカメラマンが出迎えた。

まだ次のレーサーが計測に入っていなかったので、ジョイがサラにインタビューしているあいだは、まわりの騒音が少なかった。インタビューはふたつの巨大スクリーンに映し出されていた。ジョイはサラにおめでとうを言い、いくつか簡単な質問をしてから訊いた。

「練習走行ではかなり飛ばしてましたが、そのあと少しスピードをゆるめたように見えました。マシンに何かあったんですか?」

「実はコーナーでちょっと違和感があって、それで少しスピードをゆるめなくちゃならなかったんです。でもタイムで失格になるわけにはいかないので、できるだけ飛ばしました」

「ともかくおめでとう、サラ。それと、空手で黒帯を獲得したと伺ってますよ。そちらにもおめでとうを言わないといけませんね」

サラは明らかに戸惑っているように見えた。「何かの間違いじゃないですか？　わたし、黒帯は持ってません。それより最近は、モデル業のほうに力を入れたいと思ってるんです。実は先日、地元のエージェントと契約を結んだところです。まだオーディション中だから言えないんですけど、近いうちにコマーシャルに出られればいいなと思っています」

フランシーンはシャーロットを振り返った。「あの空手の質問には、どうもあんたが絡んでるような気がするんだけど？」

シャーロットもサラと同じぐらい戸惑っていた。「だけど、あんたが見せてくれたあの文字だよ、フランシーン。調べてみたんだ。あれは武術で高度な経験を積んだものを表す文字らしいよ」

「サラは空手をやっていたことは否定しなかったわ。ただそこまで達してないと言ってただけよ」

「じゃあ黒帯に憧れてた時期もあったはずだよね？　だってくるぶしにタトゥーを入れるぐらいなんだから」

「それで、あんたは何をしようとしてたの？　まさかサラと〝スリーパー・ホールド〟の関係を見つけようとしてたとか？」

シャーロットは決まりの悪そうな顔をした。「まあそんなとこ」

ジョイはインタビューを終えた。そのとき、警官と警備員たちがフィールドに入ってくるのが見えた。

フランシーンが彼らを指差した。「何かあったみたいよ」

「トービーがいる！」とシャーロットが言った。「あの子に訊いてみるよ。何が起きたか知ってるかも」

シャーロットが行きかけたのを、フランシーンが腕をつかんで止めた。

「わたしたちいっしょにいなくちゃ。ジャドがサラに何か訊きに行くみたいよ。わたしたちも行って、何を話すのか確かめてきましょう」

「どうせあたしらには何にも教えてくれやしないよ。それにトービーと話すぐらい何でもないだろ。どんなトラブルが起きるっていうのさ？」

「シャーロット、自分がトラブル中毒だってわかってる？　それ用の更生施設があったら、すぐにでも放りこんでるところよ」

「あの子を逃したくないんだよ。行かせてよ」

「スマートフォンをバイブレーションに設定して、ずっと手に持っててちょうだい。あたりが騒がしくなったら、わたしが電話しても絶対に聞こえなくなるから」

シャーロットはトービーに向かってまっしぐらに進んでいった。そしてフランシーンはジャドのほうに向かった。

ジャドが片手を上げて止めた。「訊かれる前に言っておきますが、我々が何をしてるかは話せませんよ」

「当ててみましょうか？　あなたはサラの車を調べようとしてる。普通じゃないほど速かったもの。あの車にフリードリックの新しい改造技術が組みこまれてないか、知りたいんじゃないの？」

「肯定も否定もできません」とジャドは言った。

フランシーンは微笑んだ。「ごまかすのが上手ね、ジャド。でもわたしはあなたが小さいころから知ってるのよ」

ジャドは首を振った。「これ以上は言えません」

「じゃあさっきの質問に答えてちょうだい。〈エクスキャリバー〉の誰がジェイクの車を調べたの？　答えはヴィンス・バッゲセンだったんじゃない？　そして今はさっきの計測タイムを怪しんでるんでしょ」

「そう、ヴィンス・バッゲセンでした。あなたに教えられるのはそこまでです」

フランシーンはジャドがピットに入っていくのを見ていた。警察はなるべく目立たないように動こうとしていたが、何かがおかしいことは明らかだった。警官の姿が見えるのは、そのピットだけだったからだ。彼らは足を止めてヴィンス・バッゲセンと話している。ダーラはどこにいるんだろう、とフランシーンは思った。考えてみれば、ダーラがサラの計測を近くで見ていないのは奇妙だ。それより大事なことがあったとでもいうのだろうか？　シャーロットを見つけて、ジェイクのピットに直行したほうがいいかもしれない。もしダーラがジエイクとサラのことに気づいて、それを止めようとしているのだとしたら？

フランシーンは周囲を見回してシャーロットを探し、真っ青になった。どこにも姿が見えない。そのときピットのまわりに群がる人々のあいだに、派手な黄色の警備員のシャツが見えた。トービーだ。フランシーンは急いで彼を捕まえた。「シャーロットはどこ？」

トービーは肩をすくめた。「知りませんよ。少し前までここにいたんですけど。俺がiPodを返したら、ケータリングエリアのほうに行っちまいました」彼はその方角を指差した。「俺のばあちゃんを探すって言ってました」

「iPodのパスワードがわかったの？」

「いや、でもリセットはできました。新しいパスワードは教えときましたけど、そもそもあの人、iPodの使い方をわかってんのかな」

フランシーンはスマートフォンを引っぱり出してシャーロットに電話をかけた。幸いにもシャーロットは最初のコールで応答した。「どこにいるのよ、シャーロット？」

「FOXスポーツのテント脇で、メアリー・ルースを探してるとこだよ。フランシーン、あたし誰がフリードリックを殺したかわかったよ。サラのタトゥーで引っかきまわされたけど、今は全部がつながった」

「それはよかった。でも証拠はあるの？　わたし、たぶん証拠がどこにあるかわかったのよ」

シャーロットは用心深く答えた。「あんたは誰が犯人だと思ってるのか、先に言っておくれよ」

「べつにあんたを負かそうと思ってるんじゃないのよ。ふたりで証明するの。それからジャドに話しましょう。トービーはあんたがｉＰｏｄを持ってるって言ってたけど」

「持ってるよ。だけど答えはずっと簡単なんだよ」

「シャーロット、お願いだから今はわたしの言うことを聞いてちょうだい。思い出してよ、わたしたち証拠はｉＰｏｄにあるって考えてたでしょ」

「どうやって使うのかわかんないよ」

「わたしが教えるから」

「ちょい待ち、ｉＰｏｄを出すには電話を下に置かなくちゃならない。バッグと杖でごちゃごちゃなんだから」

「お願いだから急いでやって」

「オーケー。ｉＰｏｄを手に持ったよ。それで？」

フランシーンはシャーロットに電源の入れ方を教えた。

少し間が空き、シャーロットが言った。「オーケー、電源が入った」

「ログインして。トービーがくれた新しいパスワードを使うの」

「これ長くかかるのかい？」

「かもしれない、だけど本当に重要なことなのよ。入力した？」

シャーロットは何かに気を取られているように聞こえた。「ああ」

「じゃあ画面を見て。小さいアイコンがたくさんあると思うけど、その中に〝ビデオ〟ってある？」

「ある」

「それをタップして」

「まだ荷物が多すぎるんだよ、フランシーン。ちょっとバッグを下に置くから待って」

アナウンスが入り、次にジェイク・マーラーがタイム計測に入ると告げた。観客席から歓声が起こった。

「待って、シャーロット。先に手順を全部説明させて。〝ビデオ〟をタップすると、動画の一覧が出てくる。指を画面に置いて上にすべらせていくと、リストが全部見られるわ。もし個人的に撮ったもの、たとえばフリードリック自身が家で撮影したようなものがあったら、開いてみて」

「オーケー」

フランシーンは待った。何か間違ったことをしているんじゃないかという、じりじりと心を焦がすような感覚があったが、それが何なのかわからなかった。タイム計測に入るよう、ジェイクの名前がもう一度コールされたが、彼のミジェットカーは現れなかった。

「シャーロット、ジェイクに何かあったんじゃないかしら？」

しかしシャーロットからの返事はなかった。代わりにシャーロットに話しかける女性の声が聞こえてきた。誰のものかすぐにわかる、特徴的な声だ。そのとき電話の向こうから、何かが砕ける大きな音が響いた。そこで電話は切れた。

34

フランシーンは息が止まりそうだった。すべて辻褄（つじつま）が合う。最初からおかしいと気づくべきだった。死体発見が何時だったかジャドに訊かれたとき、すぐに午前十二時十五分と答えられたのは、ダーラ・バッゲセンがそう叫んだからだ。だけどダーラは、みんなが悲鳴を上げるなり窓を開けて叫んだ。悲鳴で起こされたのではない、起きてわたしたちを見張っていたのだ。

フランシーンはケータリングエリアに走っていき、FOXスポーツのテントを探した。

FOXスポーツのテントか、メアリー・ルースのトレーラーを見つけるより先に、フランシーンは〈メアリー・ルース・ケータリング〉のピンクのエプロンをつけたホセの姿を見つけた。頭の包帯はずっと小さくなっている。ホセはケータリングの三段カートを押して、フィールドを横切ろうとしているところだった。それぞれの棚にはアルミ箔で蓋をした大きな鍋が載せてあったが、地面がでこぼこだったので、鍋はがたがたと音を立てていた。

「ホセ」とフランシーンは呼びかけた。

振り返ったホセは、まるで不吉なものを見たかのようにびくっとした。

フランシーンは無理もないと思った。できる限り優しく、不自由なスペイン語で尋ねた。

「FOXテントを指で差してくれる？」

「はい（シ）」とホセは言い、全体を見渡せるように一歩下がった。片言の英語で、彼は答えた。

「あの青い旗のところ。赤と黄色の旗のすぐ後ろ」

ホセが多少なりとも英語を話せると知って、フランシーンは驚いた。しかし英語に自信のない移民の中には、必要に駆られるまで言葉がまったくわからない振りをする人たちが少なからずいるものだ。「ありがとう（グラシアス）、ホセ。まっすぐ突っ切るべきかしら、それとも道に沿ってぐるっと回っていくべき？」

「ぐるっと回って」

フランシーンは肩を張って競歩の歩き方で歩き出した。

「でも杖を持ったあなたのお友達、バッゲセン先生とあそこのトレーラーにいたよ」

ホセはトレーラーの前にある大きな無地のテントを指差していた。トレーラーは大型で、ミジェットカーなら楽に二台ぐらい移送したり修理したりできそうだった。

フランシーンはホセを見た。「バッゲセン先生をどうして知ってるの？」

「空手教室でいっしょ。黒帯だったよ」

フランシーンは愕然（がくぜん）とした。「ダーラ・バッゲセンが黒帯だったなんて知らなかった」

「そう。三段」

「ふたりが話してたのはいつ？」

　ホセは肩をすくめた。「何分か前」

「ふたりが何を話してたかわかる？」

「先生、iPod使うの手伝ってた」

　手伝っていた？　フランシーンは焦った。もしiPodがフリードリックのものだとダーラが気づいたら、そしてもしフリードリックが〝スリーパー・ホールド〟で殺されたのなら、そして二足す二が四になるなら……。

「ふたりはあのトレーラーにいるのね？　あんたはそのトレイをあそこに運ぶことになってるの？」

「はい」

「ホセ、あんたはメアリー・ルースのところに戻っていいわ。わたしが代わりに運んでおくから」

　フランシーンはスマートフォンを取り出し、録音ボタンを押すと、ポケットに戻した。トレーラーまでカートを運んで行き、ドアをノックした。ダーラが戸口に立っていた。返事はない。もう一度、今度はもっと強くノックした。ドアが開き、ダーラが戸口に立っていた。フランシーンは料理のトレイを使った芝居をする間もなく、ダーラに腕をつかまれ、中に引きずりこまれた。ドアが音を立ててしまった。

ダーラの動きは素早かった。片腕をフランシーンの腕と体のあいだに滑りこませ、もう片方の手で腕をつかむと、手首をひねって内側に体重をかけた。とつぜんの激しい痛みに、フランシーンは声も出せずあえいだ。

トレーラーの中央部分に通じるドアは開いていた。右側前部の角には、フリードリックの作業場で見たような道具が置かれていた。いくつかは戸棚にきちんと並び、残りは大きなボードにつるしてある。中央にマークのないミジェットカーが置かれていた。恐らくフリードリックの作業場から持ち出されたものだ。車の隣に可動式の工具収納棚があった。トレーラーの中は、外のレースの騒音も届かず、死んだように静かだった。

後部の左の隅で、シャーロットが椅子に縛りつけられているのが見えた。怯えた目がフランシーンの姿を認めたのがわかった。猿ぐつわをかまされていたが、シャーロットが必死に嚙み切ろうとしたせいか、少しゆるんでいるように見える。

シャーロットが全力で抵抗したことは明らかだった。小さなテーブルはひっくり返り、二脚の椅子はばらばらに壊れている。自分の杖を有効に使ったに違いない。

「フリードリックのｉＰｏｄをどこにやったの？」とフランシーンは訊いた。「シャーロットから取り上げたんでしょ？」

「そいつのポケットだよ」シャーロットがゆるんだ猿ぐつわのすきまから答えた。

「フリードリックはあなたの何を握ってたの？　ｉＰｏｄに脅迫のための動画が保存してあるのはわかってるのよ」

「あんたたち、ここまで引っ掻き回してくれて、まさかこれに何が入ってるかも知らなかったっていうの？」ダーラがわめいた。

「あなたとフリードリックを結びつける証拠で、あなたが誰にも知られたくないものでしょ？」

シャーロットは猿ぐつわの中で何とか舌を動かせるようになったらしい。「セックステープに決まってるよ、フランシーン。それ以外に説明がつかないじゃないか」

フランシーンはうなずいた。「お金じゃなくて技術のために、娼婦みたいな真似をしたのね」

ダーラは大声で言い返した。「フリードリックを励ましてあげたのよ。仕事に集中して、サラが優勝できる車を組み立ててもらわなきゃならなかったんだもの」

フランシーンはダーラに話を続けさせて、時間を稼ごうとした。

「じゃあ、どうして殺したの？」

ダーラはフランシーンの手首をひねっていた手にさらに力を加え、フランシーンは苦痛のあまり悲鳴を上げた。

「殺すつもりはなかったわ」とダーラは言った。「フリードリックがわたしを裏切ったのよ。それでかっとなった。あの男、ジェイクを助けたいから、サラのための新しい改造技術を使うとぬけぬけと言ったのよ――わたしがそのためにどれだけ対価を払ったと思ってるのよ」

ダーラは苦々しく笑った。「あのときフリードリックは、わたしの家でこれからセックスしようってときに、その話を持ち出したのよ。それで殺してやったの。あの男の頸動脈を押さえて、跡が残らないようにして。でも検死をしたら、死因が明るみに出ることはわかってた。問題はどうやって警察の疑いをラリーに向けさせるかだったわ。あんたたちのブリッジクラブが捜査をかく乱してくれて助かったわよ」

「あなたは何かラリーの秘密を知ってたの？」

「詳しくは知らない。ただフリードリックがラリーの弱みを握ってることは知ってたわ。それが何かわたしには教えてくれなかったけど、かなり重大な秘密であるとは言っていた。だからそれを利用してラリーに家賃を払うのをやめればいいって助言してあげたの。それもサラのミジェットカーの改造資金のためだったのよ」

「サラは計測走行のとき、わざとスピードを落としたのよ」とフランシーンが言った。「ジェイクに勝ちを譲ろうとしたって、警察は気づいてるわ。サラがジェイクに恋してることもね。わたしがここに来る前、警察はピットに入ってサラの車を調べてた。そのあとヴィンスに何か訊いてたわ」

「嘘よ」

「嘘じゃない。そしてジェイクに何が起きたにしても、あんたが関わってることはすぐ警察に知れるでしょうね」ダーラを挑発し続けるのは危険な賭けだったが、選択の余地はなかった。「警察はきっとあなたを探すわ。今も探してるかも」

ダーラはフランシーンの手首を押さえていた手をはずし、背後から首に腕を巻きつけようとした。フランシーンはその腕から逃れるため、急いで頭を下げた。だがダーラは笑ってフランシーンの髪をつかみ、頭を引っぱり上げた。フランシーンはダーラのむこうずねを蹴飛ばしたが、そのとき護身術のクラスで習ったことを思い出した。フランシーンはダーラの前腕に思い切り嚙みついた。

ダーラは短い悲鳴を上げた。フランシーンは身をくねらせてダーラの腕から逃れ、同時に足を引っかけて転ばせた。ダーラは転びながらも、足を伸ばしてフランシーンのひざを蹴り上げ、ふたりは絡み合うように地面に倒れこんだ。

フランシーンはダーラから逃れて、シャーロットに這い寄り、その手を縛っていた紐をほどいた。シャーロットが立ち上がると同時に、ダーラがふたりに襲いかかった。フランシーンの腹を蹴り、シャーロットを椅子に押し戻す。

シャーロットの右手が杖をつかんで振り上げ、ダーラめがけて振り下ろした。だがダーラはそれを空中で捕らえた。フランシーンは蹴られた痛みにうめきながら床に倒れていたが、ここでダーラに負けたらふたりともおしまいだ。ダーラは一瞬バランスを失った。

をつかんで思い切り引っぱった。ダーラは一瞬バランスを失った。

シャーロットはもがきながら立ち上がり、杖を取り返そうとした。だがダーラはバランスを立て直すと、シャーロットの手から杖をもぎ取った。杖をシャーロットの首にかけ、両手でぐいと引っぱる。シャーロットは引きずられて、倒れこむようにダーラの手に落ちた。ダーラはそのまま杖をシャーロットの首に押し付けた。

「息ができないよ」シャーロットがむせた。

「フランシーン、ちょっとでも動いたらシャーロットを殺すわよ。殺したあとで、この杖であんたを殴り殺す」

「iPod」シャーロットがかすれた声で言った。「証拠が」

「思い出させてくれてありがとう。あとで始末しておかなくちゃね」

「違う。落ちた。あんたのポケットから」

ダーラは驚いて目を見開いた。iPodを入れたポケットを確かめようと片手を離した。

ダーラの手がゆるむと同時に、シャーロットは動くほうの足を後ろに振り上げ、渾身の力をこめてダーラのひざを蹴り上げた。

ダーラは痛みのあまり、ひざを押さえてしゃがみこんだ。シャーロットはダーラの手から杖を奪い返し、フランシーンに駆け寄った。〝シャーロット、こっちじゃなくて逃げなきゃだめ!〟とフランシーンは思った。

ダーラのほうがダメージから早く回復した。日本語らしい言葉で何か叫び、シャーロットに飛びかかった。

35

フランシーンはシャーロットを突き飛ばし、杖をつかんでダーラに狙いを定めた。突進してくるダーラを全力で打ったが、その勢いで杖は弾き飛ばされた。しかしダーラも一瞬ひるんでひざをついた。

ダーラは目の前にあった椅子の脚をつかみ、フランシーンのほうを振り返ってにらみつけた。しかしその目には、明らかにショックの色があった。おそらくこれほどてこずるとは思ってもいなかったのだ。フランシーンはダーラの手から椅子を奪い取ろうとしたが、ダーラも負けじと引っぱり返す。フランシーンはじりじりと形勢が不利になるのを感じ、わざと急に力をゆるめて、椅子ごとダーラを押し倒した。ダーラは転がりながら椅子をわきに押しのけ、立ち上がった。フランシーンを蹴ろうとしたが、彼女はすでに後ろに飛びのいていた。

フランシーンはくるりと踵を返し、ドアに向かって駆け出した。シャーロットのほうが、フランシーンより先にドアに向かっていた。あと少しでドアに手が届きそうになったところで、ダーラが追いついた。ドアノブにかかったシャーロットの手を、ダーラが手刀で打った。シャーロットは痛みに声を上げ、床にくずおれた。ダーラが後ろからつかみかかろうとしたが、シャーロットはさっき蹴ったダーラのひざに肘鉄を食らわせた。痛みにあえぎながらも、ダーラはシャーロットの肩をつかんだ。シャーロットはダーラの膝に三度目の精一杯の攻撃をしかけていたが、勝ち目はなさそうに見えた。フランシーンは武器になるものを探して、トレーラーの中を見回した。ボードに吊り下げられた金てこが目に留まり、それに向かって走った。

ダーラはフランシーンの動きを察知し、シャーロットを離して向かってきた。だがドアが閉まっているか気になったのか、一瞬後ろを振り返った。そのすきに、フランシーンはそばにあった可動式の工具棚に駆け寄った。それをダーラに向けて押し出そうとしたのだが、重すぎてぴくりとも動かない。渾身の力を込めて押した拍子に、バランスを失って床に倒れた。

手をついた先にプラスチックの箱があり、中に円柱形の鉄の棒が数十本ほど入っていた。長いボールベアリングのようだ。視線を上げると、ダーラが金てこに向かっていくのが見えた。

フランシーンはダーラのほうに向かって箱を倒した。中から鉄の棒が転がり出し、ダーラに向かって転がっていった。不意をつかれたダーラは、棒を踏んで転びそうになった。何とかバランスを保とうとしたが、棒は次から次へとダーラの足元に転がっていった。ついにダーラは足を滑らせて床に倒れこみ、痛めた膝を強打して動けなくなった。

そのときトレーラーのドアが開いた。フランシーンは「気をつけて！　棒が転がっていく！」と叫んだ。

た。

「わかった」と大きな声がした。トービーの声だ。鉄の棒がドアから転がり出て、次々に地面に落ちた。トービーが残った数本をよけながら、慎重に中に入ってきた。その後ろにジョナサンが続いた。トレーラーの反対側では、ダーラが英語と日本語を交えて悪態をついていた。

ダーラが起き上がる前にトービーが駆け寄った。ダーラをうつ伏せにひっくり返して馬乗りになり、あごに腕を回してチンロックをかけた。

「ナイスえび固め」とシャーロットが叫んだ。「そんなのどこで覚えたのさ?」

「Xボックスのプロレスゲームです」

「気をつけて、ダーラは黒帯よ」とフランシーンが言った。

ジョナサンがフランシーンに走りより、怪我の具合をみた。「すぐにジャドが来るよ。ヴィンス・バッゲセンからサラの車のことを聞いたんだ。幸いトービーがバッゲセン家のトレーラーの駐車場所を覚えていた。それはそれとして」ジョナサンは背中に手をまわし、シャツの下から銃を引っぱり出した。「ダーラ、無駄な抵抗はやめたほうがいい。きみが人殺しだとわかっているから、もし何かあればためらわずこれを使う」

フランシーンは目を丸くして銃を見つめた。ジョナサンは撃ち方を知っているのだろうか? 彼が銃を持っていることさえフランシーンは知らなかった。〝まだ小さな秘密があったのね〟とフランシーンは思った。普段は銃を憎んでいるにもかかわらず、いまは銃を構えているジョナサンを見ても動揺は感じなかった。

ジャドとラリーは同時にトレーラーに到着した。ラリーはトービーに押さえつけられたダーラのところにまっすぐ突き進んでいった。ひざをつき、ダーラの顔を見据えながら言った。

「貴様を訴えて、持っているものをひとつ残らず奪い取ってやる」それから吐き捨てるように付け加えた。「息子の車に妨害工作までしようとしたな」

フランシーンはあっけに取られて訊き返した。「息子ですって？」

ジョナサンがうなずいた。「そうなんだ。もう真実を打ち明けるときだろう。ジェイク・マーラーはラリーの息子なんだ」

「じゃあ、ダーラに噂を広めさせようとして、ビデオのことをしゃべったのがまずかったってこと？」

シャーロット、お願いだからおとなしくしていて、とフランシーンは思った。最後は無事にすんだから良かったものの、たくさんの人たちを危険にさらしたのだ。

36

ブラウンズバーグ警察署の本部で、フランシーン、シャーロット、ジョナサンの三人は机をはさんでジャドと向かい合い、事情を訊かれているところだった。シャーロットはしばらく黙りこみ、じっと考えこんでいるように見えた。フリードリック・グットマン殺害事件の容疑者が捕らえられた今、ジャドは逮捕に至るまでの過程を彼らに明かしてくれようとしていた。

「何度も言いましたよね？　我々に報告を怠らず、自分たちだけで動こうとしないようにと」ジャドはふたりに言い、それからシャーロットに顔を向けた。「特にあなたです。ｉＰｏｄを手に入れた段階で、なぜ警察に提出しなかったんですか。結局あれが決め手の証拠になった。すぐに渡してくれていれば、そもそもこんな事態にはならなかったのに」

「悪かったよ。確かにあれを持ち出すべきじゃなかった。でもそうは言ってもさ、あの中にビデオを保存しとけるなんて知らなかったんだよ。普通知らないだろ？」

「わたしは知ってたわ」とフランシーンが認めた。「でも〈ボブ・エヴァンズ〉の駐車場で話をするまでは、その可能性にまったく思い至らなかった。そのときだって確信があったわけではなかったから、トービーがパスワードをリセットするまで待とうと思ってしまったのよ。ジャド、もしやり直せるものなら、わたしたちｉＰｏｄが手に入った時点ですぐあなたに電話するわ」

「ふうん。だけどあたしならやっぱり、自分で確認してからあんたに話すと思うね」とシャーロットが言った。

「それで、あのｉＰｏｄにはどんな動画が入っていたの？」とフランシーンが訊いた。

「いろいろなものが保存されていましたが、そのうちのひとつはあなたがたが疑っていたとおり、ふたりのセックスビデオです。まだ事実を確認中ですが、今のところ我々の考えはこうです。ダーラはふたりの関係を完璧に秘密にしていました。ダーラはフリードリックを自分よりはるかに格下の存在と見なしていた。だからもし誰かに知られたら、〝彼女はお前を利用しているだけだ〟とフリードリックに吹きこまれるんじゃないかと恐れていたんです。いっぽうフリードリックは女性経験が浅かったので、ダーラに夢中になり、女神とも崇める（あが）ほどだった。とは言え、フリードリックは決して愚かな男ではありませんでした。やがて自分の役目が終われば、すぐ彼女に捨てられるかもしれないと薄々気づき始めたんです。そこでラリーの監視カメラにヒントを得て、自分も秘密の映像を撮ることにした。いくつかの場所に仕掛けを設置しましたが、あの地下室もそのひとつです。地下室への入り口は、以前から見つけ出していたんですね。いくつかの映像を入手すると、もし自分を捨てたらこれを使うとダーラを脅した。ダーラがいつフリードリックを殺そうという考えを抱き始めたかはわかりません。しかしその脅迫のあと、彼女には明確な殺意が芽生えるようになったんです。そしてかっとなってフリードリックを殺してしまったあとで、ビデオを見つけなければと焦ったんです」

「わたしが知りたいのは、なぜダーラがラリーをスケープゴートに選んだのかということなんだ」とジョナサンが言った。

「ダーラは秘密の階段の存在を知っていたし、監視カメラのこともフリードリックから聞いていた。フリードリック自身はリモコンを使って、監視カメラを自在に操っていたようですが。そういった秘密やのぞきを好むラリーの性向を知っていたので、我々の目を逸らす容疑者には最適だと踏んだんでしょう。ラリーがアリスに嘘をついて、ラスベガスから早く帰ってきていたことも、彼女にとっては幸いしました」

「じゃあ、フリードリックが殺された夜、ラリーはジェイクに会って、自分が父親だと打ち明けようとしていたの？」

「ラリーはフリードリックの作業場の外で会おうと提案していました。そこを選んだのは、ジェイクが慣れ親しんだ場所だと知っていたからです。しかしその晩、サラが家を抜け出し